Heart of Darkness
El corazón de las tinieblas

Joseph Conrad

Heart of Darkness
El corazón de las tinieblas

Texto paralelo bilingüe
Bilingual edition

Ingles - Español
English - Spanish

texto en español, traducido del inglés por Guillermo Tirelli

Rosetta Edu

Título original: Heart of Darkness

Primera publicación: 1899

Ilustración de tapa: Detalle de «Dos viejos comiendo sopa» de Francisco de Goya, 1819-1823.

Primera edición: Octubre 2022

Publicado por Rosetta Edu
Londres, Octubre 2022
www.rosettaedu.com

ISBN: 978-1-915088-10-9

Páginas enfrentadas

Páginas enfrentadas de la traducción y texto original en libros impresos.

Párrafos alineados en libros impresos

En libros impresos, los párrafos alineados entre los dos idiomas facilitan la comparación y la comprensión, ahorrando la necesidad de referirse constantemente al diccionario.

Párrafos enlazados en libros electrónicos

En libros electrónicos la comparación y la comprensión son facilitadas por citas al pie colocadas al principio de cada párrafo enlazando el texto en el idioma original y su traducción.

Integridad y fidelidad

Traducciones íntegras, fieles y no abreviadas del texto original.

Cuidado del vocabulario

Traducciones especiales para ediciones bilingües, con especial cuidado por la hegemonía de vocabulario utilizando glosarios en el proceso de traducción.

Contexto educativo

Ediciones enfocadas a estudiantes intermedios y avanzados del idioma original del texto en libros coleccionables y aptos para el contexto educativo.

INDICE

I

The *Nellie*, a cruising yawl, swung to her anchor without a flutter of the sails, and was at rest. The flood had made, the wind was nearly calm, and being bound down the river, the only thing for it was to come to and wait for the turn of the tide.

The sea-reach of the Thames stretched before us like the beginning of an interminable waterway. In the offing the sea and the sky were welded together without a joint, and in the luminous space the tanned sails of the barges drifting up with the tide seemed to stand still in red clusters of canvas sharply peaked, with gleams of varnished sprits. A haze rested on the low shores that ran out to sea in vanishing flatness. The air was dark above Gravesend, and farther back still seemed condensed into a mournful gloom, brooding motionless over the biggest, and the greatest, town on earth.

The Director of Companies was our captain and our host. We four affectionately watched his back as he stood in the bows looking to seaward. On the whole river there was nothing that looked half so nautical. He resembled a pilot, which to a seaman is trustworthiness personified. It was difficult to realize his work was not out there in the luminous estuary, but behind him, within the brooding gloom.

Between us there was, as I have already said somewhere, the bond of the sea. Besides holding our hearts together through long periods of separation, it had the effect of making us tolerant of each other's yarns—and even convictions. The Lawyer—the best of old fellows—had, because of his many years and many virtues, the only cushion on deck, and was lying on the only rug. The Accountant had brought out already a box of dominoes, and was toying architecturally with the bones. Marlow sat cross-legged right aft, leaning against the mizzen-mast. He had sunken cheeks, a yellow complexion, a straight back, an ascetic aspect, and, with his arms dropped, the palms of hands outwards, resembled an idol. The Director, satisfied the anchor had good hold, made his way aft and sat down amongst us. We exchanged a few words lazily. Afterwards there was silence on board the yacht.

El *Nellie*, un bergantín de crucero, echó el ancla sin que se agitaran las velas y quedó en reposo. La marea ya se había terminado, el viento estaba casi calmo, y al estar atado al río, lo único que podía hacer era detenerse y esperar el cambio de la marea.

El estuario del Támesis se extendía ante nosotros como el comienzo de una vía navegable interminable. En el horizonte, el mar y el cielo se soldaban sin una sola junta, y en el espacio luminoso las velas bronceadas de las barcazas que subían a la deriva con la marea parecían detenerse en racimos rojos de lienzos marcadamente triangulares, con destellos de botavaras barnizadas. Una bruma descansaba sobre las costas bajas que se adentraban en el mar en una planicie que se desvanecía. El aire era oscuro por encima de Gravesend, y más atrás parecía condensarse en una lúgubre penumbra, que se cernía inmóvil sobre la ciudad más grande e importante sobre la Tierra.

El director de las Compañías era nuestro capitán y nuestro anfitrión. Los cuatro vigilábamos afectuosamente su espalda mientras él estaba de pie en la proa mirando hacia el mar. En todo el río no había nada que pareciera tan náutico. Se parecía a un piloto, lo que para un marinero es la confianza personificada. Era difícil darse cuenta de que su trabajo no estaba ahí fuera, en el luminoso estuario, sino detrás de él, dentro de la melancólica penumbra.

Entre nosotros existía, como ya he dicho en alguna parte, el vínculo del mar. Además de mantener nuestros corazones unidos durante largos periodos de separación, tenía el efecto de hacernos tolerantes con las historias e incluso con las convicciones de cada uno. El abogado —el mejor de los viejos compañeros— tenía, a causa de sus muchos años y de sus muchas virtudes, el único cojín de la cubierta, y estaba acostado sobre la única alfombra. El contador había sacado ya una caja de fichas de dominó, y estaba jugando arquitectónicamente con los huesos. Marlow estaba sentado con las piernas cruzadas en la popa, apoyado en el mástil de mesana. Tenía las mejillas hundidas, la tez amarilla, la espalda recta, un aspecto ascético y, con los brazos caídos y las palmas de las manos hacia fuera, parecía un ídolo. El director, satisfecho de que el ancla estuviera bien sujeta, se

For some reason or other we did not begin that game of dominoes. We felt meditative, and fit for nothing but placid staring. The day was ending in a serenity of still and exquisite brilliance. The water shone pacifically; the sky, without a speck, was a benign immensity of unstained light; the very mist on the Essex marshes was like a gauzy and radiant fabric, hung from the wooded rises inland, and draping the low shores in diaphanous folds. Only the gloom to the west, brooding over the upper reaches, became more somber every minute, as if angered by the approach of the sun.

And at last, in its curved and imperceptible fall, the sun sank low, and from glowing white changed to a dull red without rays and without heat, as if about to go out suddenly, stricken to death by the touch of that gloom brooding over a crowd of men.

Forthwith a change came over the waters, and the serenity became less brilliant but more profound. The old river in its broad reach rested unruffled at the decline of day, after ages of good service done to the race that peopled its banks, spread out in the tranquil dignity of a waterway leading to the uttermost ends of the earth. We looked at the venerable stream not in the vivid flush of a short day that comes and departs for ever, but in the august light of abiding memories. And indeed nothing is easier for a man who has, as the phrase goes, «followed the sea» with reverence and affection, than to evoke the great spirit of the past upon the lower reaches of the Thames. The tidal current runs to and fro in its unceasing service, crowded with memories of men and ships it had borne to the rest of home or to the battles of the sea. It had known and served all the men of whom the nation is proud, from Sir Francis Drake to Sir John Franklin, knights all, titled and untitled—the great knights-errant of the sea. It had borne all the ships whose names are like jewels flashing in the night of time, from the *Golden Hind* returning with her round flanks full of treasure, to be visited by the Queen's Highness and thus pass out of the gigantic tale, to the *Erebus* and *Terror*, bound on other conquests—and that never returned. It had known the ships and the men. They had sailed from Deptford, from Greenwich, from Erith—the adventurers and the

dirigió a la popa y se sentó entre nosotros. Intercambiamos algunas palabras perezosamente. Después hubo silencio a bordo del yate. Por una u otra razón no empezamos la partida de dominó. Nos sentíamos meditabundos, y no cabía más que la mirada plácida. El día terminaba en una serenidad de quietud y brillo exquisito. El agua brillaba pacíficamente; el cielo, sin una sola mancha, era una benigna inmensidad de luz sin mancha; hasta la bruma de las marismas de Essex era como un tejido vaporoso y radiante, que colgaba de las elevaciones boscosas del interior y cubría las costas bajas con pliegues diáfanos. Sólo la penumbra del oeste, que se cernía sobre las zonas altas, se volvía más sombría cada minuto, como si se enfadara por la llegada del sol.

Y por fin, en su curvada e imperceptible caída, el sol se hundió, y de blanco resplandeciente pasó a un rojo apagado, sin rayos y sin calor, como si estuviera a punto de apagarse repentinamente, fulminado por el toque de esa penumbra que se cierne sobre una multitud de hombres.

En seguida se produjo un cambio en las aguas, y la serenidad se hizo menos brillante pero más profunda. El viejo río, en su amplia extensión, descansaba imperturbable al declinar el día, después de siglos de buenos servicios prestados a la raza que poblaba sus riberas, extendidas en la tranquila dignidad de una vía fluvial que conduce a los últimos confines de la tierra. Contemplamos la venerable corriente, no con el vivo fulgor de un corto día que llega y se va para siempre, sino con la augusta luz de los recuerdos perdurables. Y, en efecto, nada es más fácil para un hombre que, como dice la frase, ha «seguido el mar» con reverencia y afecto, que evocar el gran espíritu del pasado en el curso inferior del Támesis. La corriente de la marea corre de un lado a otro en su incesante servicio, repleta de recuerdos de hombres y barcos que ha llevado al descanso del hogar o a las batallas del mar. Ha conocido y servido a todos los hombres de los que la nación se enorgullece, desde Sir Francis Drake hasta Sir John Franklin, caballeros todos, con y sin título, los grandes caballeros andantes del mar. Había soportado todos los barcos cuyos nombres son como joyas que centellean en la noche de los tiempos, desde el *Golden Hind* que regresaba con sus flancos redondos llenos de tesoros, para ser visitado por su majestad, la Reina, y salir así de la gigantesca historia, hasta el *Erebus* y el *Terror*, destinado a otras

settlers; kings' ships and the ships of men on 'Change; captains, admirals, the dark «interlopers» of the Eastern trade, and the commissioned «generals» of East India fleets. Hunters for gold or pursuers of fame, they all had gone out on that stream, bearing the sword, and often the torch, messengers of the might within the land, bearers of a spark from the sacred fire. What greatness had not floated on the ebb of that river into the mystery of an unknown earth! . . . The dreams of men, the seed of commonwealths, the germs of empires.

The sun set; the dusk fell on the stream, and lights began to appear along the shore. The Chapman lighthouse, a three-legged thing erect on a mud-flat, shone strongly. Lights of ships moved in the fairway—a great stir of lights going up and going down. And farther west on the upper reaches the place of the monstrous town was still marked ominously on the sky, a brooding gloom in sunshine, a lurid glare under the stars.

«And this also,» said Marlow suddenly, «has been one of the dark places of the earth.»

He was the only man of us who still «followed the sea.» The worst that could be said of him was that he did not represent his class. He was a seaman, but he was a wanderer, too, while most seamen lead, if one may so express it, a sedentary life. Their minds are of the stay-at-home order, and their home is always with them—the ship; and so is their country—the sea. One ship is very much like another, and the sea is always the same. In the immutability of their surroundings the foreign shores, the foreign faces, the changing immensity of life, glide past, veiled not by a sense of mystery but by a slightly disdainful ignorance; for there is nothing mysterious to a seaman unless it be the sea itself, which is the mistress of his existence and as inscrutable as Destiny. For the rest, after his hours of work, a casual stroll or a casual spree on shore suffices to unfold for him the secret of a whole continent, and generally he finds the secret not worth knowing. The yarns of seamen have a direct simplicity, the whole meaning of which

conquistas, y que nunca regresó. Había conocido los barcos y los hombres. Habían navegado desde Deptford, desde Greenwich, desde Erith: los aventureros y los colonos; los barcos de los reyes y los barcos de los mercaderes; los capitanes, los almirantes, los oscuros «intrusos» del comercio oriental y los «generales» comisionados de las flotas de las Indias Orientales. Cazadores de oro o perseguidores de la fama, todos ellos habían zarpado por esa corriente, portando la espada, y a menudo la antorcha, mensajeros del poderío dentro de la tierra, portadores de una chispa del fuego sagrado. ¡Qué grandeza no había flotado en el reflujo de ese río hacia el misterio de una tierra desconocida!... Los sueños de los hombres, la semilla de las mancomunidades, los gérmenes de los imperios.

El sol se puso; el crepúsculo cayó sobre la corriente, y empezaron a aparecer luces a lo largo de la orilla. El faro de Chapman, una cosa de tres patas erguida sobre una llanura de barro, brillaba con fuerza. Las luces de los barcos se movían en el canal, un gran revuelo de luces subiendo y bajando. Y más al oeste, en la parte alta, el lugar de la monstruosa ciudad seguía marcado ominosamente en el cielo, una melancólica penumbra bajo la luz del sol, un escabroso resplandor bajo las estrellas.

«Y éste también», dijo Marlow de repente, «ha sido uno de los lugares oscuros de la tierra».

Era el único hombre de entre nosotros que aún «seguía el mar». Lo peor que podía decirse de él era que no representaba a su clase. Era un marinero, pero también un vagabundo, mientras que la mayoría de los marineros llevan, si se puede expresar así, una vida sedentaria. Sus mentes se ordenan por la estancia en la casa, y su hogar está siempre con ellos: el barco; y también su país: el mar. Un barco es muy parecido a otro, y el mar es siempre el mismo. En la inmutabilidad de su entorno se deslizan las costas extranjeras, los rostros extranjeros, la cambiante inmensidad de la vida, velados no por un sentido de misterio, sino por una ignorancia ligeramente desdeñosa; porque no hay nada misterioso para un marinero, a menos que sea el propio mar, que es la señora de su existencia y tan inescrutable como el Destino. Por lo demás, después de sus horas de trabajo, basta un paseo casual o una juerga casual en la orilla para que se le desvele el secreto de todo un continente, y generalmente encuentra que no vale

lies within the shell of a cracked nut. But Marlow was not typical (if his propensity to spin yarns be excepted), and to him the meaning of an episode was not inside like a kernel but outside, enveloping the tale which brought it out only as a glow brings out a haze, in the likeness of one of these misty halos that sometimes are made visible by the spectral illumination of moonshine.

His remark did not seem at all surprising. It was just like Marlow. It was accepted in silence. No one took the trouble to grunt even; and presently he said, very slow—

«I was thinking of very old times, when the Romans first came here, nineteen hundred years ago—the other day. . . . Light came out of this river since—you say Knights? Yes; but it is like a running blaze on a plain, like a flash of lightning in the clouds. We live in the flicker—may it last as long as the old earth keeps rolling! But darkness was here yesterday. Imagine the feelings of a commander of a fine—what d'ye call 'em?—trireme in the Mediterranean, ordered suddenly to the north; run overland across the Gauls in a hurry; put in charge of one of these craft the legionaries,—a wonderful lot of handy men they must have been too—used to build, apparently by the hundred, in a month or two, if we may believe what we read. Imagine him here—the very end of the world, a sea the color of lead, a sky the color of smoke, a kind of ship about as rigid as a concertina—and going up this river with stores, or orders, or what you like. Sandbanks, marshes, forests, savages,—precious little to eat fit for a civilized man, nothing but Thames water to drink. No Falernian wine here, no going ashore. Here and there a military camp lost in a wilderness, like a needle in a bundle of hay—cold, fog, tempests, disease, exile, and death,—death skulking in the air, in the water, in the bush. They must have been dying like flies here. Oh yes—he did it. Did it very well, too, no doubt, and without thinking much about it either, except afterwards to brag of what he had gone through in his time, perhaps. They were men enough to face the darkness. And perhaps he was cheered by keeping his eye on a chance of promotion to the fleet at Ravenna by-and-by, if he had good friends in Rome and survived the awful climate. Or think of a decent young citizen in a toga—perhaps too much dice, you know—coming out here in the train of some prefect, or tax-gathe-

la pena conocerlo. Los relatos de los marineros tienen una sencillez directa, cuyo significado se encuentra dentro de la cáscara de una nuez rota. Pero Marlow no era típico (si se exceptúa su propensión a contar historias), y para él el significado de un episodio no estaba dentro como un grano, sino fuera, envolviendo el relato que lo sacaba a la luz sólo como un resplandor saca a la luz una neblina, a semejanza de uno de esos halos brumosos que a veces se hacen visibles por la iluminación espectral de la luz de la luna.

Su comentario no parecía en absoluto sorprendente. Simplemente se trataba de Marlow. Se aceptó en silencio. Nadie se tomó la molestia de gruñir siquiera; y en seguida dijo, muy lentamente...

«Estaba pensando en tiempos muy antiguos, cuando los romanos llegaron aquí por primera vez, hace mil novecientos años, el otro día... La luz salió de este río desde entonces... ¿dices caballeros? Sí; pero es como un resplandor que corre por la llanura, como un relámpago en las nubes. Vivimos en el parpadeo; ¡que dure mientras la vieja Tierra siga rodando! Pero la oscuridad estuvo aquí ayer. Imaginen los sentimientos de un comandante de un trirreme en el Mediterráneo, al que se le ordena repentinamente dirigirse al norte; atravesar la Galia por tierra y con prisa; poner a cargo de una de estas embarcaciones a los legionarios... un grupo maravilloso de hombres hábiles debían estar acostumbrados a construirlas, aparentemente de a cientos, en un mes o dos, si podemos creer lo que leemos. Imagínenlo aquí —el mismísimo fin del mundo, un mar del color del plomo, un cielo del color del humo, una especie de barco tan rígido como una concertina— y remontando este río con provisiones, o pedidos, o lo que quieran. Bancos de arena, pantanos, bosques, salvajes, poco que comer que sea apto para un hombre civilizado, nada más que agua del Támesis para beber. Aquí no hay vino de Falernia, no hay desembarco. Aquí y allá un campamento militar perdido en una selva, como una aguja en un manojo de heno: frío, niebla, tempestades, enfermedades, exilio y muerte, la muerte acechando en el aire, en el agua, en la maleza. Deben haber estado muriendo como moscas aquí. Oh, sí... él lo hizo. Lo hizo muy bien, también, sin duda, y sin pensar mucho en ello tampoco, excepto después para presumir de lo que había pasado en su tiempo, tal vez. Eran lo suficientemente hombres como para enfrentarse a las tinieblas. Y tal vez se animaba manteniendo la vista en una posibilidad de ascenso a la flota de Rávena para más adelan-

rer, or trader even, to mend his fortunes. Land in a swamp, march through the woods, and in some inland post feel the savagery, the utter savagery, had closed round him,—all that mysterious life of the wilderness that stirs in the forest, in the jungles, in the hearts of wild men. There's no initiation either into such mysteries. He has to live in the midst of the incomprehensible, which is also detestable. And it has a fascination, too, that goes to work upon him. The fascination of the abomination—you know. Imagine the growing regrets, the longing to escape, the powerless disgust, the surrender, the hate.»

He paused.

«Mind,» he began again, lifting one arm from the elbow, the palm of the hand outwards, so that, with his legs folded before him, he had the pose of a Buddha preaching in European clothes and without a lotus-flower—«Mind, none of us would feel exactly like this. What saves us is efficiency—the devotion to efficiency. But these chaps were not much account, really. They were no colonists; their administration was merely a squeeze, and nothing more, I suspect. They were conquerors, and for that you want only brute force—nothing to boast of, when you have it, since your strength is just an accident arising from the weakness of others. They grabbed what they could get for the sake of what was to be got. It was just robbery with violence, aggravated murder on a great scale, and men going at it blind—as is very proper for those who tackle a darkness. The conquest of the earth, which mostly means the taking it away from those who have a different complexion or slightly flatter noses than ourselves, is not a pretty thing when you look into it too much. What redeems it is the idea only. An idea at the back of it; not a sentimental pretense but an idea; and an unselfish belief in the idea—something you can set up, and bow down before, and offer a sacrifice to. . . .»

He broke off. Flames glided in the river, small green flames, red flames, white flames, pursuing, overtaking, joining, crossing each

te, si tenía buenos amigos en Roma y sobrevivía al horrible clima. O piensen en un joven ciudadano decente, con toga —quizás había jugado demasiado, ya saben— que viene aquí en el séquito de algún prefecto, o recaudador de impuestos, o incluso comerciante, para reparar su fortuna. Aterrizar en un pantano, marchar a través de los bosques, y en algún puesto del interior sentir que el salvajismo, el más absoluto salvajismo, se había cernido en torno a él... toda esa misteriosa vida de lo salvaje que se agita en el bosque, en las selvas, en el corazón de los hombres salvajes. Tampoco hay que iniciarse en esos misterios. Tiene que vivir en medio de lo incomprensible, que también es detestable. Y tiene una fascinación, también, que va a trabajar sobre él. La fascinación de la abominación, ya saben. Imagínense los remordimientos crecientes, el anhelo de escapar, el asco impotente, la rendición, el odio».

Hizo una pausa.

«Tengan en cuenta», comenzó de nuevo, levantando un brazo por el codo, la palma de la mano hacia fuera, de modo que, con las piernas dobladas ante él, tenía la pose de un Buda predicando con ropas europeas y sin flor de loto... «Tengan en cuenta que ninguno de nosotros se sentiría exactamente así. Lo que nos salva es la eficacia, la devoción a la eficacia. Pero estos tipos no contaban mucho, en realidad. No eran colonos; su administración era un mero pellizco, y nada más, sospecho. Eran conquistadores, y para eso sólo se necesita la fuerza bruta, nada de lo que presumir, cuando se tiene, ya que la fuerza es sólo un accidente que surge de la debilidad de otros. Agarraron lo que podían conseguir por el hecho mismo de hacerlo. Era sólo un robo con violencia, un asesinato agravado a gran escala, y los hombres iban a ciegas... como es muy propio de quienes abordan una oscuridad. La conquista de la tierra, que significa sobre todo arrebatársela a los que tienen una complexión diferente o unas narices un poco más chatas que las nuestras, no es nada bonito cuando se analiza en profundidad. Lo que lo redime es sólo la idea. Una idea en el fondo; no una pretensión sentimental, sino una idea; y una creencia desinteresada en la idea, algo que se puede establecer, e inclinarse ante ella, y ofrecer un sacrificio...».

Se interrumpió. Las llamas se deslizaban en el río, pequeñas llamas verdes, llamas rojas, llamas blancas, persiguiendo, adelantán-

other—then separating slowly or hastily. The traffic of the great city went on in the deepening night upon the sleepless river. We looked on, waiting patiently—there was nothing else to do till the end of the flood; but it was only after a long silence, when he said, in a hesitating voice, «I suppose you fellows remember I did once turn fresh-water sailor for a bit,» that we knew we were fated, before the ebb began to run, to hear about one of Marlow's inconclusive experiences.

«I don't want to bother you much with what happened to me personally,» he began, showing in this remark the weakness of many tellers of tales who seem so often unaware of what their audience would best like to hear; «yet to understand the effect of it on me you ought to know how I got out there, what I saw, how I went up that river to the place where I first met the poor chap. It was the farthest point of navigation and the culminating point of my experience. It seemed somehow to throw a kind of light on everything about me—and into my thoughts. It was somber enough too—and pitiful—not extraordinary in any way—not very clear either. No, not very clear. And yet it seemed to throw a kind of light.

«I had then, as you remember, just returned to London after a lot of Indian Ocean, Pacific, China Seas—a regular dose of the East—six years or so, and I was loafing about, hindering you fellows in your work and invading your homes, just as though I had got a heavenly mission to civilize you. It was very fine for a time, but after a bit I did get tired of resting. Then I began to look for a ship—I should think the hardest work on earth. But the ships wouldn't even look at me. And I got tired of that game too.

«Now when I was a little chap I had a passion for maps. I would look for hours at South America, or Africa, or Australia, and lose myself in all the glories of exploration. At that time there were many blank spaces on the earth, and when I saw one that looked particularly inviting on a map (but they all look that) I would put my finger on it and say, 'When I grow up I will go there.' The North Pole was one of these places, I remember. Well, I haven't been there yet, and shall not try

dose, uniendo, cruzando... y luego separándose lenta o precipitadamente. El tráfico de la gran ciudad continuaba en la noche profunda sobre el río insomne. Nosotros mirábamos, esperando pacientemente; no había nada más que hacer hasta el final de la crecida; pero sólo después de un largo silencio, cuando él dijo, con voz vacilante: «Supongo que ustedes recuerdan que una vez me convertí en marinero de agua dulce por un tiempo», supimos que estábamos destinados, antes de que el reflujo comenzara nuevamente, a escuchar una de las experiencias inconclusas de Marlow.

«No quiero molestarles mucho con lo que me ocurrió personalmente», comenzó, mostrando en esta observación la debilidad de muchos narradores que parecen ignorar tan a menudo lo que a su público le gustaría oír; «sin embargo, para entender el efecto que tuvo en mí, deberían saber cómo llegué allí, lo que vi, cómo remonté ese río hasta el lugar donde me encontré por primera vez con el pobre tipo. Fue el punto más lejano de la navegación y el punto culminante de mi experiencia. De alguna manera, parecía arrojar una especie de luz sobre todo lo que me rodeaba y sobre mis pensamientos. También era bastante sombrío y, lamentable, no extraordinario en absoluto, pero tampoco muy claro. No, no muy claro. Y, sin embargo, parecía arrojar una especie de luz.

«Por aquel entonces, como recordarán, acababa de regresar a Londres después de haber recorrido el Océano Índico, el Pacífico y los mares de China —una dosis regular de Oriente— durante seis años más o menos, y andaba holgazaneando, entorpeciendo el trabajo de ustedes e invadiendo sus hogares, como si tuviera la misión celestial de civilizarlos. Estuvo muy bien durante un tiempo, pero después de un tiempo me cansé de descansar. Entonces empecé a buscar un barco; creo que es el trabajo más duro de la tierra. Pero los barcos ni siquiera me miraban. Y también me cansé de ese juego.

«Cuando era pequeño me apasionaban los mapas. Me pasaba horas mirando Sudamérica, o África, o Australia, y me perdía en todas las glorias de la exploración. En aquella época había muchos espacios en blanco en la tierra, y cuando veía uno que parecía especialmente atractivo en un mapa (pero todos lo parecen) ponía el dedo sobre él y decía: "Cuando sea mayor iré allí". Recuerdo que el Polo Norte era uno de esos lugares. Pues bien, aún no he estado allí, y no lo intentaré

now. The glamour's off. Other places were scattered about the Equator, and in every sort of latitude all over the two hemispheres. I have been in some of them, and . . . well, we won't talk about that. But there was one yet—the biggest, the most blank, so to speak—that I had a hankering after.

«True, by this time it was not a blank space any more. It had got filled since my boyhood with rivers and lakes and names. It had ceased to be a blank space of delightful mystery—a white patch for a boy to dream gloriously over. It had become a place of darkness. But there was in it one river especially, a mighty big river, that you could see on the map, resembling an immense snake uncoiled, with its head in the sea, its body at rest curving afar over a vast country, and its tail lost in the depths of the land. And as I looked at the map of it in a shop-window, it fascinated me as a snake would a bird—a silly little bird. Then I remembered there was a big concern, a Company for trade on that river. Dash it all! I thought to myself, they can't trade without using some kind of craft on that lot of fresh water—steamboats! Why shouldn't I try to get charge of one? I went on along Fleet Street, but could not shake off the idea. The snake had charmed me.

«You understand it was a Continental concern, that Trading society; but I have a lot of relations living on the Continent, because it's cheap and not so nasty as it looks, they say.

«I am sorry to own I began to worry them. This was already a fresh departure for me. I was not used to get things that way, you know. I always went my own road and on my own legs where I had a mind to go. I wouldn't have believed it of myself; but, then—you see—I felt somehow I must get there by hook or by crook. So I worried them. The men said 'My dear fellow,' and did nothing. Then—would you believe it?—I tried the women. I, Charlie Marlow, set the women to work—to get a job. Heavens! Well, you see, the notion drove me. I had an aunt, a dear enthusiastic soul. She wrote: 'It will be delightful. I am ready to do anything, anything for you. It is a glorious idea. I know the wife of a very high personage in the Administration, and also a man who has lots of influence with,' &c., &c. She was determined to make no end of fuss to get me appointed skipper of a river steamboat, if

ahora. El glamour desapareció. Otros lugares estaban repartidos por el ecuador, y en todo tipo de latitudes por los dos hemisferios. He estado en algunos de ellos, y... bueno, no hablaremos de eso. Pero había uno —el más grande, el más vacío, por así decirlo— que me apetecía.

«Es cierto que para entonces ya no era un espacio en blanco. Se había llenado desde mi niñez con ríos y lagos y nombres. Había dejado de ser un espacio en blanco de delicioso misterio, una mancha blanca sobre la que un niño podía soñar gloriosamente. Se había convertido en un lugar de tinieblas. Pero había en él un río en especial, un gran río poderoso, que se podía ver en el mapa, parecido a una inmensa serpiente desenrollada, con su cabeza en el mar, su cuerpo en reposo curvándose a lo lejos sobre un vasto país, y su cola perdida en las profundidades de la tierra. Y mientras miraba el mapa del mismo en un escaparate, me fascinó como lo haría una serpiente a un pajarito tonto. Entonces recordé que había una gran corporación, una Compañía dedicada al comercio en ese río. ¡Al diablo con todo! pensé, ¡no pueden comerciar sin utilizar algún tipo de embarcación en ese lote de agua dulce: barcos a vapor! ¿Por qué no iba a intentar hacerme cargo de uno? Seguí avanzando por Fleet Street, pero no pude quitarme la idea de encima. La serpiente me había encantado.

«Como saben era una corporación europea, esa Sociedad Mercantil; pero tengo muchos allegados que viven en el continente, porque es barato y no es tan desagradable como parece, dicen.

«Lamento admitir que empecé a preocuparlos. Esto ya era una novedad para mí. No estaba acostumbrado a conseguir las cosas de esa manera, ya saben. Siempre fui por mi propio camino y por mis propias piernas a donde tenía la intención de ir. No lo habría creído de mí mismo; pero, entonces, ya ven, sentí que de alguna manera debía llegar allí por las buenas o por las malas. Así que los preocupé. Los hombres dijeron: "Mi querido amigo...", y no hicieron nada. Entonces, ¿pueden creerlo? Probé con las mujeres. Yo, Charlie Marlow, puse a las mujeres a trabajar... para conseguir un empleo. ¡Cielos! Bueno, verán, la idea me impulsó. Tenía una tía, una querida alma entusiasta. Ella escribió: "Será encantador. Estoy dispuesta a hacer cualquier cosa, cualquier cosa por ti. Es una idea gloriosa. Conozco a la esposa de un alto personaje de la Administración, y también a un

such was my fancy.

«I got my appointment—of course; and I got it very quick. It appears the Company had received news that one of their captains had been killed in a scuffle with the natives. This was my chance, and it made me the more anxious to go. It was only months and months afterwards, when I made the attempt to recover what was left of the body, that I heard the original quarrel arose from a misunderstanding about some hens. Yes, two black hens. Fresleven—that was the fellow's name, a Dane—thought himself wronged somehow in the bargain, so he went ashore and started to hammer the chief of the village with a stick. Oh, it didn't surprise me in the least to hear this, and at the same time to be told that Fresleven was the gentlest, quietest creature that ever walked on two legs. No doubt he was; but he had been a couple of years already out there engaged in the noble cause, you know, and he probably felt the need at last of asserting his self-respect in some way. Therefore he whacked the old nigger mercilessly, while a big crowd of his people watched him, thunderstruck, till some man,—I was told the chief's son,—in desperation at hearing the old chap yell, made a tentative jab with a spear at the white man— and of course it went quite easy between the shoulder-blades. Then the whole population cleared into the forest, expecting all kinds of calamities to happen, while, on the other hand, the steamer Fresleven commanded left also in a bad panic, in charge of the engineer, I believe. Afterwards nobody seemed to trouble much about Fresleven's remains, till I got out and stepped into his shoes. I couldn't let it rest, though; but when an opportunity offered at last to meet my predecessor, the grass growing through his ribs was tall enough to hide his bones. They were all there. The supernatural being had not been touched after he fell. And the village was deserted, the huts gaped black, rotting, all askew within the fallen enclosures. A calamity had come to it, sure enough. The people had vanished. Mad terror had scattered them, men, women, and children, through the bush, and they had never returned. What became of the hens I don't know either. I should think the cause of progress got them, anyhow. However, through this glorious affair I got my appointment, before I had fairly begun to hope for it.

hombre que tiene mucha influencia en...", etc., etc. Estaba decidida a hacer todo lo posible para que me nombraran capitán de un barco a vapor en el río, si así lo deseaba.

«Conseguí mi nombramiento, por supuesto; y lo conseguí muy rápidamente. Al parecer, la Compañía había recibido la noticia de que uno de sus capitanes había muerto en una refriega con los nativos. Esta era mi oportunidad, y me puso aún más ansioso por ir. Sólo meses y meses después, cuando intenté recuperar lo que quedaba del cuerpo, me enteré de que la pelea original había surgido de un malentendido sobre unas gallinas. Sí, dos gallinas negras. Fresleven —así se llamaba el tipo, un danés— se creyó agraviado de alguna manera en el asunto, así que bajó a tierra y empezó a golpear al jefe de la aldea con un palo. Oh, no me sorprendió en lo más mínimo escuchar esto, y al mismo tiempo que me dijeran que Fresleven era la criatura más gentil y tranquila que jamás haya caminado sobre dos piernas. No hay duda de que lo era; pero ya llevaba un par de años por ahí comprometido con la noble causa, ya saben, y probablemente sintió la necesidad de afirmar por fin su autoestima de alguna manera. Por lo tanto, golpeó al viejo negro sin piedad, mientras una gran multitud de su gente lo observaba, atónita, hasta que un hombre —me dijeron que era el hijo del jefe—, desesperado al oír los gritos del viejo, dio un tímido golpe con una lanza al hombre blanco y, por supuesto, se clavó fácilmente entre los omóplatos. Entonces toda la población se retiró al bosque, esperando que ocurrieran todo tipo de calamidades, mientras que, por otro lado, el vapor que comandaba Fresleven también se marchó en medio del pánico, a cargo del maquinista, creo. Después nadie pareció preocuparse mucho por los restos de Fresleven, hasta que yo salí y ocupé su lugar. Sin embargo, no podía permitirme dejarlo ahí, pero cuando por fin se presentó la oportunidad de conocer a mi predecesor, la hierba que crecía entre sus costillas era lo suficientemente alta como para ocultar sus huesos. Estaban todos allí. El ser sobrenatural no había sido tocado después de su caída. Y la aldea estaba desierta, las cabañas se mostraban negras, putrefactas, todas torcidas dentro de los recintos abatidos. Una calamidad se había producido, sin duda. La gente había desaparecido. El terror loco los había dispersado, hombres, mujeres y niños, por el monte, y nunca habían regresado. Tampoco sé qué fue de las gallinas. Creo que la causa que es el progreso se las llevó, de todos modos. Sin embargo, a través de este glorioso asunto obtuve mi nombramiento, incluso

«I flew around like mad to get ready, and before forty-eight hours I was crossing the Channel to show myself to my employers, and sign the contract. In a very few hours I arrived in a city that always makes me think of a whited sepulcher. Prejudice no doubt. I had no difficulty in finding the Company's offices. It was the biggest thing in the town, and everybody I met was full of it. They were going to run an over-sea empire, and make no end of coin by trade.

«A narrow and deserted street in deep shadow, high houses, innumerable windows with venetian blinds, a dead silence, grass sprouting between the stones, imposing carriage archways right and left, immense double doors standing ponderously ajar. I slipped through one of these cracks, went up a swept and ungarnished staircase, as arid as a desert, and opened the first door I came to. Two women, one fat and the other slim, sat on straw-bottomed chairs, knitting black wool. The slim one got up and walked straight at me—still knitting with downcast eyes—and only just as I began to think of getting out of her way, as you would for a somnambulist, stood still, and looked up. Her dress was as plain as an umbrella-cover, and she turned round without a word and preceded me into a waiting-room. I gave my name, and looked about. Deal table in the middle, plain chairs all round the walls, on one end a large shining map, marked with all the colors of a rainbow. There was a vast amount of red—good to see at any time, because one knows that some real work is done in there, a deuce of a lot of blue, a little green, smears of orange, and, on the East Coast, a purple patch, to show where the jolly pioneers of progress drink the jolly lager-beer. However, I wasn't going into any of these. I was going into the yellow. Dead in the center. And the river was there—fascinating—deadly—like a snake. Ough! A door opened, a white-haired secretarial head, but wearing a compassionate expression, appeared, and a skinny forefinger beckoned me into the sanctuary. Its light was dim, and a heavy writing-desk squatted in the middle. From behind that structure came out an impression of pale plumpness in a frock-coat. The great man himself. He was five feet six, I should judge, and had his grip on the handle-end of ever so many millions. He shook hands, I fancy, murmured vaguely, was satisfied with my French. *Bon voyage*.

antes de que hubiera empezado a esperarlo.

«Salí volando como un loco para prepararme, y antes de cuarenta y ocho horas estaba cruzando el Canal de la Mancha para presentarme ante mis empleadores y firmar el contrato. En muy pocas horas llegué a una ciudad que siempre me hace pensar en un sepulcro blanqueado. Prejuicios sin duda. No me fue difícil encontrar las oficinas de la Compañía. Era la más grande de la ciudad, y todos los que conocí tenían algo que ver con ella. Iban a construir un imperio marítimo y a ganar mucho dinero con el comercio.

«Una calle estrecha y desierta envuelta en profunda sombra, casas altas, innumerables ventanas con persianas venecianas, un silencio sepulcral, hierba que brotaba entre las piedras, imponentes arcos de carruajes a derecha e izquierda, inmensas puertas dobles que se mantenían pesadamente entreabiertas. Me colé por una de estas rendijas, subí por una escalera desnuda y sin barnizar, tan árida como un desierto, y abrí la primera puerta a la que llegué. Dos mujeres, una gorda y otra delgada, estaban sentadas en sillas con base de paja, tejiendo lana negra. La delgada se levantó y caminó directamente hacia mí, siguió tejiendo con los ojos bajos y sólo cuando empecé a pensar en apartarme de su camino, como se haría con un sonámbulo, se detuvo y levantó la vista. Su vestido era tan sencillo como la funda de un paraguas, se dio la vuelta sin decir una palabra y me acompañó a la sala de espera. Dije mi nombre y miré a mi alrededor. Una mesa en el centro, sillas sencillas alrededor de las paredes, en un extremo un gran mapa brillante, marcado con todos los colores del arco iris. Había una gran cantidad de rojo, que es bueno ver en cualquier momento, porque uno sabe que allí se trabaja de verdad, un montón de azul, un poco de verde, manchas de naranja y, en la costa este, una mancha púrpura, para mostrar dónde beben la alegre cerveza lager los pioneros del progreso. Sin embargo, no iba a ir a ninguno de estos lugares. Iba a ir hacia el amarillo. Muerto en el centro. Y el río estaba allí, fascinante, como una serpiente. ¡Ough! Se abrió una puerta, apareció una cabeza de secretario, de pelo blanco, pero con expresión compasiva, y un dedo índice flaco me hizo una seña para que entrara en el santuario. La luz era tenue y un pesado escritorio se encontraba en el centro. De detrás de esa estructura salió una impresión de pálida gordura en un frac. El gran hombre en persona. Medía un metro sesenta, a mi juicio, y tenía en su mano

«In about forty-five seconds I found myself again in the waiting-room with the compassionate secretary, who, full of desolation and sympathy, made me sign some document. I believe I undertook amongst other things not to disclose any trade secrets. Well, I am not going to.

«I began to feel slightly uneasy. You know I am not used to such ceremonies, and there was something ominous in the atmosphere. It was just as though I had been let into some conspiracy—I don't know—something not quite right; and I was glad to get out. In the outer room the two women knitted black wool feverishly. People were arriving, and the younger one was walking back and forth introducing them. The old one sat on her chair. Her flat cloth slippers were propped up on a foot-warmer, and a cat reposed on her lap. She wore a starched white affair on her head, had a wart on one cheek, and silver-rimmed spectacles hung on the tip of her nose. She glanced at me above the glasses. The swift and indifferent placidity of that look troubled me. Two youths with foolish and cheery countenances were being piloted over, and she threw at them the same quick glance of unconcerned wisdom. She seemed to know all about them and about me too. An eerie feeling came over me. She seemed uncanny and fateful. Often far away there I thought of these two, guarding the door of Darkness, knitting black wool as for a warm pall, one introducing, introducing continuously to the unknown, the other scrutinizing the cheery and foolish faces with unconcerned old eyes. *Ave!* Old knitter of black wool. *Morituri te salutant.* Not many of those she looked at ever saw her again—not half, by a long way.

«There was yet a visit to the doctor. 'A simple formality,' assured me the secretary, with an air of taking an immense part in all my sorrows. Accordingly a young chap wearing his hat over the left eyebrow, some clerk I suppose,—there must have been clerks in the business, though the house was as still as a house in a city of the dead,—came from somewhere up-stairs, and led me forth. He was shabby and careless, with ink-stains on the sleeves of his jacket, and his cravat was large and billowy, under a chin shaped like the toe of an old boot. It

el mango de tantos millones. Estrechó la mano, supongo, murmuró vagamente, se mostró satisfecho con mi francés. *Bon voyage.*

«En unos cuarenta y cinco segundos me encontré de nuevo en la sala de espera con el compasivo secretario, que, llena de desolación y simpatía, me hizo firmar algunos documentos. Creo que me comprometí, entre otras cosas, a no revelar ningún secreto comercial. Pues bien, no voy a hacerlo.

«Empecé a sentirme ligeramente incómodo. Ya saben que no estoy acostumbrado a este tipo de ceremonias, y había algo siniestro en el ambiente. Era como si me hubieran hecho partícipe de alguna conspiración, no sé, algo que no estaba bien, y me alegré de irme. En la sala exterior las dos mujeres tejían lana negra febrilmente. Llegaba gente, y la más joven caminaba de un lado a otro presentándolos. La anciana estaba sentada en su silla. Sus zapatillas planas de tela estaban apoyadas en un calientapiés y un gato reposaba en su regazo. Llevaba una prenda blanca almidonada en la cabeza, tenía una verruga en una mejilla y unas gafas de montura plateada colgaban de la punta de la nariz. Me miró por encima de las gafas. La rápida e indiferente placidez de aquella mirada me preocupó. Dos jóvenes con semblantes tontos y alegres estaban siendo conducidos, y ella les lanzó la misma mirada rápida de despreocupada sabiduría. Parecía saberlo todo sobre ellos y también sobre mí. Me invadió una sensación inquietante. Parecía extraña y fatídica. A menudo pensaba en aquellas dos, guardando la puerta de las Tinieblas, tejiendo lana negra como para un cálido manto, una presentando, introduciendo continuamente a los desconocidos, la otra escudriñando los rostros alegres y tontos con ojos viejos y despreocupados. *Ave.* Vieja tejedora de lana negra. *Morituri te salutant.* No muchos de los que ella miraba la volvieron a ver; ni la mitad, ni mucho menos.

«Todavía faltaba una visita al médico. "Una simple formalidad", me aseguró el secretario, con aire de compartir en gran manera todas mis penas. En consecuencia, un joven que llevaba el sombrero sobre la ceja izquierda, algún oficinista, supongo —debía de haber oficinistas en el negocio, aunque la casa estaba tan quieta como una casa en una ciudad de muertos—, vino de algún lugar del piso superior y me condujo. Era un hombre desaliñado y descuidado, con manchas de tinta en las mangas de su chaqueta, y su corbata era grande y ondu-

was a little too early for the doctor, so I proposed a drink, and thereupon he developed a vein of joviality. As we sat over our vermouths he glorified the Company's business, and by-and-by I expressed casually my surprise at him not going out there. He became very cool and collected all at once. 'I am not such a fool as I look, quoth Plato to his disciples,' he said sententiously, emptied his glass with great resolution, and we rose.

«The old doctor felt my pulse, evidently thinking of something else the while. 'Good, good for there,' he mumbled, and then with a certain eagerness asked me whether I would let him measure my head. Rather surprised, I said Yes, when he produced a thing like calipers and got the dimensions back and front and every way, taking notes carefully. He was an unshaven little man in a threadbare coat like a gaberdine, with his feet in slippers, and I thought him a harmless fool. 'I always ask leave, in the interests of science, to measure the crania of those going out there,' he said. 'And when they come back, too?' I asked. 'Oh, I never see them,' he remarked; 'and, moreover, the changes take place inside, you know.' He smiled, as if at some quiet joke. 'So you are going out there. Famous. Interesting too.' He gave me a searching glance, and made another note. 'Ever any madness in your family?' he asked, in a matter-of-fact tone. I felt very annoyed. 'Is that question in the interests of science too?' 'It would be,' he said, without taking notice of my irritation, 'interesting for science to watch the mental changes of individuals, on the spot, but . . .' 'Are you an alienist?' I interrupted. 'Every doctor should be—a little,' answered that original, imperturbably. 'I have a little theory which you Messieurs who go out there must help me to prove. This is my share in the advantages my country shall reap from the possession of such a magnificent dependency. The mere wealth I leave to others. Pardon my questions, but you are the first Englishman coming under my observation. . . .' I hastened to assure him I was not in the least typical. 'If I were,' said I, 'I wouldn't be talking like this with you.' 'What you say is rather profound, and probably erroneous,' he said, with a laugh. 'Avoid irritation more than exposure to the sun. *Adieu.* How do you English say, eh? Good-by. Ah! Good-by. *Adieu.* In the tropics one must before everything keep calm.' . . . He lifted a warning forefinger. . . . '*Du calme, du calme. Adieu.*'

lada, bajo una barbilla con forma de punta de bota vieja. Era un poco temprano para el médico, así que le propuse un trago, y en ese momento le brotó una vena de jovialidad. Mientras estábamos sentados tomando nuestros vermuts, glorificó el negocio de la Compañía, y al poco tiempo expresé casualmente mi sorpresa por el hecho de que no fuera allí. Se puso muy frío y sereno de inmediato. "No soy tan tonto como parezco, dijo Platón a sus discípulos", dijo sentenciosamente, vació su vaso con gran resolución y nos levantamos.

«El viejo doctor me tomó el pulso, evidentemente pensando en otra cosa mientras tanto. "Bien, todo bien por aquí", murmuró, y luego, con cierto afán, me preguntó si le dejaba medirme la cabeza. Bastante sorprendido, le dije que sí, cuando sacó una cosa parecida a unos calibres y tomó las dimensiones por detrás y por delante y en todos los sentidos, tomando notas cuidadosamente. Era un hombrecillo sin afeitar, con un abrigo raído como una gabardina, con los pies enfundados en zapatillas, y me pareció un tonto inofensivo. "Siempre pido permiso, en interés de la ciencia, para medir los cráneos de los que van ahí", dijo. "¿Y cuando regresan también?", pregunté. "Oh, nunca los veo", comentó; "y, además, los cambios tienen lugar en el interior, ya sabe". Sonrió, como si se tratara de un chiste discreto. "Así que va a ir allí. Famoso lugar. También es interesante". Me echó una mirada escrutadora y tomó otra nota. "¿Ha habido alguna locura en su familia?", preguntó, con un tono práctico. Me sentí muy molesto. "¿Es esa pregunta también en interés de la ciencia?". "Sería interesante para la ciencia", dijo, sin darse cuenta de mi irritación, "observar los cambios mentales de los individuos, *in situ*, pero...". "¿Es usted un alienista?", interrumpí. "Todo médico debería serlo un poco", respondió aquel original, imperturbable. "Tengo una pequeña teoría que ustedes, los *Messieurs* que van por ahí, han de ayudarme a probar. Esta es mi parte en las ventajas que mi país obtendrá de la posesión de tan magnífica dependencia. La mera riqueza se la dejo a otros. Perdone mis preguntas, pero usted es el primer inglés que está bajo mi observación...". Me apresuré a asegurarle que no era nada típico. "Si lo fuera", dije, "no estaría hablando así con usted". "Lo que dice es bastante profundo, y probablemente erróneo", dijo, riéndose. "Evite la irritación más que la exposición al sol. *Adieu*. ¿Cómo dicen los ingleses, eh? Adiós. ¡Ah! *Good-by. Adieu*. En el trópico uno debe ante todo mantener la calma"... Levantó un dedo índice de advertencia... "*Du calme, du calme. Adieu*".

«One thing more remained to do—say good-by to my excellent aunt. I found her triumphant. I had a cup of tea—the last decent cup of tea for many days—and in a room that most soothingly looked just as you would expect a lady's drawing-room to look, we had a long quiet chat by the fireside. In the course of these confidences it became quite plain to me I had been represented to the wife of the high dignitary, and goodness knows to how many more people besides, as an exceptional and gifted creature—a piece of good fortune for the Company—a man you don't get hold of every day. Good heavens! and I was going to take charge of a two-penny-halfpenny river-steamboat with a penny whistle attached! It appeared, however, I was also one of the Workers, with a capital—you know. Something like an emissary of light, something like a lower sort of apostle. There had been a lot of such rot let loose in print and talk just about that time, and the excellent woman, living right in the rush of all that humbug, got carried off her feet. She talked about 'weaning those ignorant millions from their horrid ways,' till, upon my word, she made me quite uncomfortable. I ventured to hint that the Company was run for profit.

«'You forget, dear Charlie, that the laborer is worthy of his hire,' she said, brightly. It's queer how out of touch with truth women are. They live in a world of their own, and there had never been anything like it, and never can be. It is too beautiful altogether, and if they were to set it up it would go to pieces before the first sunset. Some confounded fact we men have been living contentedly with ever since the day of creation would start up and knock the whole thing over.

«After this I got embraced, told to wear flannel, be sure to write often, and so on—and I left. In the street—I don't know why—a queer feeling came to me that I was an impostor. Odd thing that I, who used to clear out for any part of the world at twenty-four hours' notice, with less thought than most men give to the crossing of a street, had a moment—I won't say of hesitation, but of startled pause, before this commonplace affair. The best way I can explain it to you is by saying that, for a second or two, I felt as though, instead of going to the center of a continent, I were about to set off for the center of the earth.

«Quedaba una cosa por hacer: despedirme de mi excelente tía. La encontré triunfante. Tomé una taza de té —la última taza de té decente en muchos días— y en una habitación que tenía el aspecto más reconfortante que cabría esperar del salón de una dama, mantuvimos una larga y tranquila charla junto al fuego. En el curso de estas confidencias me quedó claro que la esposa del alto dignatario, y Dios sabe cuántas personas más, me habían considerado una criatura excepcional y dotada, una pieza de buena suerte para la Compañía, un hombre de los que no se encuentran todos los días. ¡Cielo santo! ¡Y yo iba a hacerme cargo de un barco fluvial de dos peniques y medio con un silbato de un penique! Sin embargo, parecía que yo también era uno de los Trabajadores, con mayúsculas, ¿saben? Algo así como un emisario de la luz, una especie de apóstol inferior. En aquella época se había difundido una gran cantidad de esa basura en la prensa y en las charlas, y la excelente mujer, que vivía en medio de toda esa patraña, se dejó llevar por el entusiasmo. Habló de "destetar a esos millones de ignorantes de sus horribles costumbres", hasta que, se los juro, me hizo sentir bastante incómodo. Me aventuré a insinuar que la Compañía operaba con fines de lucro.

«"Te olvidas, querido Charlie, de que el obrero es digno de su salario", dijo ella, alegremente. Es extraño lo alejadas que están las mujeres de la verdad. Viven en un mundo propio, que nunca ha existido ni podrá existir. Es demasiado bello en su conjunto, y si ellas lo construyeran se haría pedazos antes de la primera puesta de sol. Algún hecho confuso con el que los hombres hemos vivido, contentos desde el día de la creación, se pondría en marcha y lo derribaría todo.

«Después de esto me abrazó, me dijo que usara franela, que me asegurara de escribir a menudo, etc., y me fui. En la calle, no sé por qué, tuve la extraña sensación de ser un impostor. Es extraño que yo, que acostumbraba a salir hacia cualquier parte del mundo con veinticuatro horas de antelación, con menos reflexión que la mayoría de los hombres dan a la hora de cruzar una calle, tuviera un momento, no diré de vacilación, sino de pausa sorprendida, ante este asunto tan común. La mejor manera en que puedo explicarlo es diciendo que, durante uno o dos segundos, sentí como si, en lugar de ir al centro de un continente, estuviera a punto de partir hacia el centro de la Tierra.

«I left in a French steamer, and she called in every blamed port they have out there, for, as far as I could see, the sole purpose of landing soldiers and custom-house officers. I watched the coast. Watching a coast as it slips by the ship is like thinking about an enigma. There it is before you—smiling, frowning, inviting, grand, mean, insipid, or savage, and always mute with an air of whispering, 'Come and find out.' This one was almost featureless, as if still in the making, with an aspect of monotonous grimness. The edge of a colossal jungle, so dark-green as to be almost black, fringed with white surf, ran straight, like a ruled line, far, far away along a blue sea whose glitter was blurred by a creeping mist. The sun was fierce, the land seemed to glisten and drip with steam. Here and there grayish-whitish specks showed up, clustered inside the white surf, with a flag flying above them perhaps. Settlements some centuries old, and still no bigger than pin-heads on the untouched expanse of their background. We pounded along, stopped, landed soldiers; went on, landed custom-house clerks to levy toll in what looked like a God-forsaken wilderness, with a tin shed and a flag-pole lost in it; landed more soldiers—to take care of the custom-house clerks, presumably. Some, I heard, got drowned in the surf; but whether they did or not, nobody seemed particularly to care. They were just flung out there, and on we went. Every day the coast looked the same, as though we had not moved; but we passed various places—trading places—with names like Gran' Bassam, Little Popo, names that seemed to belong to some sordid farce acted in front of a sinister backcloth. The idleness of a passenger, my isolation amongst all these men with whom I had no point of contact, the oily and languid sea, the uniform somberness of the coast, seemed to keep me away from the truth of things, within the toil of a mournful and senseless delusion. The voice of the surf heard now and then was a positive pleasure, like the speech of a brother. It was something natural, that had its reason, that had a meaning. Now and then a boat from the shore gave one a momentary contact with reality. It was paddled by black fellows. You could see from afar the white of their eyeballs glistening. They shouted, sang; their bodies streamed with perspiration; they had faces like grotesque masks— these chaps; but they had bone, muscle, a wild vitality, an intense energy of movement, that was as natural and true as the surf along their coast. They wanted no excuse for being there. They were a great comfort to look at. For a time I would feel I belonged still to a world of straightforward facts; but the feeling would not last long. Something

«Salí en un barco a vapor francés, que recaló en todos los puertos de mala fama que tienen por ahí, con el único propósito, por lo que pude ver, de desembarcar soldados y funcionarios de la aduana. Observé la costa. Observar una costa mientras se desliza frente al barco es como pensar en un enigma. Ahí está ante uno: sonriente, con el ceño fruncido, atrayente, grandiosa, mezquina, insípida o salvaje, y siempre muda, con un aire que susurra: "Ven y descúbrelo". Ésta no tenía casi ningún rasgo, como si estuviera todavía en proceso de formación, con un aspecto de monótona tristeza. El borde de una selva colosal, de un verde tan oscuro como casi negro, bordeado de olas blancas, corría recto, como una línea reglada, muy, muy lejos, a lo largo de un mar azul cuyo brillo estaba difuminado por una niebla rastrera. El sol era feroz, la tierra parecía brillar y gotear de vapor. Aquí y allá aparecían motas grisáceas y blanquecinas, agrupadas en el interior del blanco oleaje, con una bandera ondeando tal vez por encima de ellas. Asentamientos con algunos siglos de antigüedad, y todavía no más grandes que cabezas de alfiler en la extensión intacta de su fondo. Avanzamos a toda velocidad, nos detuvimos, desembarcamos soldados; continuamos, desembarcamos empleados de la aduana para cobrar peaje en lo que parecía una selva olvidada por Dios, con un cobertizo de hojalata y un asta de bandera perdida en él; desembarcamos más soldados... para cuidar de los empleados de la aduana, presumiblemente. He oído que algunos se ahogaron en el rompiente, pero si lo hicieron o no, a nadie pareció importarle especialmente. Simplemente se les arrojó allí, y seguimos adelante. Todos los días la costa tenía el mismo aspecto, como si no nos hubiéramos movido; pero pasamos por varios lugares, lugares comerciales con nombres como Gran' Bassam, Little Popo, nombres que parecían pertenecer a alguna sórdida farsa representada ante un siniestro telón de fondo. La ociosidad de un pasajero, mi aislamiento entre todos estos hombres con los que no tenía ningún punto de contacto, el mar aceitoso y lánguido, la sombría uniformidad de la costa parecían mantenerme alejado de la verdad de las cosas, dentro del trabajo de un delirio lúgubre y sin sentido. La voz del oleaje que se oía de vez en cuando era un placer positivo, como el discurso de un hermano. Era algo natural, que tenía su razón, que tenía un sentido. De vez en cuando, una barca procedente de la orilla le daba a uno un contacto momentáneo con la realidad. La remaban unos compañeros negros. Se podía ver desde lejos el blanco de sus ojos brillando. Gritaban, cantaban; sus cuerpos chorreaban sudor; tenían rostros como máscaras grotescas, estos ti-

would turn up to scare it away. Once, I remember, we came upon a man-of-war anchored off the coast. There wasn't even a shed there, and she was shelling the bush. It appears the French had one of their wars going on thereabouts. Her ensign dropped limp like a rag; the muzzles of the long eight-inch guns stuck out all over the low hull; the greasy, slimy swell swung her up lazily and let her down, swaying her thin masts. In the empty immensity of earth, sky, and water, there she was, incomprehensible, firing into a continent. Pop, would go one of the eight-inch guns; a small flame would dart and vanish, a little white smoke would disappear, a tiny projectile would give a feeble screech—and nothing happened. Nothing could happen. There was a touch of insanity in the proceeding, a sense of lugubrious drollery in the sight; and it was not dissipated by somebody on board assuring me earnestly there was a camp of natives—he called them enemies!—hidden out of sight somewhere.

«We gave her her letters (I heard the men in that lonely ship were dying of fever at the rate of three a day) and went on. We called at some more places with farcical names, where the merry dance of death and trade goes on in a still and earthy atmosphere as of an overheated catacomb; all along the formless coast bordered by dangerous surf, as if Nature herself had tried to ward off intruders; in and out of rivers, streams of death in life, whose banks were rotting into mud, whose waters, thickened into slime, invaded the contorted mangroves, that seemed to writhe at us in the extremity of an impotent despair. Nowhere did we stop long enough to get a particularized impression, but the general sense of vague and oppressive wonder grew upon me. It was like a weary pilgrimage amongst hints for nightmares.

«It was upward of thirty days before I saw the mouth of the big river. We anchored off the seat of the government. But my work would not

pos; pero tenían huesos, músculos, una vitalidad salvaje, una intensa energía de movimiento, que era tan natural y verdadera como el oleaje de su costa. No buscaban ninguna excusa para estar allí. Era muy reconfortante verlos. Durante un tiempo sentía que aún pertenecía a un mundo de hechos simples, pero esa sensación no duraba mucho. Algo aparecía para ahuyentarla. Recuerdo que una vez nos encontramos con un buque de guerra anclado frente a la costa. No había ni siquiera un cobertizo allí, y estaba bombardeando el monte. Parece que los franceses tenían una de sus guerras por allí. Su enseña caía flácida como un trapo; las bocas de los largos cañones de ocho pulgadas sobresalían por todo el bajo casco; el oleaje grasiento y viscoso lo hacía subir y bajar perezosamente, balanceando sus delgados mástiles. En la inmensidad vacía de la tierra, el cielo y el agua, allí estaba, incomprensible, disparando hacia un continente. "Pop", sonaba uno de los cañones de ocho pulgadas; una pequeña llama se lanzaba y se desvanecía, un poco de humo blanco desaparecía, un pequeño proyectil daba un débil chillido... y no pasaba nada. No podía pasar nada. Había un toque de locura en el procedimiento, una sensación de lúgubre alegría en el espectáculo; y no se disipó cuando alguien a bordo me aseguró seriamente que había un campamento de nativos... ¡los llamaba enemigos!

«Le dimos sus cartas (he oído que los hombres de aquel solitario barco se morían de fiebre a razón de tres al día) y seguimos adelante. Hicimos escala en algunos otros lugares, con nombres farsantes, donde la alegre danza de la muerte y el comercio se desarrolla en una atmósfera quieta y terrosa como la de una catacumba recalentada; a lo largo de la costa sin forma, bordeada por un peligroso oleaje, como si la propia naturaleza hubiera tratado de alejar a los intrusos; dentro y fuera de los ríos, arroyos de muerte en vida, cuyas orillas se estaban pudriendo en barro, cuyas aguas, espesadas en limo, invadían los contorsionados manglares, que parecían retorcerse ante nosotros en el extremo de una impotente desesperación. En ningún lugar nos detuvimos el suficiente tiempo como para obtener una impresión particularizada, pero la sensación general de maravilla, vaga y opresiva, creció en mí. Era como un cansado peregrinaje entre indicios de pesadillas.

«Pasaron más de treinta días antes de que viera la desembocadura del gran río. Anclamos frente a la sede del gobierno. Pero mi traba-

begin till some two hundred miles farther on. So as soon as I could I made a start for a place thirty miles higher up.

«I had my passage on a little sea-going steamer. Her captain was a Swede, and knowing me for a seaman, invited me on the bridge. He was a young man, lean, fair, and morose, with lanky hair and a shuffling gait. As we left the miserable little wharf, he tossed his head contemptuously at the shore. 'Been living there?' he asked. I said, 'Yes.' 'Fine lot these government chaps—are they not?' he went on, speaking English with great precision and considerable bitterness. 'It is funny what some people will do for a few francs a month. I wonder what becomes of that kind when it goes up country?' I said to him I expected to see that soon. 'So-o-o!' he exclaimed. He shuffled athwart, keeping one eye ahead vigilantly. 'Don't be too sure,' he continued. 'The other day I took up a man who hanged himself on the road. He was a Swede, too.' 'Hanged himself! Why, in God's name?' I cried. He kept on looking out watchfully. 'Who knows? The sun too much for him, or the country perhaps.'

«At last we opened a reach. A rocky cliff appeared, mounds of turned-up earth by the shore, houses on a hill, others, with iron roofs, amongst a waste of excavations, or hanging to the declivity. A continuous noise of the rapids above hovered over this scene of inhabited devastation. A lot of people, mostly black and naked, moved about like ants. A jetty projected into the river. A blinding sunlight drowned all this at times in a sudden recrudescence of glare. 'There's your Company's station,' said the Swede, pointing to three wooden barrack-like structures on the rocky slope. 'I will send your things up. Four boxes did you say? So. Farewell.'

«I came upon a boiler wallowing in the grass, then found a path leading up the hill. It turned aside for the bowlders, and also for an undersized railway-truck lying there on its back with its wheels in the air. One was off. The thing looked as dead as the carcass of some animal. I came upon more pieces of decaying machinery, a stack of rusty rails. To the left a clump of trees made a shady spot, where dark things seemed to stir feebly. I blinked, the path was steep. A horn tooted to the right, and I saw the black people run. A heavy and dull

jo no comenzaría hasta unas doscientas millas más allá. Así que tan pronto como pude me dirigí a un lugar treinta millas más arriba.

«Tomé pasaje en un pequeño barco de vapor. Su capitán era sueco y, conociendo mi condición de hombre de mar, me invitó a subir al puente. Era un hombre joven, delgado, rubio y malhumorado, con el pelo larguirucho y un andar arrastrado. Cuando salimos del pequeño y miserable muelle, miró despectivamente a la orilla. "¿Ha vivido allí?", preguntó. "Sí", respondí. "Estos tipos del gobierno son muy buenos, ¿no?", continuó, hablando en inglés con gran precisión y considerable amargura. "Es curioso lo que algunas personas hacen por unos pocos francos al mes. Me pregunto qué será de la gente cuando va al interior del país". Le dije que esperaba ver eso pronto. Y exclamó: "¡Oh-h-h!". Se volvió hacia delante, manteniendo un ojo vigilante. "No esté tan seguro", continuó. "El otro día recogí a un hombre que se ahorcó en la carretera. También era sueco". "¡Se ahorcó! ¿Por qué, en nombre de Dios?", grité. Siguió mirando con atención. "¿Quién sabe? El sol fue demasiado para él, o el país tal vez".

«Por fin se abrió ante nosotros una extensión de agua. Apareció un acantilado rocoso, montículos de tierra removida junto a la orilla, casas sobre una colina, otras, con tejados de hierro, entre un despojo de excavaciones, o colgadas al declive. Un ruido continuo de los rápidos, por encima, se cernía sobre esta escena de devastación habitada. Un montón de gente, en su mayoría negros y desnudos, se movían como hormigas. Un embarcadero se proyectaba en el río. Una luz solar cegadora ahogaba todo esto a veces en un repentino recrudecimiento del resplandor. "Ahí está el puesto de su compañía", dijo el sueco, señalando tres estructuras de madera en forma de barracas en la ladera rocosa. "Enviaré sus cosas allí. ¿Ha dicho cuatro cajas? Así que... Adiós".

«Me encontré con una caldera tirada sobre la hierba, y luego encontré un camino que subía a la colina. Me desvié ante las grandes piedras y también ante un pequeño camión de ferrocarril que estaba tumbado de espaldas con las ruedas en el aire. Faltaba una de ellas. La cosa parecía tan muerta como el cadáver de algún animal. Me encontré con más piezas de maquinaria en descomposición, una pila de raíles oxidados. A la izquierda, un grupo de árboles formaba un lugar sombreado, donde cosas oscuras parecían agitarse débilmen-

detonation shook the ground, a puff of smoke came out of the cliff, and that was all. No change appeared on the face of the rock. They were building a railway. The cliff was not in the way or anything; but this objectless blasting was all the work going on.

«A slight clinking behind me made me turn my head. Six black men advanced in a file, toiling up the path. They walked erect and slow, balancing small baskets full of earth on their heads, and the clink kept time with their footsteps. Black rags were wound round their loins, and the short ends behind wagged to and fro like tails. I could see every rib, the joints of their limbs were like knots in a rope; each had an iron collar on his neck, and all were connected together with a chain whose bights swung between them, rhythmically clinking. Another report from the cliff made me think suddenly of that ship of war I had seen firing into a continent. It was the same kind of ominous voice; but these men could by no stretch of imagination be called enemies. They were called criminals, and the outraged law, like the bursting shells, had come to them, an insoluble mystery from over the sea. All their meager breasts panted together, the violently dilated nostrils quivered, the eyes stared stonily uphill. They passed me within six inches, without a glance, with that complete, deathlike indifference of unhappy savages. Behind this raw matter one of the reclaimed, the product of the new forces at work, strolled despondently, carrying a rifle by its middle. He had a uniform jacket with one button off, and seeing a white man on the path, hoisted his weapon to his shoulder with alacrity. This was simple prudence, white men being so much alike at a distance that he could not tell who I might be. He was speedily reassured, and with a large, white, rascally grin, and a glance at his charge, seemed to take me into partnership in his exalted trust. After all, I also was a part of the great cause of these high and just proceedings.

«Instead of going up, I turned and descended to the left. My idea was to let that chain-gang get out of sight before I climbed the hill.

te. Parpadeé, el camino era empinado. Una bocina sonó a la derecha y vi a los negros correr. Una fuerte y sorda detonación sacudió el suelo, una bocanada de humo salió del acantilado, y eso fue todo. No pareció haber ningún cambio en la cara de la roca. Estaban construyendo una vía férrea. El acantilado no estorbaba para nada; pero esta voladura sin objeto era todo el trabajo que se realizaba.

«Un ligero tintineo detrás de mí me hizo girar la cabeza. Seis hombres negros avanzaban en fila, subiendo trabajosamente por el sendero. Caminaban erguidos y con lentitud, balanceando pequeños cestos llenos de tierra sobre sus cabezas, y el tintineo seguía el ritmo de sus pasos. Llevaban trapos negros enrollados alrededor de los lomos, y los extremos cortos de los mismos se movían de un lado a otro como si fueran colas. Podía ver todas las costillas, las articulaciones de sus miembros eran como nudos de una cuerda; cada uno tenía un collar de hierro en el cuello, y todos estaban unidos por una cadena cuyos eslabones oscilaban entre ellos, tintineando rítmicamente. Otro estampido procedente del acantilado me hizo pensar de repente en aquel barco de guerra que había visto disparar contra un continente. Era el mismo tipo de voz ominosa; pero a estos hombres no se les podía llamar enemigos ni mucho menos. Se les llamaba criminales, y la ley ultrajada, como los proyectiles que estallaban, había llegado a ellos, un misterio insoluble desde el otro lado del mar. Sus escasos pechos jadeaban juntos, las fosas nasales violentamente dilatadas temblaban, los ojos miraban fijamente hacia arriba. Pasaron por delante de mí a menos de seis pulgadas, sin una mirada, con esa indiferencia completa y mortífera de los infelices salvajes. Detrás de esta materia prima, uno de los reclamados, producto de las nuevas fuerzas en acción, se paseaba abatido, llevando un rifle por su centro. Llevaba una chaqueta de uniforme con un botón quitado, y al ver a un hombre blanco en el camino, se alzó el arma al hombro con presteza. Esto fue por simple prudencia, ya que los hombres blancos son tan parecidos a la distancia que él no podía saber quién podía ser. Se tranquilizó rápidamente, y con una gran sonrisa blanca y picarona, y una mirada de soslayo a su cargo, pareció aceptarme como socio en su exaltada confianza. Al fin y al cabo, yo también formaba parte de la gran causa de estos elevados y justos procedimientos.

«En lugar de subir, giré y descendí hacia la izquierda. Mi idea era perder de vista a esa pandilla de cadenas antes de subir la colina.

You know I am not particularly tender; I've had to strike and to fend off. I've had to resist and to attack sometimes—that's only one way of resisting—without counting the exact cost, according to the demands of such sort of life as I had blundered into. I've seen the devil of violence, and the devil of greed, and the devil of hot desire; but, by all the stars! these were strong, lusty, red-eyed devils, that swayed and drove men—men, I tell you. But as I stood on this hillside, I foresaw that in the blinding sunshine of that land I would become acquainted with a flabby, pretending, weak-eyed devil of a rapacious and pitiless folly. How insidious he could be, too, I was only to find out several months later and a thousand miles farther. For a moment I stood appalled, as though by a warning. Finally I descended the hill, obliquely, towards the trees I had seen.

«I avoided a vast artificial hole somebody had been digging on the slope, the purpose of which I found it impossible to divine. It wasn't a quarry or a sandpit, anyhow. It was just a hole. It might have been connected with the philanthropic desire of giving the criminals something to do. I don't know. Then I nearly fell into a very narrow ravine, almost no more than a scar in the hillside. I discovered that a lot of imported drainage-pipes for the settlement had been tumbled in there. There wasn't one that was not broken. It was a wanton smashup. At last I got under the trees. My purpose was to stroll into the shade for a moment; but no sooner within than it seemed to me I had stepped into a gloomy circle of some Inferno. The rapids were near, and an uninterrupted, uniform, headlong, rushing noise filled the mournful stillness of the grove, where not a breath stirred, not a leaf moved, with a mysterious sound—as though the tearing pace of the launched earth had suddenly become audible.

«Black shapes crouched, lay, sat between the trees, leaning against the trunks, clinging to the earth, half coming out, half effaced within the dim light, in all the attitudes of pain, abandonment, and despair. Another mine on the cliff went off, followed by a slight shudder of the soil under my feet. The work was going on. The work! And this was the place where some of the helpers had withdrawn to die.

Saben que no soy particularmente tierno; he tenido que golpear y defenderme. He tenido que resistir y atacar a veces —esa es sólo una manera de resistir— sin contar el costo exacto, de acuerdo con las exigencias de esa clase de vida en la que me había metido. He visto el demonio de la violencia, y el demonio de la codicia, y el demonio del deseo ardiente; pero, ¡por todas las estrellas! estos eran demonios fuertes, lujuriosos, de ojos rojos, que se balanceaban y conducían a los hombres... hombres, les digo. Pero mientras estaba en esta ladera, preveía que en el sol cegador de aquella tierra conocería a un diablo flácido, fingido y de ojos débiles, de una locura rapaz y despiadada. Lo insidioso que podía ser, además, sólo lo descubriría varios meses después y a mil millas de distancia. Por un momento me quedé horrorizado, como si se tratara de una advertencia. Finalmente descendí la colina, oblicuamente, hacia los árboles que había visto.

«Evité un enorme agujero artificial que alguien había estado cavando en la ladera, cuyo propósito me resultó imposible de adivinar. En cualquier caso, no era una cantera ni un arenal. Era sólo un agujero. Puede que estuviera relacionado con el deseo filantrópico de dar a los criminales algo que hacer. No lo sé. Luego estuve a punto de caer en un barranco muy estrecho, casi no más que una cicatriz en la ladera. Descubrí que un montón de tuberías de desagüe importadas para el asentamiento habían sido tiradas allí. No había ninguna que no estuviera rota. Era un destrozo sin sentido. Por fin me metí bajo los árboles. Mi propósito era deambular a la sombra por un momento; pero apenas entré me pareció que había entrado en el tenebroso círculo de algún Infierno. Los rápidos estaban cerca, y un ruido ininterrumpido, uniforme, precipitado, llenaba la lúgubre quietud de la arboleda, donde no se agitaba ni un aliento, ni se movía una hoja, con un sonido misterioso... como si el ritmo desgarrador de la tierra herida se hubiera hecho audible de repente.

«Formas negras agazapadas, tumbadas, sentadas entre los árboles, apoyadas en los troncos, aferradas a la tierra, medio saliendo, medio borradas dentro de la tenue luz, en todas las actitudes de dolor, abandono y desesperación. Otra mina estalló en el acantilado, seguida de un ligero temblor del suelo bajo mis pies. El trabajo continuaba. El trabajo. Y este era el lugar donde algunos de los ayudantes se habían retirado para morir.

«They were dying slowly—it was very clear. They were not enemies, they were not criminals, they were nothing earthly now,—nothing but black shadows of disease and starvation, lying confusedly in the greenish gloom. Brought from all the recesses of the coast in all the legality of time contracts, lost in uncongenial surroundings, fed on unfamiliar food, they sickened, became inefficient, and were then allowed to crawl away and rest. These moribund shapes were free as air—and nearly as thin. I began to distinguish the gleam of eyes under the trees. Then, glancing down, I saw a face near my hand. The black bones reclined at full length with one shoulder against the tree, and slowly the eyelids rose and the sunken eyes looked up at me, enormous and vacant, a kind of blind, white flicker in the depths of the orbs, which died out slowly. The man seemed young—almost a boy—but you know with them it's hard to tell. I found nothing else to do but to offer him one of my good Swede's ship's biscuits I had in my pocket. The fingers closed slowly on it and held—there was no other movement and no other glance. He had tied a bit of white worsted round his neck—Why? Where did he get it? Was it a badge—an ornament—a charm—a propitiatory act? Was there any idea at all connected with it? It looked startling round his black neck, this bit of white thread from beyond the seas.

«Near the same tree two more bundles of acute angles sat with their legs drawn up. One, with his chin propped on his knees, stared at nothing, in an intolerable and appalling manner: his brother phantom rested its forehead, as if overcome with a great weariness; and all about others were scattered in every pose of contorted collapse, as in some picture of a massacre or a pestilence. While I stood horror-struck, one of these creatures rose to his hands and knees, and went off on all-fours towards the river to drink. He lapped out of his hand, then sat up in the sunlight, crossing his shins in front of him, and after a time let his woolly head fall on his breastbone.

«I didn't want any more loitering in the shade, and I made haste towards the station. When near the buildings I met a white man, in

«Estaban muriendo lentamente; estaba muy claro. No eran enemigos, no eran criminales, no eran nada terrenal ahora, nada más que negras sombras de enfermedad y hambre, que yacían confusamente en la penumbra verdosa. Traídos desde todos los rincones de la costa con toda la legalidad de los contratos temporales, perdidos en un entorno incómodo, alimentados con comida desconocida, enfermaban, se volvían ineficaces y luego se les permitía arrastrarse y descansar. Estas formas moribundas eran libres como el aire y casi tan delgadas. Empecé a distinguir el brillo de los ojos bajo los árboles. Entonces, mirando hacia abajo, vi un rostro cerca de mi mano. Los huesos negros se reclinaron en toda su extensión con un hombro apoyado en el árbol, y lentamente los párpados se levantaron y los ojos hundidos me miraron, enormes y vacíos, una especie de parpadeo blanco y ciego en las profundidades de los orbes, que se apagó lentamente. El hombre parecía joven, casi un niño, pero ya saben que con ellos es difícil saberlo. No encontré otra cosa que hacer que ofrecerle una de las galletas de barco de mi buen sueco que llevaba en el bolsillo. Los dedos se cerraron lentamente sobre ella y la retuvieron; no hubo ningún otro movimiento ni ninguna otra mirada. Se había atado al cuello un trozo de estambre blanco... ¿Por qué? ¿De dónde lo había sacado? ¿Era una insignia... un adorno... un amuleto... un acto propiciatorio? ¿Había alguna idea relacionada con ello? Aquel trozo de hilo blanco de más allá de los mares resultaba sorprendente alrededor de su cuello negro.

«Cerca del mismo árbol, otros dos manojos de ángulos agudos estaban sentados con las piernas recogidas. Uno de ellos, con la barbilla apoyada en las rodillas, miraba fijamente a la nada, de una manera intolerable y espantosa: su hermano fantasma apoyaba la frente, como vencido por un gran cansancio; y todos, alrededor de los demás, estaban dispersos en todas las poses de colapso contorsionado, como en algún cuadro de una masacre o una peste. Mientras yo permanecía horrorizado, una de estas criaturas se levantó sobre las manos y las rodillas, y se dirigió a cuatro patas hacia el río para beber. Se puso a lamer de la mano, luego se sentó a la luz del sol, cruzando las canillas por delante, y al cabo de un rato dejó caer su lanosa cabeza sobre el esternón.

«No quería seguir merodeando a la sombra, y me dirigí apresuradamente hacia la estación. Cuando estaba cerca de los edificios me

such an unexpected elegance of get-up that in the first moment I took him for a sort of vision. I saw a high starched collar, white cuffs, a light alpaca jacket, snowy trousers, a clear necktie, and varnished boots. No hat. Hair parted, brushed, oiled, under a green-lined parasol held in a big white hand. He was amazing, and had a penholder behind his ear.

«I shook hands with this miracle, and I learned he was the Company's chief accountant, and that all the bookkeeping was done at this station. He had come out for a moment, he said, 'to get a breath of fresh air.' The expression sounded wonderfully odd, with its suggestion of sedentary desk-life. I wouldn't have mentioned the fellow to you at all, only it was from his lips that I first heard the name of the man who is so indissolubly connected with the memories of that time. Moreover, I respected the fellow. Yes; I respected his collars, his vast cuffs, his brushed hair. His appearance was certainly that of a hairdresser's dummy; but in the great demoralization of the land he kept up his appearance. That's backbone. His starched collars and got-up shirt-fronts were achievements of character. He had been out nearly three years; and, later on, I could not help asking him how he managed to sport such linen. He had just the faintest blush, and said modestly, 'I've been teaching one of the native women about the station. It was difficult. She had a distaste for the work.' This man had verily accomplished something. And he was devoted to his books, which were in apple-pie order.

«Everything else in the station was in a muddle,—heads, things, buildings. Strings of dusty niggers with splay feet arrived and departed; a stream of manufactured goods, rubbishy cottons, beads, and brass-wire sent into the depths of darkness, and in return came a precious trickle of ivory.

«I had to wait in the station for ten days—an eternity. I lived in a hut in the yard, but to be out of the chaos I would sometimes get into the accountant's office. It was built of horizontal planks, and so badly put together that, as he bent over his high desk, he was barred from neck to heels with narrow strips of sunlight. There was no need to open the big shutter to see. It was hot there too; big flies buzzed fiendishly, and did not sting, but stabbed. I sat generally on the floor, while, of fault-

encontré con un hombre blanco, con una elegancia de atuendo tan inesperada que en el primer momento lo tomé por una especie de visión. Vi un cuello alto almidonado, puños blancos, una chaqueta de alpaca clara, pantalones nevados, una corbata clara y botas barnizadas. Sin sombrero. Cabellos partidos, cepillados, aceitados, bajo una sombrilla forrada de verde sostenida por una gran mano blanca. Era asombroso, y tenía un portaplumas detrás de la oreja.

«Estreché la mano de este milagro, y me enteré de que era el contador en jefe de la Compañía, y que toda la contabilidad se llevaba a cabo en esta estación. Había salido un momento, dijo, "para tomar un poco de aire fresco". La expresión sonaba maravillosamente extraña, con su sugerencia de vida sedentaria de escritorio. No les habría mencionado a ese hombre si no fuera porque fue de sus labios que escuché por primera vez el nombre del hombre que está tan indisolublemente ligado a los recuerdos de aquella época. Además, yo respetaba a ese hombre. Sí; respeto por sus cuellos, sus grandes puños, su pelo cepillado. Su aspecto era ciertamente el de un maniquí de peluquería; pero en la gran desmoralización de la tierra mantenía su aspecto. Eso es valentía. Sus cuellos almidonados y sus camisas planchadas eran logros de carácter. Llevaba casi tres años fuera; y, más tarde, no pude evitar preguntarle cómo se las arreglaba para lucir semejante ropa. Se sonrojó un poco y dijo modestamente: "He estado enseñando a una de las mujeres nativas de la estación. Fue difícil. Le disgustaba el trabajo". Este hombre realmente había logrado algo. Y se dedicaba a sus libros, que estaban en perfecto orden.

«Todo lo demás en la estación era un caos... cabezas, cosas, edificios. Hileras de negros polvorientos con los pies aplastados llegaban y partían; un flujo de productos manufacturados, algodones de mala calidad, cuentas y alambres de latón se enviaban a las profundidades de la oscuridad, y a cambio surgía un precioso chorro de marfil.

«Tuve que esperar en la estación durante diez días, una eternidad. Vivía en una choza en el patio, pero para estar fuera del caos a veces me metía en el despacho del contador. Estaba construido con tablones horizontales, y tan mal montado que, cuando se inclinaba sobre su alto escritorio, estaba barrido desde el cuello hasta los talones con estrechas tiras de luz solar. No era necesario abrir la gran persiana para ver. Allí también hacía calor; grandes moscas zumbaban diabó-

less appearance (and even slightly scented), perching on a high stool, he wrote, he wrote. Sometimes he stood up for exercise. When a truckle-bed with a sick man (some invalided agent from up-country) was put in there, he exhibited a gentle annoyance. 'The groans of this sick person,' he said, 'distract my attention. And without that it is extremely difficult to guard against clerical errors in this climate.'

«One day he remarked, without lifting his head, 'In the interior you will no doubt meet Mr. Kurtz.' On my asking who Mr. Kurtz was, he said he was a first-class agent; and seeing my disappointment at this information, he added slowly, laying down his pen, 'He is a very remarkable person.' Further questions elicited from him that Mr. Kurtz was at present in charge of a trading post, a very important one, in the true ivory-country, at 'the very bottom of there. Sends in as much ivory as all the others put together. . . .' He began to write again. The sick man was too ill to groan. The flies buzzed in a great peace.

«Suddenly there was a growing murmur of voices and a great tramping of feet. A caravan had come in. A violent babble of uncouth sounds burst out on the other side of the planks. All the carriers were speaking together, and in the midst of the uproar the lamentable voice of the chief agent was heard 'giving it up' tearfully for the twentieth time that day. . . . He rose slowly. 'What a frightful row,' he said. He crossed the room gently to look at the sick man, and returning, said to me, 'He does not hear.' 'What! Dead?' I asked, startled. 'No, not yet,' he answered, with great composure. Then, alluding with a toss of the head to the tumult in the station-yard, 'When one has got to make correct entries, one comes to hate those savages—hate them to the death.' He remained thoughtful for a moment. 'When you see Mr. Kurtz,' he went on, 'tell him from me that everything here'— he glanced at the desk—'is very satisfactory. I don't like to write to him—with those messengers of ours you never know who may get hold of your letter—at that Central Station.' He stared at me for a moment with his mild, bulging eyes. 'Oh, he will go far, very far,' he began again. 'He will be a somebody in the Administration before long. They, above—the Council in Europe, you know—mean him to be.'

licamente, y no picaban, sino que apuñalaban. Yo me sentaba generalmente en el suelo, mientras, de aspecto impecable (e incluso ligeramente perfumado), encaramado en un taburete alto, él escribía, escribía. A veces se levantaba para hacer ejercicio. Cuando le colocaron una cama de campaña con un enfermo (algún agente inválido del interior del país), exhibió una leve molestia. "Los gemidos de este enfermo", dijo, "distraen mi atención. Y sin eso es extremadamente difícil protegerse de los errores clericales en este clima".

«Un día comentó, sin levantar la cabeza: "En el interior conocerá sin duda al señor Kurtz". Al preguntarle quién era el señor Kurtz, me dijo que era un agente de primera clase; y al ver mi decepción por esta información, añadió lentamente, dejando la pluma, "Es una persona muy notable". Otras preguntas me permitieron saber que el señor Kurtz estaba actualmente a cargo de un puesto comercial, muy importante, en el verdadero territorio del marfil, en "el mismo fondo del lugar. Envía tanto marfil como todos los demás juntos...". Empezó a escribir de nuevo. El enfermo estaba demasiado enfermo como para gemir. Las moscas zumbaban con gran tranquilidad.

«De repente, se oyó un creciente murmullo de voces y un gran pisar de pies. Había llegado una caravana. Un violento balbuceo de sonidos groseros estalló al otro lado de los tablones. Todos los cargadores hablaban al unísono, y en medio del alboroto se oyó la lamentable voz del agente en jefe "dándose por vencido" con lágrimas en los ojos por vigésima vez aquel día... Él se levantó lentamente. "Qué escándalo", dijo. Cruzó suavemente la habitación para mirar al enfermo y, al volver, me dijo: "No oye". "¿Qué? ¿Muerto?", pregunté, sorprendido. "No, todavía no", respondió él con gran compostura. Luego, aludiendo con una sacudida de cabeza al tumulto en el patio de la estación, "Cuando uno tiene que hacer entradas correctas, llega a odiar a esos salvajes, a odiarlos hasta la muerte". Se quedó pensativo un momento. "Cuando vea al señor Kurtz", continuó, "dígale de mi parte que todo aquí", miró el escritorio, "es muy satisfactorio. No me gusta escribirle, con esos mensajeros nuestros nunca se sabe quién puede recibir la carta, en esa Estación Central". Me miró por un momento con sus ojos suaves y saltones. "Él llegará lejos, muy lejos", comenzó nuevamente. "Dentro de poco será alguien en la Administración. Ellos, los de arriba, el Consejo de Europa, ya sabe, quieren que lo sea".

«He turned to his work. The noise outside had ceased, and presently in going out I stopped at the door. In the steady buzz of flies the homeward-bound agent was lying flushed and insensible; the other, bent over his books, was making correct entries of perfectly correct transactions; and fifty feet below the doorstep I could see the still tree-tops of the grove of death.

«Next day I left that station at last, with a caravan of sixty men, for a two-hundred-mile tramp.

«No use telling you much about that. Paths, paths, everywhere; a stamped-in network of paths spreading over the empty land, through long grass, through burnt grass, through thickets, down and up chilly ravines, up and down stony hills ablaze with heat; and a solitude, a solitude, nobody, not a hut. The population had cleared out a long time ago. Well, if a lot of mysterious niggers armed with all kinds of fearful weapons suddenly took to traveling on the road between Deal and Gravesend, catching the yokels right and left to carry heavy loads for them, I fancy every farm and cottage thereabouts would get empty very soon. Only here the dwellings were gone too. Still I passed through several abandoned villages. There's something pathetically childish in the ruins of grass walls. Day after day, with the stamp and shuffle of sixty pair of bare feet behind me, each pair under a 60-lb. load. Camp, cook, sleep, strike camp, march. Now and then a carrier dead in harness, at rest in the long grass near the path, with an empty water-gourd and his long staff lying by his side. A great silence around and above. Perhaps on some quiet night the tremor of far-off drums, sinking, swelling, a tremor vast, faint; a sound weird, appealing, suggestive, and wild—and perhaps with as profound a meaning as the sound of bells in a Christian country. Once a white man in an unbuttoned uniform, camping on the path with an armed escort of lank Zanzibaris, very hospitable and festive—not to say drunk. Was looking after the upkeep of the road, he declared. Can't say I saw any road or any upkeep, unless the body of a middle-aged negro, with a bullet-hole in the forehead, upon which I absolutely stumbled three miles farther on, may be considered as a permanent improvement. I had a white companion too, not a bad chap, but rather too fleshy and with the exasperating habit of fainting on the hot hillsides, miles away from the least bit of shade and water. Annoying, you know, to

«Se volvió a su trabajo. El ruido de fuera había cesado, y al salir me detuve en la puerta. Entre el zumbido constante de las moscas, el agente que volvía a casa yacía sonrojado e insensible; el otro, inclinado sobre sus libros, hacía anotaciones correctas de transacciones perfectamente correctas; y a quince metros por debajo del umbral de la puerta podía ver las quietas copas de los árboles del bosque de la muerte.

«Al día siguiente salí por fin de esa estación, con una caravana de sesenta hombres, para una caminata de doscientas millas.

«Es inútil decir mucho sobre eso. Senderos, senderos, por todas partes; una red estampada de senderos que se extienden por la tierra vacía, a través de la hierba crecida, a través de la hierba quemada, a través de los matorrales, bajando y subiendo por barrancos fríos, subiendo y bajando por colinas pedregosas abrasadas por el calor; y una soledad, una soledad, nadie, ni una cabaña. La población se había marchado hace mucho tiempo. Bueno, si un montón de negros misteriosos armados con toda clase de armas temibles se pusieran de repente a viajar por la carretera entre Deal y Gravesend, atrapando a los campesinos a diestro y siniestro para que llevaran pesadas cargas para ellos, me imagino que todas las granjas y cabañas de los alrededores quedarían vacías muy pronto. Sólo que aquí las viviendas también habían desaparecido. Aun así, pasé por varios pueblos abandonados. Hay algo patéticamente infantil en las ruinas de los muros de hierba. Día tras día, con el pisotón y el arrastre de sesenta pares de pies descalzos detrás de mí, cada par bajo una carga de sesenta libras. Acampar, cocinar, dormir, levantar el campamento, marchar. De vez en cuando, un cargador muerto con su arnés, descansando en la larga hierba cerca del camino, con una calabaza vacía y su largo bastón a su lado. Un gran silencio alrededor y arriba. Tal vez en alguna noche tranquila el temblor de tambores lejanos, hundiéndose, hinchándose, un temblor vasto, tenue; un sonido extraño, atrayente, sugestivo y salvaje... y tal vez con un significado tan profundo como el sonido de las campanas en un país cristiano. Alguna vez, un hombre blanco con un uniforme desabrochado, que acampaba en el camino con una escolta armada de larguiruchos zanzibaris, muy hospitalarios y festivos... por no decir borrachos. Se ocupaba del mantenimiento de la carretera, declaró. No puedo decir que viera ningún camino ni ningún mantenimiento, a menos que el cuerpo de

hold your own coat like a parasol over a man's head while he is coming-to. I couldn't help asking him once what he meant by coming there at all. 'To make money, of course. What do you think?' he said, scornfully. Then he got fever, and had to be carried in a hammock slung under a pole. As he weighed sixteen stone I had no end of rows with the carriers. They jibbed, ran away, sneaked off with their loads in the night—quite a mutiny. So, one evening, I made a speech in English with gestures, not one of which was lost to the sixty pairs of eyes before me, and the next morning I started the hammock off in front all right. An hour afterwards I came upon the whole concern wrecked in a bush—man, hammock, groans, blankets, horrors. The heavy pole had skinned his poor nose. He was very anxious for me to kill somebody, but there wasn't the shadow of a carrier near. I remembered the old doctor,—'It would be interesting for science to watch the mental changes of individuals, on the spot.' I felt I was becoming scientifically interesting. However, all that is to no purpose. On the fifteenth day I came in sight of the big river again, and hobbled into the Central Station. It was on a back water surrounded by scrub and forest, with a pretty border of smelly mud on one side, and on the three others inclosed by a crazy fence of rushes. A neglected gap was all the gate it had, and the first glance at the place was enough to let you see the flabby devil was running that show. White men with long staves in their hands appeared languidly from amongst the buildings, strolling up to take a look at me, and then retired out of sight somewhere. One of them, a stout, excitable chap with black mustaches, informed me with great volubility and many digressions, as soon as I told him who I was, that my steamer was at the bottom of the river. I was thunderstruck. What, how, why? Oh, it was 'all right.' The 'manager himself' was there. All quite correct. 'Everybody had behaved splendidly! splendidly!'—'you must,' he said in agitation, 'go and see the general manager at once. He is waiting!'

un negro de mediana edad, con un agujero de bala en la frente, con el que tropecé, por completo, tres millas más adelante, pueda considerarse como una mejora permanente. También tenía un compañero blanco, que no era un mal tipo, pero que era demasiado carnoso y tenía la exasperante costumbre de desmayarse en las calurosas laderas, a millas de distancia de la más mínima sombra y agua. Resulta molesto sostener el propio abrigo como si fuera una sombrilla sobre la cabeza de un hombre mientras se recupera. No pude evitar preguntarle una vez qué pretendía al ir allí. "Ganar dinero, por supuesto. ¿Qué cree?", dijo con desprecio. Entonces le dio fiebre y tuvo que ser llevado en una hamaca colgada bajo un poste. Como pesaba cien kilos, no paré de discutir con los cargadores. Se confabularon, huyeron, se escabulleron con sus cargas por la noche... todo un motín. Así que, una noche, pronuncié un discurso en inglés con gestos, ninguno de los cuales pasó desapercibido para los sesenta pares de ojos que tenía delante, y a la mañana siguiente hice que la hamaca fuera delante de todo. Una hora más tarde me encontré con todo el asunto destrozado en un arbusto: hombre, hamaca, gemidos, mantas, horrores. El pesado palo le había despellejado la pobre nariz. Estaba muy ansioso de que matara a alguien, pero no se encontraba ni siquiera la sombra de un cargador cerca. Me acordé del viejo doctor... "Sería interesante para la ciencia observar los cambios mentales de los individuos, en el acto". Sentí que me estaba volviendo científicamente interesante. Sin embargo, todo eso es inútil. El decimoquinto día volví a tener a la vista el gran río, y entré cojeando en la Estación Central. Estaba en una zona de agua rodeada de matorrales y bosques, con un bonito borde de barro maloliente en un lado, y en los otros tres, rodeado por una absurda valla de juncos. Una brecha descuidada era todo el portón que tenía, y la primera mirada al lugar bastaba para ver que el diablo fofo dirigía aquel espectáculo. Hombres blancos con largos bastones en las manos aparecían lánguidamente de entre los edificios, se acercaban para echarme un vistazo, y luego se retiraban de la vista hacia algún lugar. Uno de ellos, un tipo corpulento y excitable con bigotes negros, me informó con gran volubilidad y muchas divagaciones, en cuanto le dije quién era, que mi vapor estaba en el fondo del río. Me quedé atónito. ¿Qué, cómo, por qué? Oh, "todo estaba bien". El "director en persona" estaba allí. Todo en orden. "Todo el mundo se había comportado espléndidamente, espléndidamente...". "Debe usted", dijo agitado, "ir a ver al director general de inmediato. ¡Está esperando!".

«I did not see the real significance of that wreck at once. I fancy I see it now, but I am not sure—not at all. Certainly the affair was too stupid—when I think of it—to be altogether natural. Still. . . . But at the moment it presented itself simply as a confounded nuisance. The steamer was sunk. They had started two days before in a sudden hurry up the river with the manager on board, in charge of some volunteer skipper, and before they had been out three hours they tore the bottom out of her on stones, and she sank near the south bank. I asked myself what I was to do there, now my boat was lost. As a matter of fact, I had plenty to do in fishing my command out of the river. I had to set about it the very next day. That, and the repairs when I brought the pieces to the station, took some months.

«My first interview with the manager was curious. He did not ask me to sit down after my twenty-mile walk that morning. He was commonplace in complexion, in features, in manners, and in voice. He was of middle size and of ordinary build. His eyes, of the usual blue, were perhaps remarkably cold, and he certainly could make his glance fall on one as trenchant and heavy as an ax. But even at these times the rest of his person seemed to disclaim the intention. Otherwise there was only an indefinable, faint expression of his lips, something stealthy—a smile—not a smile—I remember it, but I can't explain. It was unconscious, this smile was, though just after he had said something it got intensified for an instant. It came at the end of his speeches like a seal applied on the words to make the meaning of the commonest phrase appear absolutely inscrutable. He was a common trader, from his youth up employed in these parts—nothing more. He was obeyed, yet he inspired neither love nor fear, nor even respect. He inspired uneasiness. That was it! Uneasiness. Not a definite mistrust—just uneasiness—nothing more. You have no idea how effective such a . . . a . . . faculty can be. He had no genius for organizing, for initiative, or for order even. That was evident in such things as the deplorable state of the station. He had no learning, and no intelligence. His position had come to him—why? Perhaps because he was never ill . . . He had served three terms of three years out there . . . Because triumphant health in the general rout of constitutions is a kind of power in itself. When he went home on leave he rioted on a large scale—pompously. Jack ashore—with a difference—in externals only. This one could gather from his casual talk. He originated no-

«No vi el verdadero significado de ese naufragio inmediatamente. Me parece que lo veo ahora, pero no estoy seguro... en absoluto. Ciertamente, el asunto fue demasiado estúpido, cuando lo pienso, para ser del todo natural. Sin embargo... Pero en ese momento se presentó simplemente como una confusa molestia. El barco a vapor estaba hundido. Habían partido dos días antes a toda prisa río arriba con el director a bordo, a cargo de algún piloto voluntario, y antes de que llevaran tres horas de viaje le arrancaron el fondo en unas rocas, y se hundió cerca de la orilla sur. Me pregunté qué iba a hacer allí, ahora que mi barco estaba destruido. De hecho, tenía mucho por hacer rescatándolo del río. Tuve que ponerme a ello al día siguiente. Eso, y las reparaciones cuando llevé las piezas a la estación, me llevaron algunos meses.

«Mi primera entrevista con el director fue curiosa. No me pidió que me sentara después de mi caminata de veinte millas esa mañana. Era un hombre común en cuanto a su complexión, sus rasgos, sus modales y su voz. Era de mediana estatura y de complexión normal. Sus ojos, del azul habitual, eran quizás notablemente fríos, y ciertamente podía hacer que su mirada cayera en uno tan mordaz y pesada como un hacha. Pero incluso en esos momentos el resto de su persona parecía negar la intención. Por lo demás, sólo había una indefinible y tenue expresión de sus labios, algo sigiloso... una sonrisa y no una sonrisa... que recuerdo, pero no puedo explicar. Era inconsciente, esa sonrisa, aunque justo después de decir algo se intensificaba por un instante. Llegaba al final de sus discursos como un sello aplicado a las palabras para hacer que el significado de la frase más común pareciera absolutamente inescrutable. Era un comerciante común, desde su juventud empleado en estos lugares... nada más. Se le obedecía, pero no inspiraba ni amor ni temor, ni siquiera respeto. Inspiraba inquietud. ¡Eso era! Inquietud. No una desconfianza definida... sólo inquietud... nada más. No tienen idea de lo efectiva que puede ser una... una... facultad así. No tenía ningún genio para organizar, para la iniciativa, ni siquiera para el orden. Eso era evidente en asuntos tales como el deplorable estado de la estación. No tenía ni estudios ni inteligencia. Su posición le había llegado... ¿por qué? Tal vez porque nunca estuvo enfermo... Había servido tres períodos de tres años allí... Porque la salud triunfante en la derrota general de las constituciones es una especie de poder en sí mismo. Cuando volvió a casa de licencia, festejó a gran escala... pomposamente. Marinero

thing, he could keep the routine going—that's all. But he was great. He was great by this little thing that it was impossible to tell what could control such a man. He never gave that secret away. Perhaps there was nothing within him. Such a suspicion made one pause—for out there there were no external checks. Once when various tropical diseases had laid low almost every 'agent' in the station, he was heard to say, 'Men who come out here should have no entrails.' He sealed the utterance with that smile of his, as though it had been a door opening into a darkness he had in his keeping. You fancied you had seen things—but the seal was on. When annoyed at meal-times by the constant quarrels of the white men about precedence, he ordered an immense round table to be made, for which a special house had to be built. This was the station's mess-room. Where he sat was the first place—the rest were nowhere. One felt this to be his unalterable conviction. He was neither civil nor uncivil. He was quiet. He allowed his 'boy'—an overfed young negro from the coast—to treat the white men, under his very eyes, with provoking insolence.

«He began to speak as soon as he saw me. I had been very long on the road. He could not wait. Had to start without me. The up-river stations had to be relieved. There had been so many delays already that he did not know who was dead and who was alive, and how they got on—and so on, and so on. He paid no attention to my explanations, and, playing with a stick of sealing-wax, repeated several times that the situation was 'very grave, very grave.' There were rumors that a very important station was in jeopardy, and its chief, Mr. Kurtz, was ill. Hoped it was not true. Mr. Kurtz was . . . I felt weary and irritable. Hang Kurtz, I thought. I interrupted him by saying I had heard of Mr. Kurtz on the coast. 'Ah! So they talk of him down there,' he murmured to himself. Then he began again, assuring me Mr. Kurtz was the best agent he had, an exceptional man, of the greatest importance to the Company; therefore I could understand his anxiety. He was, he said, 'very, very uneasy.' Certainly he fidgeted on his chair a good deal, exclaimed, 'Ah, Mr. Kurtz!' broke the stick of sealing-wax and seemed dumbfounded by the accident. Next thing he wanted to know 'how long it would take to' . . . I interrupted him again. Being hungry, you know, and kept on my feet too, I was getting savage. 'How could I tell,'

en tierra, con una diferencia, que sólo lo era externamente. Esto se podía deducir de su conversación casual. No originaba nada, podía mantener la rutina, eso es todo. Pero era genial. Era genial por esta pequeña cosa: era imposible decir qué podía controlar a un hombre así. Nunca reveló ese secreto. Tal vez no había nada dentro de él. Tal sospecha hacía que uno se detuviera, ya que allí fuera no había controles externos. Una vez, cuando varias enfermedades tropicales habían hecho caer a casi todos los "agentes" de la estación, se le oyó decir, "Los hombres que vienen aquí no deberían tener entrañas". Selló la frase con esa sonrisa suya, como si hubiera sido una puerta que se abriera a una oscuridad que tenía guardada. Uno creía haber visto cosas... pero el sello estaba puesto. Cuando se molestó a la hora de comer por las constantes peleas de los hombres blancos sobre la precedencia, ordenó que se hiciera una inmensa mesa redonda, para la cual había que construir una casa especial. Este era el comedor de la estación. Donde él se sentaba era el primer lugar; el resto, en ninguna parte. Uno sentía que ésta era su convicción inalterable. No era ni civilizado ni descortés. Era tranquilo. Permitió que su "chico", un joven negro sobrealimentado de la costa, tratara a los hombres blancos, bajo sus propios ojos, con una insolencia provocadora.

«Empezó a hablar en cuanto me vio. Yo había tardado mucho tiempo en hacer mi camino. Él no podía esperar. Tenía que partir sin mí. Había que relevar las estaciones río arriba. Ya había habido tantos retrasos que no sabía quién estaba muerto y quién estaba vivo, y cómo les iba... y así sucesivamente. No prestó atención a mis explicaciones y, jugando con un palo de lacre, repitió varias veces que la situación era "muy grave, muy grave". Había rumores de que una estación muy importante estaba en peligro, y su jefe, el señor Kurtz, estaba enfermo. Esperaba que no fuera cierto. El señor Kurtz era... Me sentía cansado e irritable. Que le maten a Kurtz, pensé. Le interrumpí diciendo que había oído hablar del señor Kurtz en la costa. "Así que hablan de él allí", murmuró para sí mismo. Luego comenzó de nuevo, asegurando que el señor Kurtz era el mejor agente que tenía, un hombre excepcional, de la mayor importancia para la Compañía; por lo tanto, podía entender su ansiedad. Estaba, dijo, "muy, muy inquieto". Ciertamente, se revolvió mucho en su silla, exclamó: "¡Ah, el señor Kurtz!", rompió la barra de lacre y pareció aturdido por el accidente. Lo siguiente que quiso saber fue "cuánto tiempo tardaría en...". Le interrumpí de nuevo. Al tener hambre, ya saben, y estar de pie tam-

I said. 'I hadn't even seen the wreck yet—some months, no doubt.' All this talk seemed to me so futile. 'Some months,' he said. 'Well, let us say three months before we can make a start. Yes. That ought to do the affair.' I flung out of his hut (he lived all alone in a clay hut with a sort of veranda) muttering to myself my opinion of him. He was a chattering idiot. Afterwards I took it back when it was borne in upon me startlingly with what extreme nicety he had estimated the time requisite for the 'affair.'

«I went to work the next day, turning, so to speak, my back on that station. In that way only it seemed to me I could keep my hold on the redeeming facts of life. Still, one must look about sometimes; and then I saw this station, these men strolling aimlessly about in the sunshine of the yard. I asked myself sometimes what it all meant. They wandered here and there with their absurd long staves in their hands, like a lot of faithless pilgrims bewitched inside a rotten fence. The word 'ivory' rang in the air, was whispered, was sighed. You would think they were praying to it. A taint of imbecile rapacity blew through it all, like a whiff from some corpse. By Jove! I've never seen anything so unreal in my life. And outside, the silent wilderness surrounding this cleared speck on the earth struck me as something great and invincible, like evil or truth, waiting patiently for the passing away of this fantastic invasion.

«Oh, these months! Well, never mind. Various things happened. One evening a grass shed full of calico, cotton prints, beads, and I don't know what else, burst into a blaze so suddenly that you would have thought the earth had opened to let an avenging fire consume all that trash. I was smoking my pipe quietly by my dismantled steamer, and saw them all cutting capers in the light, with their arms lifted high, when the stout man with mustaches came tearing down to the river, a tin pail in his hand, assured me that everybody was 'behaving splendidly, splendidly,' dipped about a quart of water and tore back again. I noticed there was a hole in the bottom of his pail.

«I strolled up. There was no hurry. You see the thing had gone off like

bién, me estaba volviendo salvaje. "Cómo puedo saberlo", le dije. "Ni siquiera he visto los restos del naufragio, algunos meses, sin duda". Toda esta charla me parecía tan inútil. "Algunos meses", dijo. "Bueno, digamos que tres meses antes de que podamos empezar. Sí. Eso debería bastar para el asunto". Salí de su cabaña (vivía solo en una cabaña de barro con una especie de porche) murmurando para mí mi opinión sobre él. Era un idiota parlanchín. Después me retracté cuando me di cuenta de la extrema precisión con la que había calculado el tiempo necesario para el "asunto".

«Me fui a trabajar al día siguiente, dándole, por así decirlo, la espalda a esa estación. Sólo así me parecía que podía mantenerme aferrado a los hechos redentores de la vida. Sin embargo, a veces uno debe mirar a su alrededor; y entonces vi esta estación, estos hombres paseando sin rumbo en el sol del patio. A veces me preguntaba qué significaba todo aquello. Vagaban por aquí y por allá con sus absurdos bastones largos en las manos, como un montón de peregrinos sin fe, embrujados, encerrados en una valla podrida. La palabra "marfil" sonaba en el aire, se susurraba, se suspiraba. Se diría que le estaban rezando. Una mancha de imbécil rapacidad soplaba en todo ello, como el olor de algún cadáver. ¡Por Dios! Nunca he visto nada tan irreal en mi vida. Y fuera, la silenciosa selva que rodeaba esta mancha despejada en la tierra me pareció algo grande e invencible, como el mal o la verdad, que esperaba pacientemente el paso de esta fantástica invasión.

«¡Oh, estos meses! Bueno, no importa. Pasaron varias cosas. Una tarde, un cobertizo de hierba lleno de percal, estampados de algodón, abalorios y no sé qué más, estalló en llamas tan repentinamente que se hubiera creído que la tierra se había abierto para dejar que un fuego vengador consumiera toda aquella basura. Estaba fumando mi pipa tranquilamente junto a mi vapor desmantelado, y los vi a todos haciendo cabriolas ante la luz, con los brazos en alto, cuando el hombre corpulento de los bigotes bajó a toda prisa hacia el río, con un cubo de lata en la mano, aseguró que todo el mundo se estaba "comportando espléndidamente, espléndidamente", sumergió un cubo en el agua y regresó otra vez. Me di cuenta de que había un agujero en el fondo de su cubo.

«Subí caminando. No había prisa. La cosa había estallado como

a box of matches. It had been hopeless from the very first. The flame had leaped high, driven everybody back, lighted up everything—and collapsed. The shed was already a heap of embers glowing fiercely. A nigger was being beaten near by. They said he had caused the fire in some way; be that as it may, he was screeching most horribly. I saw him, later on, for several days, sitting in a bit of shade looking very sick and trying to recover himself: afterwards he arose and went out—and the wilderness without a sound took him into its bosom again. As I approached the glow from the dark I found myself at the back of two men, talking. I heard the name of Kurtz pronounced, then the words, 'take advantage of this unfortunate accident.' One of the men was the manager. I wished him a good evening. 'Did you ever see anything like it—eh? it is incredible,' he said, and walked off. The other man remained. He was a first-class agent, young, gentlemanly, a bit reserved, with a forked little beard and a hooked nose. He was stand-offish with the other agents, and they on their side said he was the manager's spy upon them. As to me, I had hardly ever spoken to him before. We got into talk, and by-and-by we strolled away from the hissing ruins. Then he asked me to his room, which was in the main building of the station. He struck a match, and I perceived that this young aristocrat had not only a silver-mounted dressing-case but also a whole candle all to himself. Just at that time the manager was the only man supposed to have any right to candles. Native mats covered the clay walls; a collection of spears, assegais, shields, knives was hung up in trophies. The business intrusted to this fellow was the making of bricks—so I had been informed; but there wasn't a fragment of a brick anywhere in the station, and he had been there more than a year—waiting. It seems he could not make bricks without something, I don't know what—straw maybe. Anyways, it could not be found there, and as it was not likely to be sent from Europe, it did not appear clear to me what he was waiting for. An act of special creation perhaps. However, they were all waiting—all the sixteen or twenty pilgrims of them—for something; and upon my word it did not seem an uncongenial occupation, from the way they took it, though the only thing that ever came to them was disease—as far as I could see. They beguiled the time by backbiting and intriguing against each other in a foolish kind of way. There was an air of plotting about that station, but nothing came of it, of course. It was as unreal as everything else— as the philanthropic pretense of the whole concern, as their talk, as their government, as their show of work. The only real feeling was a

una caja de cerillas. No tenía remedio desde el primer momento. La llama había saltado a lo alto, había hecho retroceder a todo el mundo, lo había iluminado todo y se había derrumbado. El cobertizo era ya un montón de brasas que brillaban ferozmente. Un negro estaba siendo golpeado cerca de allí. Decían que él había provocado el incendio de alguna manera; sea como fuere, estaba chillando de forma horrible. Más tarde lo vi, durante varios días, sentado a la sombra con aspecto de estar muy enfermo y tratando de recuperarse; después se levantó y se marchó... y la selva, sin hacer ruido, lo acogió de nuevo en su seno. Al acercarme al resplandor de la oscuridad me encontré a la espalda de dos hombres, hablando. Oí pronunciar el nombre de Kurtz, y luego las palabras "aproveche este desafortunado accidente". Uno de los hombres era el director. Le deseé una buena noche. "¿Ha visto alguna vez algo así? Es increíble", dijo, y se marchó. El otro hombre se quedó. Era un agente de primera clase, joven, caballeroso, un poco reservado, con una pequeña barba bifurcada y una nariz aguileña. Se mostraba distante con los demás agentes, y éstos, por su parte, decían que era un espía del director sobre ellos. En cuanto a mí, apenas había hablado con él. Empezamos a hablar y, al poco tiempo, nos alejamos de las ruinas silbantes. Luego me invitó a su habitación, que estaba en el edificio principal de la estación. Encendió una cerilla y me di cuenta de que aquel joven aristócrata no sólo tenía un tocador de plata, sino también una vela entera para él. En ese momento, el director era el único hombre que se suponía que tenía derecho a las velas. Las paredes de arcilla estaban cubiertas de esteras nativas; una colección de lanzas, aseguas, escudos y cuchillos estaba colgada como trofeo. El negocio encomendado a este hombre era la fabricación de ladrillos... según me habían informado; pero no había ni un fragmento de ladrillo en ninguna parte de la estación, y él llevaba allí más de un año... esperando. Parece que no podía hacer ladrillos sin algo, no sé qué: paja tal vez. En cualquier caso, no se podía encontrar allí, y como no era probable que se enviara desde Europa, no me pareció claro qué estaba esperando. Un acto de creación especial quizás. Sin embargo, todos esperaban —los dieciséis o veinte peregrinos— algo; y a decir verdad, no parecía una ocupación poco agradable, por la forma en que la tomaban, aunque lo único que les llegaba era la enfermedad... por lo que pude ver. Engañaban al tiempo con sus murmuraciones e intrigas contra los demás de una manera tonta. Había un aire de conspiración en esa estación, pero nada resultaba de ello, por supuesto. Era tan irreal como todo lo de-

desire to get appointed to a trading-post where ivory was to be had, so that they could earn percentages. They intrigued and slandered and hated each other only on that account,—but as to effectually lifting a little finger—oh, no. By heavens! there is something after all in the world allowing one man to steal a horse while another must not look at a halter. Steal a horse straight out. Very well. He has done it. Perhaps he can ride. But there is a way of looking at a halter that would provoke the most charitable of saints into a kick.

«I had no idea why he wanted to be sociable, but as we chatted in there it suddenly occurred to me the fellow was trying to get at something—in fact, pumping me. He alluded constantly to Europe, to the people I was supposed to know there—putting leading questions as to my acquaintances in the sepulchral city, and so on. His little eyes glittered like mica discs—with curiosity,—though he tried to keep up a bit of superciliousness. At first I was astonished, but very soon I became awfully curious to see what he would find out from me. I couldn't possibly imagine what I had in me to make it worth his while. It was very pretty to see how he baffled himself, for in truth my body was full of chills, and my head had nothing in it but that wretched steamboat business. It was evident he took me for a perfectly shameless prevaricator. At last he got angry, and to conceal a movement of furious annoyance, he yawned. I rose. Then I noticed a small sketch in oils, on a panel, representing a woman, draped and blindfolded, carrying a lighted torch. The background was somber—almost black. The movement of the woman was stately, and the effect of the torchlight on the face was sinister.

«It arrested me, and he stood by civilly, holding a half-pint champagne bottle (medical comforts) with the candle stuck in it. To my question he said Mr. Kurtz had painted this—in this very station more than a year ago—while waiting for means to go to his trading-post. 'Tell me, pray,' said I, 'who is this Mr. Kurtz?'

«'The chief of the Inner Station,' he answered in a short tone,

más... como la pretensión filantrópica de toda la empresa, como su charla, como su gobierno, como su apariencia de trabajo. El único sentimiento real era el deseo de conseguir un puesto comercial donde se pudiera conseguir marfil, para ganar un porcentaje. Intrigaban, calumniaban y se odiaban sólo por eso, pero en cuanto a levantar efectivamente un dedito... oh, no. ¡Cielos! Después de todo, hay algo en el mundo que permite que un hombre robe un caballo mientras otro no puede ni mirar un cabestro. Robar un caballo directamente. Muy bien. Lo ha hecho. Tal vez pueda montar. Pero hay una forma de mirar un cabestro que provocaría una patada en el más caritativo de los santos.

«No tenía idea de por qué quería ser sociable, pero mientras charlábamos allí dentro se me ocurrió de repente que el tipo estaba tratando de llegar a algo... de hecho, de bombearme. Aludía constantemente a Europa, a la gente que se suponía que yo conocía allí, haciéndome preguntas sobre mis conocidos en la ciudad sepulcral, etc. Sus ojitos brillaban como discos de mica... con curiosidad... aunque intentaba mantener un poco de soberbia. Al principio me asombré, pero muy pronto sentí una enorme curiosidad por ver qué descubría de mí. No podía imaginar lo que tenía en mí que mereciera la pena. Era gracioso ver cómo se desconcertaba a sí mismo, porque a decir verdad mi cuerpo estaba lleno de escalofríos, y mi cabeza no tenía nada más que ese miserable asunto del barco a vapor. Era evidente que me tomaba por un prevaricador totalmente desvergonzado. Por fin se enfadó, y para disimular un movimiento de furiosa molestia, bostezó. Me levanté. Entonces me fijé en un pequeño boceto al óleo, sobre un panel, que representaba a una mujer, tapada y con los ojos vendados, llevando una antorcha encendida. El fondo era sombrío, casi negro. El movimiento de la mujer era majestuoso, y el efecto de la luz de la antorcha en el rostro era siniestro.

«Me detuvo, y él se quedó de pie cortésmente, sosteniendo una botella de champaña de media pinta (comodidades medicinales) con la vela clavada en ella. A mi pregunta dijo que el señor Kurtz había pintado esto en esta misma estación hace más de un año, mientras esperaba medios para ir a su puesto comercial. "Dígame, por favor", dije yo, "¿quién es ese señor Kurtz?".

«"El jefe de la Estación Interior", respondió en un tono corto, mi-

looking away. 'Much obliged,' I said, laughing. 'And you are the brick-maker of the Central Station. Everyone knows that.' He was silent for a while. 'He is a prodigy,' he said at last. 'He is an emissary of pity, and science, and progress, and devil knows what else. We want,' he began to declaim suddenly, 'for the guidance of the cause intrusted to us by Europe, so to speak, higher intelligence, wide sympathies, a single-ness of purpose.' 'Who says that?' I asked. 'Lots of them,' he replied. 'Some even write that; and so he comes here, a special being, as you ought to know.' 'Why ought I to know?' I interrupted, really surprised. He paid no attention. 'Yes. To-day he is chief of the best station, next year he will be assistant-manager, two years more and . . . but I dare say you know what he will be in two years' time. You are of the new gang—the gang of virtue. The same people who sent him specially also recommended you. Oh, don't say no. I've my own eyes to trust.' Light dawned upon me. My dear aunt's influential acquaintances were producing an unexpected effect upon that young man. I nearly burst into a laugh. 'Do you read the Company's confidential corres-pondence?' I asked. He hadn't a word to say. It was great fun. 'When Mr. Kurtz,' I continued severely, 'is General Manager, you won't have the opportunity.'

«He blew the candle out suddenly, and we went outside. The moon had risen. Black figures strolled about listlessly, pouring water on the glow, whence proceeded a sound of hissing; steam ascended in the moonlight, the beaten nigger groaned somewhere. 'What a row the brute makes!' said the indefatigable man with the mustaches, appearing near us. 'Serve him right. Transgression—punishment—bang! Pitiless, pitiless. That's the only way. This will prevent all conflagrations for the future. I was just telling the manager . . .' He noticed my companion, and became crestfallen all at once. 'Not in bed yet,' he said, with a kind of servile heartiness; 'it's so natural. Ha! Danger—agitation.' He vanished. I went on to the river-side, and the other followed me. I heard a scathing murmur at my ear, 'Heap of muffs—go to.' The pilgrims could be seen in knots gesticulating, discussing. Several had still their staves in their hands. I verily be-lieve they took these sticks to bed with them. Beyond the fence the forest stood up spectrally in the moonlight, and through the dim stir, through the faint sounds of that lamentable courtyard, the silence of the land went home to one's very heart,—its mystery, its greatness,

rando hacia otro lado. "Muy agradecido", dije, riendo. "Y usted es el fabricante de ladrillos de la Estación Central. Todo el mundo lo sabe". Permaneció un rato en silencio. "Es un prodigio", dijo por fin. "Es un emisario de la piedad, de la ciencia, del progreso y de no sé qué más. Necesitamos", comenzó a declamar de repente, "para la dirección de la causa que nos ha confiado Europa, por así decirlo, una inteligencia superior, amplias simpatías, un propósito único". "¿Quién dice eso?", le pregunté. "Muchos", respondió. "Algunos incluso lo escriben; y por eso él viene aquí, un ser especial, como usted debería saber". "¿Por qué debería saberlo?", interrumpí, realmente sorprendido. No prestó atención. "Sí. Hoy es jefe de la mejor estación, el año que viene será subdirector, dos años más y... pero me atrevo a decir que usted sabe lo que será dentro de dos años. Es de la nueva banda... la banda de la virtud. Los mismos que lo enviaron especialmente a él también lo recomendaron a usted. Oh, no diga que no. Tengo que confiar en mis propios ojos". Se me hizo la luz. Los influyentes conocidos de mi querida tía estaban produciendo un efecto inesperado en aquel joven. Casi me eché a reír. "¿Lee usted la correspondencia confidencial de la Compañía?", le pregunté. No dijo ni una palabra. Era muy divertido. "Cuando el señor Kurtz", continué con severidad, "sea director general, no tendrá usted la oportunidad".

«Apagó la vela de repente y salimos al exterior. La luna había salido. Unas figuras negras se paseaban desganadas, vertiendo agua sobre el resplandor, desde el cuál procedía un siseo; el vapor ascendía a la luz de la luna, el negro golpeado gemía en alguna parte. "Qué escándalo hace el bruto", dijo el infatigable hombre de los bigotes, que apareció cerca de nosotros. "Se lo merece. ¡Transgresión... castigo... bang! Sin piedad, sin piedad. Esa es la única manera. Así se evitarán todas las conflagraciones en el futuro. Estaba diciéndole al director...". Se fijó en mi acompañante y bajó la cabeza de inmediato. "¿Todavía levantado?", dijo, con una especie de servil cordialidad; "es tan natural. ¡Ja! Peligro... agitación". Desapareció. Me dirigí a la orilla del río y el otro me siguió. Oí un murmullo mordaz en mi oído: "Montón de inútiles, váyanse". Se veía a los peregrinos en grupos, gesticulando, discutiendo. Varios tenían todavía sus bastones en las manos. Creo que se llevaban esos palos a la cama. Más allá de la valla, el bosque se alzaba espectral a la luz de la luna, y a través del tenue revuelo, a través de los débiles sonidos de aquel lamentable patio, el silencio de la tierra le llegaba a uno al corazón... su misterio, su gran-

the amazing reality of its concealed life. The hurt nigger moaned feebly somewhere near by, and then fetched a deep sigh that made me mend my pace away from there. I felt a hand introducing itself under my arm. 'My dear sir,' said the fellow, 'I don't want to be misunderstood, and especially by you, who will see Mr. Kurtz long before I can have that pleasure. I wouldn't like him to get a false idea of my disposition. . . .'

«I let him run on, this papier-mache Mephistopheles, and it seemed to me that if I tried I could poke my forefinger through him, and would find nothing inside but a little loose dirt, maybe. He, don't you see, had been planning to be assistant-manager by-and-by under the present man, and I could see that the coming of that Kurtz had upset them both not a little. He talked precipitately, and I did not try to stop him. I had my shoulders against the wreck of my steamer, hauled up on the slope like a carcass of some big river animal. The smell of mud, of primeval mud, by Jove! was in my nostrils, the high stillness of primeval forest was before my eyes; there were shiny patches on the black creek. The moon had spread over everything a thin layer of silver—over the rank grass, over the mud, upon the wall of matted vegetation standing higher than the wall of a temple, over the great river I could see through a somber gap glittering, glittering, as it flowed broadly by without a murmur. All this was great, expectant, mute, while the man jabbered about himself. I wondered whether the stillness on the face of the immensity looking at us two were meant as an appeal or as a menace. What were we who had strayed in here? Could we handle that dumb thing, or would it handle us? I felt how big, how confoundedly big, was that thing that couldn't talk, and perhaps was deaf as well. What was in there? I could see a little ivory coming out from there, and I had heard Mr. Kurtz was in there. I had heard enough about it too—God knows! Yet somehow it didn't bring any image with it—no more than if I had been told an angel or a fiend was in there. I believed it in the same way one of you might believe there are inhabitants in the planet Mars. I knew once a Scotch sailmaker who was certain, dead sure, there were people in Mars. If you asked him for some idea how they looked and behaved, he would get shy and mutter something about 'walking on all-fours.' If you as much as smiled, he would—though a man of sixty—offer to fight you. I would not have gone so far as to fight for Kurtz, but I went for him near enough to a lie. You know I hate, detest, and can't bear a lie, not

deza, la asombrosa realidad de su vida oculta. El negro herido gimió débilmente en algún lugar cercano, y luego arrancó un profundo suspiro que me hizo corregir mi paso lejos de allí. Sentí que una mano se introducía bajo mi brazo. "Mi querido señor", dijo el hombre, "no quiero ser malinterpretado, y especialmente por usted, que verá al señor Kurtz mucho antes de que yo pueda tener ese placer. No me gustaría que se hiciera una falsa idea de mi disposición...".

«Lo dejé continuar, a este Mefistófeles de cartón piedra, y me pareció que si lo intentaba podía atravesarlo con el dedo índice y no encontraría nada dentro, salvo un poco de suciedad suelta, tal vez. Él, como ven, había estado planeando ser subdirector en el futuro bajo el mando del hombre actual, y pude ver que la llegada de ese Kurtz los había perturbado a ambos en gran manera. Habló precipitadamente, y yo no intenté detenerlo. Yo tenía los hombros apoyados en los restos de mi barco a vapor, arrastrado por la pendiente como el cadáver de un gran animal de río. El olor del barro, del barro primitivo, ¡por Dios! estaba en mis fosas nasales, la alta quietud del bosque primitivo estaba ante mis ojos; había manchas brillantes en el negro arroyo. La luna había extendido sobre todo una fina capa de plata... sobre la hierba rancia, sobre el barro, sobre el muro de vegetación enmarañada que se alzaba más alto que la pared de un templo, sobre el gran río que yo podía ver a través de una sombría brecha, brillando, resplandeciendo, mientras fluía ampliamente sin un murmullo. Todo esto estaba allí, grandioso, expectante, mudo, mientras el hombre parloteaba sobre sí mismo. Me pregunté si la quietud en el rostro de la inmensidad, que nos miraba a los dos, era un llamado o una amenaza. ¿Qué éramos nosotros, que nos habíamos extraviado aquí? ¿Podíamos manejar esa cosa tonta, o ella nos manejaría a nosotros? Sentí lo grande, lo confusamente grande, que era aquella cosa que no podía hablar, y que quizás también era sorda. ¿Qué había ahí dentro? Podía ver un poco de marfil saliendo de allí, y había oído que el señor Kurtz estaba allí dentro. Yo también había oído hablar bastante de él... ¡Dios lo sabe! Sin embargo, de alguna manera no me trajo ninguna imagen... no más que si me hubieran dicho que había un ángel o un demonio ahí dentro. Lo creía de la misma manera que uno de ustedes podría creer que hay habitantes en el planeta Marte. Una vez conocí a un fabricante de velas escocés que estaba seguro, completamente seguro, de que había gente en Marte. Si uno le pedía una indicación sobre su aspecto y comportamiento, se ponía tímido

because I am straighter than the rest of us, but simply because it appalls me. There is a taint of death, a flavor of mortality in lies,—which is exactly what I hate and detest in the world—what I want to forget. It makes me miserable and sick, like biting something rotten would do. Temperament, I suppose. Well, I went near enough to it by letting the young fool there believe anything he liked to imagine as to my influence in Europe. I became in an instant as much of a pretense as the rest of the bewitched pilgrims. This simply because I had a notion it somehow would be of help to that Kurtz whom at the time I did not see—you understand. He was just a word for me. I did not see the man in the name any more than you do. Do you see him? Do you see the story? Do you see anything? It seems to me I am trying to tell you a dream—making a vain attempt, because no relation of a dream can convey the dream-sensation, that commingling of absurdity, surprise, and bewilderment in a tremor of struggling revolt, that notion of being captured by the incredible which is of the very essence of dreams. . . .»

He was silent for a while.

«. . . No, it is impossible; it is impossible to convey the life-sensation of any given epoch of one's existence,—that which makes its truth, its meaning—its subtle and penetrating essence. It is impossible. We live, as we dream—alone. . . .»

He paused again as if reflecting, then added—«Of course in this you fellows see more than I could then. You see me, whom you know. . . .»

It had become so pitch dark that we listeners could hardly see one another. For a long time already he, sitting apart, had been no more to us than a voice. There was not a word from anybody. The others might have been asleep, but I was awake. I listened, I listened on the watch for the sentence, for the word, that would give me the clew to the faint uneasiness inspired by this narrative that seemed to shape itself without human lips in the heavy night-air of the river.

y murmuraba algo sobre "caminar a cuatro patas". Si uno sonreía, se disponía a luchar contra uno, a pesar de ser un hombre de sesenta años. Yo no habría llegado a pelear por Kurtz, pero fui por él casi hasta la mentira. Saben que odio, detesto y no soporto la mentira, no porque yo sea más recto que los demás, sino simplemente porque me horroriza. Hay una mancha de muerte, un sabor a mortalidad en las mentiras, que es exactamente lo que odio y detesto en el mundo, lo que quiero olvidar. Me hace sentir miserable y enfermo, como lo haría si mordiera algo podrido. Temperamento, supongo. Bueno, me acerqué bastante a ello al dejar que ese joven tonto creyera todo lo que quisiera imaginar sobre mi influencia en Europa. Me convertí en un instante en un farsante como el resto de los peregrinos embrujados. Todo esto, simplemente, porque tenía la idea de que, de alguna manera, sería de ayuda para ese Kurtz al que en ese momento no veía... ustedes entienden. Él era sólo una palabra para mí. No veía al hombre en el nombre más que ustedes. ¿Lo ven? ¿Ven la historia? ¿Ven algo? Me parece que estoy tratando de contarles un sueño... un intento vano, porque ninguna relación de un sueño puede transmitir la sensación onírica, esa mezcla de absurdo, sorpresa y desconcierto en un temblor de revuelta luchadora, esa noción de ser capturado por lo increíble, hecho de la esencia misma de los sueños...».

Guardó silencio durante un rato.

«... No, es imposible; es imposible transmitir la sensación de vida de cualquier época de la existencia de uno —lo que hace su verdad, su significado—, su esencia sutil y penetrante. Es imposible. Vivimos como soñamos, solos...».

Volvió a hacer una pausa, como si reflexionara, y luego añadió: «Por supuesto, en esto ustedes ven más de lo que yo podía ver entonces. Ustedes me ven a mí, a quien conocen...».

Estaba tan oscuro que los oyentes apenas podíamos vernos. Desde hacía mucho tiempo, él, sentado aparte, no era para nosotros más que una voz. No se oyó una palabra de nadie. Los demás podían estar dormidos, pero yo estaba despierto. Escuché, estuve atento a la frase, a la palabra, que me diera la clave de la tenue inquietud que me inspiraba esta narración que parecía formarse sin labios humanos en el pesado aire nocturno del río.

«. . . Yes—I let him run on,» Marlow began again, «and think what he pleased about the powers that were behind me. I did! And there was nothing behind me! There was nothing but that wretched, old, mangled steamboat I was leaning against, while he talked fluently about 'the necessity for every man to get on.' 'And when one comes out here, you conceive, it is not to gaze at the moon.' Mr. Kurtz was a 'universal genius,' but even a genius would find it easier to work with 'adequate tools—intelligent men.' He did not make bricks—why, there was a physical impossibility in the way—as I was well aware; and if he did secretarial work for the manager, it was because 'no sensible man rejects wantonly the confidence of his superiors.' Did I see it? I saw it. What more did I want? What I really wanted was rivets, by heaven! Rivets. To get on with the work—to stop the hole. Rivets I wanted. There were cases of them down at the coast—cases—piled up—burst—split! You kicked a loose rivet at every second step in that station yard on the hillside. Rivets had rolled into the grove of death. You could fill your pockets with rivets for the trouble of stooping down—and there wasn't one rivet to be found where it was wanted. We had plates that would do, but nothing to fasten them with. And every week the messenger, a lone negro, letter-bag on shoulder and staff in hand, left our station for the coast. And several times a week a coast caravan came in with trade goods,—ghastly glazed calico that made you shudder only to look at it, glass beads value about a penny a quart, confounded spotted cotton handkerchiefs. And no rivets. Three carriers could have brought all that was wanted to set that steamboat afloat.

«He was becoming confidential now, but I fancy my unresponsive attitude must have exasperated him at last, for he judged it necessary to inform me he feared neither God nor devil, let alone any mere man. I said I could see that very well, but what I wanted was a certain quantity of rivets—and rivets were what really Mr. Kurtz wanted, if he had only known it. Now letters went to the coast every week. . . . 'My dear sir,' he cried, 'I write from dictation.' I demanded rivets. There was a way—for an intelligent man. He changed his manner; became very cold, and suddenly began to talk about a hippopotamus; wondered whether sleeping on board the steamer (I stuck to my salvage night

«... Sí, le dejé continuar», comenzó a decir Marlow nuevamente, «y pensar lo que quisiera sobre los poderes que estaban detrás de mí. Lo hice. Y no había nada detrás de mí. No había nada más que ese miserable, viejo y destrozado barco a vapor en el que me apoyaba, mientras él hablaba con soltura sobre "la necesidad de que todo hombre continúe con su vida". "Y cuando uno viene aquí, usted se da cuenta, no es para contemplar la luna". El señor Kurtz era un "genio universal", pero incluso un genio encontraría más fácil trabajar con "herramientas adecuadas, hombres inteligentes". Él no fabricaba ladrillos, porque había una imposibilidad física en ese sentido, como yo sabía muy bien; y si hacía trabajos de secretaría para el director, era porque "ningún hombre sensato rechaza gratuitamente la confianza de sus superiores". ¿Lo veía? Lo veía. ¿Qué más quería? Lo que yo quería era remaches, ¡por Dios! Remaches. Para seguir con el trabajo, para tapar el agujero. Quería remaches. Había cajas de remaches en la costa, cajas amontonadas, reventadas y partidas. En ese terreno de la estación, en la ladera, uno pisaba un remache suelto a cada dos pasos. Los remaches habían rodado hasta la arboleda de la muerte. Uno podía llenarse los bolsillos de remaches con sólo agacharse, y no había ni un solo remache donde se necesitaba. Teníamos placas que serían útiles, pero nada para sujetarlas. Y todas las semanas el mensajero, un negro solo, con la cartera al hombro y el bastón en la mano, salía de nuestra estación hacia la costa. Y varias veces a la semana llegaba una caravana de la costa con productos comerciales: un espantoso percal teñido que daba escalofríos sólo con mirarlo, cuentas de vidrio que valían un penique el cuarto, pañuelos de algodón manchados y confusos. Y ningún remache. Tres cargadores podrían haber traído todo lo que se necesitaba para poner a flote aquel barco a vapor.

«Ahora se estaba volviendo confidencial, pero me imagino que mi actitud, la falta de respuesta, debió de exasperarlo al final, porque juzgó necesario informarme de que no temía ni a Dios ni al diablo, y mucho menos a un simple hombre. Le dije que eso lo entendía muy bien, pero que lo que yo quería era una cierta cantidad de remaches, y remaches era lo que realmente quería el señor Kurtz, si hubiera sabido la situación. Ahora bien, las cartas iban a la costa cada semana... "Mi querido señor", gritó, "yo escribo lo que me dictan". Exigí remaches. Había una manera... para un hombre inteligente. Cambió sus modales; se puso muy frío, y de pronto comenzó a hablar de un hipopótamo; se preguntó

and day) I wasn't disturbed. There was an old hippo that had the bad habit of getting out on the bank and roaming at night over the station grounds. The pilgrims used to turn out in a body and empty every rifle they could lay hands on at him. Some even had sat up o' nights for him. All this energy was wasted, though. 'That animal has a charmed life,' he said; 'but you can say this only of brutes in this country. No man—you apprehend me?—no man here bears a charmed life.' He stood there for a moment in the moonlight with his delicate hooked nose set a little askew, and his mica eyes glittering without a wink, then, with a curt Good night, he strode off. I could see he was disturbed and considerably puzzled, which made me feel more hopeful than I had been for days. It was a great comfort to turn from that chap to my influential friend, the battered, twisted, ruined, tin-pot steamboat. I clambered on board. She rang under my feet like an empty Huntley & Palmer biscuit-tin kicked along a gutter; she was nothing so solid in make, and rather less pretty in shape, but I had expended enough hard work on her to make me love her. No influential friend would have served me better. She had given me a chance to come out a bit—to find out what I could do. No, I don't like work. I had rather laze about and think of all the fine things that can be done. I don't like work—no man does—but I like what is in the work,—the chance to find yourself. Your own reality—for yourself, not for others—what no other man can ever know. They can only see the mere show, and never can tell what it really means.

«I was not surprised to see somebody sitting aft, on the deck, with his legs dangling over the mud. You see I rather chummed with the few mechanics there were in that station, whom the other pilgrims naturally despised—on account of their imperfect manners, I suppose. This was the foreman—a boiler-maker by trade—a good worker. He was a lank, bony, yellow-faced man, with big intense eyes. His aspect was worried, and his head was as bald as the palm of my hand; but his hair in falling seemed to have stuck to his chin, and had prospered in the new locality, for his beard hung down to his waist. He was a widower with six young children (he had left them in charge of a sister of his to come out there), and the passion of his life was pigeon-flying. He was an enthusiast and a connoisseur. He

si durmiendo a bordo del vapor (yo me aferraba a mi salvamento noche y día) no me molestaba. Había un viejo hipopótamo que tenía la mala costumbre de salir a la orilla y deambular de noche por los terrenos de la estación. Los peregrinos solían acudir en masa y le disparaban con todos los rifles que tenían a mano. Algunos incluso hacían guardia nocturna por él. Pero toda esta energía era desperdiciada. "Ese animal tiene una vida encantadora", dijo, "pero eso sólo se puede decir de los animales en este país. Ningún hombre, ¿me entiende?, ningún hombre tiene aquí una vida encantadora". Permaneció un momento a la luz de la luna con su delicada nariz ganchuda un poco torcida y sus ojos de mica brillando sin pestañear, y luego, con un cortante "buenas noches", se marchó. Pude ver que estaba perturbado y considerablemente desconcertado, lo que me hizo sentir más esperanzado de lo que había estado durante días. Fue un gran consuelo pasar de aquel tipo a mi influyente amigo, el maltrecho, retorcido y arruinado barco a vapor de hojalata. Subí a bordo. Sonaba bajo mis pies como una lata de galletas vacía de Huntley & Palmer pateada en una alcantarilla; no era tan sólido en su construcción, y bastante menos bonito en su forma, pero había gastado suficiente trabajo en él como para hacerme quererlo. Ningún amigo influyente me habría servido mejor. Me había dado la oportunidad de salir un poco, de descubrir lo que podía hacer. No, no me gusta el trabajo. Prefiero holgazanear y pensar en todas las cosas agradables que se pueden hacer. No me gusta el trabajo, a nadie le gusta, pero me gusta lo que hay en el trabajo, la oportunidad de encontrarse a uno mismo. Su propia realidad, para uno mismo, no para los demás, lo que ningún otro hombre puede conocer. Ellos sólo pueden ver el mero espectáculo, y nunca pueden decir lo que realmente significa.

"No me sorprendió ver a alguien sentado en la popa, en la cubierta, con las piernas colgando sobre el barro. Como ven, yo me relacionaba con los pocos mecánicos que había en aquella estación, a los que los demás peregrinos despreciaban naturalmente, supongo que a causa de sus modales imperfectos. Éste era el capataz, un calderero de oficio, un buen trabajador. Era un hombre larguirucho, huesudo, de rostro amarillento y ojos grandes e intensos. Tenía un aspecto preocupado, y su cabeza era tan calva como la palma de mi mano; pero su pelo al caer parecía haberse pegado a la barbilla, y había prosperado en la nueva ciudad, pues su barba le llegaba hasta la cintura. Era viudo y tenía seis hijos pequeños (los había dejado a cargo de una hermana suya para ir allí), y la pasión de su vida era la colombofilia.

would rave about pigeons. After work hours he used sometimes to come over from his hut for a talk about his children and his pigeons; at work, when he had to crawl in the mud under the bottom of the steamboat, he would tie up that beard of his in a kind of white serviette he brought for the purpose. It had loops to go over his ears. In the evening he could be seen squatted on the bank rinsing that wrapper in the creek with great care, then spreading it solemnly on a bush to dry.

«I slapped him on the back and shouted, 'We shall have rivets!' He scrambled to his feet exclaiming 'No! Rivets!' as though he couldn't believe his ears. Then in a low voice, 'You . . . eh?' I don't know why we behaved like lunatics. I put my finger to the side of my nose and nodded mysteriously. 'Good for you!' he cried, snapped his fingers above his head, lifting one foot. I tried a jig. We capered on the iron deck. A frightful clatter came out of that hulk, and the virgin forest on the other bank of the creek sent it back in a thundering roll upon the sleeping station. It must have made some of the pilgrims sit up in their hovels. A dark figure obscured the lighted doorway of the manager's hut, vanished, then, a second or so after, the doorway itself vanished too. We stopped, and the silence driven away by the stamping of our feet flowed back again from the recesses of the land. The great wall of vegetation, an exuberant and entangled mass of trunks, branches, leaves, boughs, festoons, motionless in the moonlight, was like a rioting invasion of soundless life, a rolling wave of plants, piled up, crested, ready to topple over the creek, to sweep every little man of us out of his little existence. And it moved not. A deadened burst of mighty splashes and snorts reached us from afar, as though an ichthyosaurus had been taking a bath of glitter in the great river. 'After all,' said the boiler-maker in a reasonable tone, 'why shouldn't we get the rivets?' Why not, indeed! I did not know of any reason why we shouldn't. 'They'll come in three weeks,' I said confidently.

«But they didn't. Instead of rivets there came an invasion, an infliction, a visitation. It came in sections during the next three weeks, each section headed by a donkey carrying a white man in new clo-

Era un entusiasta y un conocedor. Hablaba maravillas de las palomas. Después de las horas de trabajo solía acercarse a veces desde su cabaña para hablar de sus hijos y sus palomas; en el trabajo, cuando tenía que arrastrarse por el barro bajo el fondo del barco a vapor, se ataba esa barba suya con una especie de servilleta blanca que llevaba a tal efecto. La enlazaba por encima de las orejas. Al atardecer se le podía ver en cuclillas en la orilla enjuagando esa envoltura en el arroyo con mucho cuidado, y luego extendiéndola solemnemente sobre un arbusto para que se secara.

«Le di una palmada en la espalda y le grité: "¡Tendremos remaches!". Se puso en pie exclamando "¡Realmente! ¡Remaches!", como si no pudiera creer lo que estaba escuchando. Luego, en voz baja, dijo: "Usted... ¿eh?". No sé por qué nos comportamos como lunáticos. Me llevé el dedo a la nariz y asentí misteriosamente. "Muy bien por usted", gritó, chasqueó los dedos por encima de la cabeza y levantó un pie. Intenté unos pasos de baile. Hicimos cabriolas en la cubierta de hierro. Un espantoso estruendo salió de aquel armatoste, y la selva virgen, a la otra orilla del arroyo, lo devolvió en un estruendoso redoble sobre la estación dormida. Debió de hacer que algunos de los peregrinos se sentasen en sus chozas. Una figura oscura oscureció la puerta iluminada de la cabaña del encargado, desapareció y, un segundo después, la propia puerta también desapareció. Nos detuvimos, y el silencio ahuyentado por el pisotón de nuestros pies volvió a fluir desde los recovecos de la tierra. El gran muro de vegetación —una masa exuberante y enmarañada de troncos, ramas, hojas, arbustos, festones— inmóvil a la luz de la luna era como una invasión alborotada de vida insonorizada, una ola movediza de plantas amontonadas, encrespadas, dispuestas a derrumbarse sobre el arroyo, a barrer a cada uno de nosotros de su pequeña existencia. Y no se movía. Un estallido apagado de poderosos chapoteos y resoplidos nos llegó desde lejos, como si un ictiosaurio se hubiera dado un baño de purpurina en el gran río. "Al fin y al cabo", dijo el calderero en tono razonable, "¿por qué no íbamos a conseguir los remaches?". ¿Por qué no? Yo no veía ninguna razón para no hacerlo. "Llegarán en tres semanas", dije con confianza.

«Pero no llegaron. En lugar de remaches llegó una invasión, una aflicción, una visita. Llegó por etapas durante las tres semanas siguientes, cada etapa encabezada por un burro que llevaba a un hombre blanco

thes and tan shoes, bowing from that elevation right and left to the impressed pilgrims. A quarrelsome band of footsore sulky niggers trod on the heels of the donkeys; a lot of tents, camp-stools, tin boxes, white cases, brown bales would be shot down in the courtyard, and the air of mystery would deepen a little over the muddle of the station. Five such installments came, with their absurd air of disorderly flight with the loot of innumerable outfit shops and provision stores, that, one would think, they were lugging, after a raid, into the wilderness for equitable division. It was an inextricable mess of things decent in themselves but that human folly made look like the spoils of thieving.

«This devoted band called itself the Eldorado Exploring Expedition, and I believe they were sworn to secrecy. Their talk, however, was the talk of sordid buccaneers: it was reckless without hardihood, greedy without audacity, and cruel without courage; there was not an atom of foresight or of serious intention in the whole batch of them, and they did not seem aware these things are wanted for the work of the world. To tear treasure out of the bowels of the land was their desire, with no more moral purpose at the back of it than there is in burglars breaking into a safe. Who paid the expenses of the noble enterprise I don't know; but the uncle of our manager was leader of that lot.

«In exterior he resembled a butcher in a poor neighborhood, and his eyes had a look of sleepy cunning. He carried his fat paunch with ostentation on his short legs, and during the time his gang infested the station spoke to no one but his nephew. You could see these two roaming about all day long with their heads close together in an everlasting confab.

«I had given up worrying myself about the rivets. One's capacity for that kind of folly is more limited than you would suppose. I said Hang!—and let things slide. I had plenty of time for meditation, and now and then I would give some thought to Kurtz. I wasn't very interested in him. No. Still, I was curious to see whether this man, who had come out equipped with moral ideas of some sort, would climb to the top after all, and how he would set about his work when there.»

con ropa nueva y zapatos color canela, que se inclinaba desde esa altura a derecha e izquierda ante los impresionados peregrinos. Una banda pendenciera de negros enfurruñados pisaba los talones de los burros; un montón de tiendas de campaña, taburetes de campamento, cajas de hojalata, maletas blancas y fardos marrones eran derribados en el patio, y el aire de misterio se profundizaba un poco sobre el embrollo de la estación. Llegaron cinco entregas de este tipo, con su absurdo aire de huida desordenada con el botín de innumerables tiendas de ropa y almacenes de provisiones, que, uno pensaría, estaban arrastrando, después de una incursión, a la selva para una división equitativa. Era un desorden inextricable de cosas decentes en sí mismas, pero que la locura humana hacía parecer el botín de un robo.

«Esta devota banda se llamaba a sí misma la Expedición Exploradora de Eldorado, y creo que habían jurado guardar secreto. Sin embargo, su conversación era la de unos sórdidos bucaneros: era temeraria sin dureza, codiciosa sin audacia y cruel sin valentía; no había ni un átomo de previsión o de intención seria en todo el grupo, y no parecían conscientes de que estas cosas se necesitan para la obra del mundo. Arrancar un tesoro de las entrañas de la tierra era su deseo, sin más propósito moral detrás que el que tienen los ladrones al forzar una caja fuerte. No sé quién pagó los gastos de la noble empresa, pero el tío de nuestro director era el líder de ese grupo.

«En el exterior se parecía a un carnicero de un barrio pobre, y sus ojos tenían una mirada de astucia somnolienta. Llevaba su gorda panza con ostentación sobre sus cortas piernas, y durante el tiempo que su banda infestaba la estación no hablaba con nadie más que con su sobrino. Se podía ver a estos dos deambulando todo el día con las cabezas juntas en una eterna confabulación.

«Había dejado de preocuparme por los remaches. La capacidad de uno para ese tipo de locura es más limitada de lo que se supone. Me dije "déjalo", y dejé que las cosas siguieran su curso. Tenía mucho tiempo para meditar, y de vez en cuando pensaba en Kurtz. No estaba muy interesado en él. No. Sin embargo, tenía curiosidad por ver si este hombre, equipado con ideas morales de algún tipo, subiría a la cima después de todo, y cómo emprendería su trabajo una vez allí».

«One evening as I was lying flat on the deck of my steamboat, I heard voices approaching—and there were the nephew and the uncle strolling along the bank. I laid my head on my arm again, and had nearly lost myself in a doze, when somebody said in my ear, as it were: 'I am as harmless as a little child, but I don't like to be dictated to. Am I the manager—or am I not? I was ordered to send him there. It's incredible.' . . . I became aware that the two were standing on the shore alongside the forepart of the steamboat, just below my head. I did not move; it did not occur to me to move: I was sleepy. 'It *is* unpleasant,' grunted the uncle. 'He has asked the Administration to be sent there,' said the other, 'with the idea of showing what he could do; and I was instructed accordingly. Look at the influence that man must have. Is it not frightful?' They both agreed it was frightful, then made several bizarre remarks: 'Make rain and fine weather—one man—the Council—by the nose'—bits of absurd sentences that got the better of my drowsiness, so that I had pretty near the whole of my wits about me when the uncle said, 'The climate may do away with this difficulty for you. Is he alone there?' 'Yes,' answered the manager; 'he sent his assistant down the river with a note to me in these terms: «Clear this poor devil out of the country, and don't bother sending more of that sort. I had rather be alone than have the kind of men you can dispose of with me.» It was more than a year ago. Can you imagine such impudence!' 'Anything since then?' asked the other, hoarsely. 'Ivory,' jerked the nephew; 'lots of it—prime sort—lots—most annoying, from him.' 'And with that?' questioned the heavy rumble. 'Invoice,' was the reply fired out, so to speak. Then silence. They had been talking about Kurtz.

«I was broad awake by this time, but, lying perfectly at ease, remained still, having no inducement to change my position. 'How did that ivory come all this way?' growled the elder man, who seemed very vexed. The other explained that it had come with a fleet of canoes in charge of an English half-caste clerk Kurtz had with him; that Kurtz had apparently intended to return himself, the station being by that time bare of goods and stores, but after coming three hundred miles, had suddenly decided to go back, which he started to do alone in a small dug-out with four paddlers, leaving the half-caste to continue down the river with the ivory. The two fellows there seemed

II

«Una noche, mientras estaba tumbado en la cubierta de mi barco de vapor, oí voces que se acercaban, y allí estaban el sobrino y el tío paseando por la orilla. Volví a apoyar la cabeza en el brazo, y casi me había perdido en un sopor, cuando alguien me dijo al oído, por así decirlo, "soy tan inofensivo como un niño, pero no me gusta que me den órdenes. ¿Soy el director... o no? Me ordenaron que lo envíe allí. Es increíble...". Me di cuenta de que los dos estaban de pie en la orilla, junto a la proa del barco de vapor, justo debajo de mi cabeza. No me moví; no se me ocurrió moverme: tenía sueño. "*Es* desagradable", gruñó el tío. "Ha pedido a la Administración que le envíen allí", dijo el otro, "con la idea de demostrar lo que puede hacer; y me han dado instrucciones para ello. Mira la influencia que debe tener ese hombre. ¿No es espantoso?". Ambos estuvieron de acuerdo en que era espantoso, y luego hicieron varios comentarios extraños: "Que haga buen o mal tiempo... un hombre... el Consejo... por la nariz...", frases absurdas que se apoderaron de mi somnolencia, de modo que ya había recobrado casi toda mi cordura cuando el tío dijo, "El clima puede acabar con esta dificultad suya. ¿Él está solo allí?". "Sí", contestó el administrador; "envió a su ayudante río abajo con una nota para mí en estos términos: 'Saque a este pobre diablo de la región, y no se moleste en enviar más personas de ese tipo. Prefiero estar solo que tener conmigo la clase de hombres que usted no necesita'. Fue hace más de un año. ¿Puede imaginar semejante descaro?". "¿Algo más desde entonces?", preguntó el otro, con voz ronca. "Marfil", dijo el sobrino, "mucho, mucho y, lo más molesto, de él". "¿Y con eso?", cuestionó el pesado retumbante. "La factura", fue la respuesta disparada, por así decirlo. Luego, silencio. Habían estado hablando de Kurtz.

«En ese momento yo ya estaba bien despierto, pero, al estar perfectamente cómodo, me quedé quieto, sin tener ningún incentivo para cambiar mi posición. "¿Cómo ha llegado ese marfil hasta aquí?", gruñó el hombre más viejo, que parecía muy enfadado. El otro explicó que había llegado con una flota de canoas a cargo de un empleado mestizo inglés que Kurtz tenía con él; que Kurtz, al parecer, había tenido la intención de regresar él mismo, ya que la estación estaba entonces desprovista de bienes y tiendas, pero que, después de haber recorrido trescientas millas, había decidido repentinamente regresar, lo que empezó a hacer solo en una pequeña canoa con cuatro re-

astounded at anybody attempting such a thing. They were at a loss for an adequate motive. As to me, I seemed to see Kurtz for the first time. It was a distinct glimpse: the dug-out, four paddling savages, and the lone white man turning his back suddenly on the headquarters, on relief, on thoughts of home—perhaps; setting his face towards the depths of the wilderness, towards his empty and desolate station. I did not know the motive. Perhaps he was just simply a fine fellow who stuck to his work for its own sake. His name, you understand, had not been pronounced once. He was 'that man.' The half-caste, who, as far as I could see, had conducted a difficult trip with great prudence and pluck, was invariably alluded to as 'that scoundrel.' The 'scoundrel' had reported that the 'man' had been very ill—had recovered imperfectly.... The two below me moved away then a few paces, and strolled back and forth at some little distance. I heard: 'Military post—doctor—two hundred miles—quite alone now—unavoidable delays—nine months—no news—strange rumors.' They approached again, just as the manager was saying, 'No one, as far as I know, unless a species of wandering trader—a pestilential fellow, snapping ivory from the natives.' Who was it they were talking about now? I gathered in snatches that this was some man supposed to be in Kurtz's district, and of whom the manager did not approve. 'We will not be free from unfair competition till one of these fellows is hanged for an example,' he said. 'Certainly,' grunted the other; 'get him hanged! Why not? Anything—anything can be done in this country. That's what I say; nobody here, you understand, *here*, can endanger your position. And why? You stand the climate—you outlast them all. The danger is in Europe; but there before I left I took care to—' They moved off and whispered, then their voices rose again. 'The extraordinary series of delays is not my fault. I did my possible.' The fat man sighed, 'Very sad.' 'And the pestiferous absurdity of his talk,' continued the other; 'he bothered me enough when he was here. «Each station should be like a beacon on the road towards better things, a center for trade of course, but also for humanizing, improving, instructing.» Conceive you—that ass! And he wants to be manager! No, it's—' Here he got choked by excessive indignation, and I lifted my head the least bit. I was surprised to see how near they were—right under me. I could have spat upon their hats. They were looking on the ground, absorbed in thought. The manager was switching his leg with a slender twig: his sagacious relative lifted his head. 'You have been well since you came out this time?' he asked. The other gave a start. 'Who? I?

meros, dejando que el mestizo continuara río abajo con el marfil. Los dos compañeros parecían asombrados de que alguien intentara algo así. No encontraban un motivo adecuado. En cuanto a mí, me pareció ver a Kurtz por primera vez. Fue una visión clara: el bote, cuatro salvajes remando, y el solitario hombre blanco dando la espalda repentinamente al cuartel general, al alivio, a los pensamientos del hogar... tal vez; afrontando las profundidades de la selva, dirigiéndose hacia su estación vacía y desolada. Yo no sabía el motivo. Tal vez era simplemente un buen tipo que se aferraba a su trabajo por su propio bien. Su nombre, como comprenderán, no había sido pronunciado ni una sola vez. Era "ese hombre". El mestizo, que, por lo que pude ver, había conducido un viaje difícil con gran prudencia y coraje, era invariablemente aludido como "ese sinvergüenza". El "sinvergüenza" había informado de que el "hombre" había estado muy enfermo y se había recuperado imperfectamente... Los dos que estaban debajo de mí se alejaron entonces unos pasos, y se pasearon de un lado a otro a cierta distancia. Oí: "Puesto militar... doctor... doscientas millas... ya bastante solo... retrasos inevitables... nueve meses...ninguna noticia... rumores extraños". Se acercaron de nuevo, justo cuando el director decía "nadie, que yo sepa, a no ser una especie de comerciante errante... un tipo pestilente, que roba marfil a los nativos". ¿De quién hablaban ahora? En un momento dado deduje que se trataba de un hombre que se suponía que estaba en el distrito de Kurtz, y que el director no aprobaba. "No nos libraremos de la competencia desleal hasta que uno de estos tipos sea colgado como ejemplo", dijo. "Ciertamente", gruñó el otro; "¡que lo cuelguen! ¿Por qué no? Cualquier cosa... cualquier cosa se puede hacer en este país. Eso es lo que yo digo; nadie aquí, entiende, *aquí*, puede poner en peligro su posición. ¿Y por qué? Usted resiste el clima... usted sobrevive a todos ellos. El peligro está en Europa; pero allí, antes de partir, me ocupé de...". Se apartaron y susurraron, y luego volvieron a alzar la voz. "La extraordinaria serie de retrasos no es culpa mía. Hice lo que pude". El gordo suspiró, "Muy triste". "Y la absurda y pestilente forma de hablar", continuó el otro; "ya me molestó bastante cuando estuvo aquí. 'Cada estación debe ser como un faro en el camino hacia algo mejor, un centro para el comercio, por supuesto, pero también para humanizar, mejorar, instruir'. ¡Imagínese... ese asno! ¡Y quiere ser director! No, es...". Aquí se ahogó por la excesiva indignación, y yo levanté la cabeza mínimamente. Me sorprendió ver lo cerca que estaban, justo debajo de mí. Podría haber escupido sobre sus sombreros. Estaban

Oh! Like a charm—like a charm. But the rest—oh, my goodness! All sick. They die so quick, too, that I haven't the time to send them out of the country—it's incredible!' 'H'm. Just so,' grunted the uncle. 'Ah! my boy, trust to this—I say, trust to this.' I saw him extend his short flipper of an arm for a gesture that took in the forest, the creek, the mud, the river,—seemed to beckon with a dishonoring flourish before the sunlit face of the land a treacherous appeal to the lurking death, to the hidden evil, to the profound darkness of its heart. It was so startling that I leaped to my feet and looked back at the edge of the forest, as though I had expected an answer of some sort to that black display of confidence. You know the foolish notions that come to one sometimes. The high stillness confronted these two figures with its ominous patience, waiting for the passing away of a fantastic invasion.

«They swore aloud together—out of sheer fright, I believe—then pretending not to know anything of my existence, turned back to the station. The sun was low; and leaning forward side by side, they seemed to be tugging painfully uphill their two ridiculous shadows of unequal length, that trailed behind them slowly over the tall grass without bending a single blade.

«In a few days the Eldorado Expedition went into the patient wilderness, that closed upon it as the sea closes over a diver. Long afterwards the news came that all the donkeys were dead. I know nothing as to the fate of the less valuable animals. They, no doubt, like the rest of us, found what they deserved. I did not inquire. I was then rather excited at the prospect of meeting Kurtz very soon. When I say very soon I mean it comparatively. It was just two months from the day we left the creek when we came to the bank below Kurtz's station.

«Going up that river was like traveling back to the earliest beginnings of the world, when vegetation rioted on the earth and the big trees were kings. An empty stream, a great silence, an impenetrable forest. The air was warm, thick, heavy, sluggish. There was no joy

mirando hacia el suelo, absortos en sus pensamientos. El director se fustigaba la pierna con una ramita delgada: su sagaz pariente levantó la cabeza. "¿Ha estado bien todo este tiempo, desde su llegada?", preguntó. El otro dio un respingo. "¿Quién? ¿Yo? ¡Oh! Como un encanto... como un encanto. Pero el resto... ¡Oh, Dios mío! Todos enfermos. Y se mueren tan rápido que no tengo tiempo de enviarlos fuera del país... ¡es increíble!"... "Hum. Así es", gruñó el tío. "Ah, muchacho, confíe en esto... le digo, confíe en esto". Le vi extender su corto brazo en un gesto que abarcaba el bosque, el arroyo, el lodo, el río... y que parecía llamar con una floritura deshonrosa a la cara iluminada por el sol de la tierra, un llamamiento traicionero a la muerte acechante, al mal oculto, a la profunda oscuridad de su corazón. Fue tan sorprendente que me puse en pie de un salto y miré hacia el borde del bosque, como si esperara algún tipo de respuesta a aquella negra muestra de confianza. Ya saben las tonterías que se le ocurren a uno a veces. La alta quietud se enfrentaba a estas dos figuras con su ominosa paciencia, esperando el paso de una fantástica invasión.

«Maldijeron juntos en voz alta... creo que de puro miedo... y luego, fingiendo no saber nada de mi existencia, se volvieron hacia la estación. El sol estaba bajo e, inclinándose uno al lado del otro, parecían estar tirando penosamente cuesta arriba de sus dos ridículas sombras de desigual longitud que se arrastraban detrás de ellos lentamente sobre la alta hierba sin doblar una sola brizna.

«En pocos días la Expedición de Eldorado se adentró en la selva paciente, que se cerró sobre ella como el mar se cierra sobre un buzo. Mucho tiempo después llegó la noticia de que todos los burros habían muerto. No sé nada sobre el destino de los animales menos valiosos. Ellos, sin duda, como el resto de nosotros, encontraron su merecido. No pregunté. Estaba bastante excitado ante la perspectiva de encontrarme con Kurtz muy pronto. Cuando digo "muy pronto", lo digo comparativamente. Habían pasado sólo dos meses desde el día en que dejamos el arroyo hasta que llegamos a la orilla, debajo de la estación de Kurtz.

«Remontar ese río era como viajar a los primitivos comienzos del mundo, cuando la vegetación se alborotaba en la tierra y los grandes árboles eran reyes. Un arroyo vacío, un gran silencio, un bosque impenetrable. El aire era cálido, espeso, pesado, perezoso. No había ale-

in the brilliance of sunshine. The long stretches of the waterway ran on, deserted, into the gloom of overshadowed distances. On silvery sandbanks hippos and alligators sunned themselves side by side. The broadening waters flowed through a mob of wooded islands; you lost your way on that river as you would in a desert, and butted all day long against shoals, trying to find the channel, till you thought yourself bewitched and cut off for ever from everything you had known once—somewhere—far away—in another existence perhaps. There were moments when one's past came back to one, as it will sometimes when you have not a moment to spare to yourself; but it came in the shape of an unrestful and noisy dream, remembered with wonder amongst the overwhelming realities of this strange world of plants, and water, and silence. And this stillness of life did not in the least resemble a peace. It was the stillness of an implacable force brooding over an inscrutable intention. It looked at you with a vengeful aspect. I got used to it afterwards; I did not see it any more; I had no time. I had to keep guessing at the channel; I had to discern, mostly by ins- piration, the signs of hidden banks; I watched for sunken stones; I was learning to clap my teeth smartly before my heart flew out, when I shaved by a fluke some infernal sly old snag that would have ripped the life out of the tin-pot steamboat and drowned all the pilgrims; I had to keep a look-out for the signs of dead wood we could cut up in the night for next day's steaming. When you have to attend to things of that sort, to the mere incidents of the surface, the reality—the rea- lity, I tell you—fades. The inner truth is hidden—luckily, luckily. But I felt it all the same; I felt often its mysterious stillness watching me at my monkey tricks, just as it watches you fellows performing on your respective tight-ropes for—what is it? half-a-crown a tumble—»

«Try to be civil, Marlow,» growled a voice, and I knew there was at least one listener awake besides myself.

«I beg your pardon. I forgot the heartache which makes up the rest of the price. And indeed what does the price matter, if the trick be well done? You do your tricks very well. And I didn't do badly either, since I managed not to sink that steamboat on my first trip. It's a won- der to me yet. Imagine a blindfolded man set to drive a van over a

gría en el brillo del sol. Los largos tramos del curso de agua avanzaban, desiertos, hacia la penumbra de las distancias ensombrecidas. En los bancos de arena plateada, los hipopótamos y los caimanes tomaban el sol uno al lado del otro. Las aguas, cada vez más anchas, fluían a través de una multitud de islas boscosas; uno se perdía en aquel río como lo haría en un desierto, y chocaba todo el día contra los bancos de arena, tratando de encontrar el cauce, hasta que uno se creía hechizado y aislado para siempre de todo lo que había conocido una vez... en algún lugar lejano... en otra existencia tal vez. Había momentos en que el pasado volvía a uno, como ocurre a veces cuando no se tiene un momento para uno mismo; pero venía en forma de un sueño inquieto y ruidoso, recordado con asombro entre las realidades abrumadoras de este extraño mundo de plantas, agua y silencio. Y esta quietud de la vida no se parecía en nada a una paz. Era la quietud de una fuerza implacable que meditaba una intención inescrutable. Le miraba a uno con un aspecto vengativo. Después me acostumbré a ella; ya no la veía; no tenía tiempo. Tenía que seguir conjeturando en el canal; tenía que discernir, sobre todo por inspiración, las señales de las orillas ocultas; vigilaba las piedras hundidas; estaba aprendiendo a apretar mis dientes con fuerza antes de que se me saliera el corazón cuando raspábamos por casualidad algún viejo escollo infernal que habría arrancado la vida del barco a vapor hecho de hojalata y ahogado a todos los peregrinos; tenía que estar atento a las señales de madera seca que podíamos cortar durante la noche para la navegación del día siguiente. Cuando uno tiene que atender a cosas de ese tipo, a los meros incidentes de la superficie, la realidad... la realidad, les digo... se desvanece. La verdad interior está oculta... por suerte, por suerte. Pero igualmente la sentí; sentí a menudo su misteriosa quietud observándome en mis trucos de mono, igual que los observa a ustedes trabajando en sus respectivas cuerdas flojas por... ¿qué es? media corona la vuelta...».

«Intente ser más cortés, Marlow», gruñó una voz, y supe que había al menos un oyente despierto además de mí.

«Le pido perdón. Me olvidé de la angustia que constituye el resto del precio. ¿Y qué importa el precio, si el truco está bien hecho? Usted hace sus trucos muy bien. Y yo tampoco lo hice mal, ya que me las arreglé para no hundir ese barco a vapor en mi primer viaje. Todavía me maravilla. Imaginen a un hombre con los ojos vendados

bad road. I sweated and shivered over that business considerably, I can tell you. After all, for a seaman, to scrape the bottom of the thing that's supposed to float all the time under his care is the unpardonable sin. No one may know of it, but you never forget the thump—eh? A blow on the very heart. You remember it, you dream of it, you wake up at night and think of it—years after—and go hot and cold all over. I don't pretend to say that steamboat floated all the time. More than once she had to wade for a bit, with twenty cannibals splashing around and pushing. We had enlisted some of these chaps on the way for a crew. Fine fellows—cannibals—in their place. They were men one could work with, and I am grateful to them. And, after all, they did not eat each other before my face: they had brought along a provision of hippo-meat which went rotten, and made the mystery of the wilderness stink in my nostrils. Phoo! I can sniff it now. I had the manager on board and three or four pilgrims with their staves—all complete. Sometimes we came upon a station close by the bank, clinging to the skirts of the unknown, and the white men rushing out of a tumble-down hovel, with great gestures of joy and surprise and welcome, seemed very strange,—had the appearance of being held there captive by a spell. The word ivory would ring in the air for a while—and on we went again into the silence, along empty reaches, round the still bends, between the high walls of our winding way, reverberating in hollow claps the ponderous beat of the stern-wheel. Trees, trees, millions of trees, massive, immense, running up high; and at their foot, hugging the bank against the stream, crept the little begrimed steamboat, like a sluggish beetle crawling on the floor of a lofty portico. It made you feel very small, very lost, and yet it was not altogether depressing, that feeling. After all, if you were small, the grimy beetle crawled on—which was just what you wanted it to do. Where the pilgrims imagined it crawled to I don't know. To some place where they expected to get something, I bet! For me it crawled toward Kurtz—exclusively; but when the steam-pipes started leaking we crawled very slow. The reaches opened before us and closed behind, as if the forest had stepped leisurely across the water to bar the way for our return. We penetrated deeper and deeper into the heart of darkness. It was very quiet there. At night sometimes the roll of drums behind the curtain of trees would run up the river and remain sustained faintly, as if hovering in the air high over our heads, till the first break of day. Whether it meant war, peace, or prayer we could not tell. The dawns were heralded by the descent of a chill

dispuesto a conducir una furgoneta por una carretera en mal estado. Puedo decir que sudé y temblé bastante en ese asunto. Después de todo, para un marinero, raspar el fondo de la cosa que se supone que flota todo el tiempo bajo su cuidado es el pecado imperdonable. Puede que nadie lo sepa, pero nunca se olvida el golpe... ¿eh? Un golpe en el mismísimo corazón. Uno lo recuerda, sueña con él, se despierta por la noche y piensa en él... años después... y uno siente escalofríos por ello. No pretendo decir que ese barco a vapor flotó todo el tiempo. Más de una vez tuvo que vadear un poco, con veinte caníbales chapoteando y empujando. Habíamos reclutado a algunos de estos tipos en el camino para formar una tripulación. Buenos compañeros... caníbales... en su lugar. Eran hombres con los que se podía trabajar, y les estoy agradecido. Y, después de todo, no se comieron los unos a los otros delante de mi cara: habían traído una provisión de carne de hipopótamo que se pudrió e hizo que el misterio de la selva apestara en mis fosas nasales. ¡Uf! Todavía puedo olerlo. Tenía al director a bordo y a tres o cuatro peregrinos con sus bastones... barco completo. A veces llegábamos a una estación cercana a la orilla, aferrados a las faldas de lo desconocido, y los hombres blancos que salían apresuradamente de una casucha derruida, con grandes gestos de alegría y sorpresa y bienvenida, parecían muy extraños... tenían la apariencia de estar cautivos allí por un hechizo. La palabra marfil resonaba en el aire durante un rato... y volvíamos a adentrarnos en el silencio, a lo largo de tramos vacíos, alrededor de las curvas tranquilas, entre las altas paredes de nuestro camino sinuoso, reverberando en aplausos huecos el pesado golpe de la rueda de popa. Árboles, árboles, millones de árboles, macizos, inmensos, que corrían hacia lo alto; y a su pie, abrazando la orilla contra el arroyo, se arrastraba el pequeño y demacrado barco a vapor, como un escarabajo perezoso que se arrastra por el suelo de un pórtico elevado. Le hacía sentir a uno muy pequeño, muy perdido, y sin embargo no era del todo deprimente ese sentimiento. Al fin y al cabo, si bien uno se sentía pequeño, el mugriento escarabajo seguía arrastrándose... que era justamente lo que yo quería que hiciera. A dónde imaginaban los peregrinos que se arrastraba, no lo sé. ¡Apuesto a que a algún lugar donde esperaban conseguir algo! Para mí se arrastraba hacia Kurtz, exclusivamente; pero cuando las tuberías de vapor empezaron a gotear, nos arrastramos muy lentamente. Los tramos se abrían ante nosotros y se cerraban detrás, como si el bosque hubiera atravesado tranquilamente el agua para impedirnos el regreso. Nos adentramos más y más en el

stillness; the woodcutters slept, their fires burned low; the snapping of a twig would make you start. We were wanderers on a prehistoric earth, on an earth that wore the aspect of an unknown planet. We could have fancied ourselves the first of men taking possession of an accursed inheritance, to be subdued at the cost of profound anguish and of excessive toil. But suddenly, as we struggled round a bend, there would be a glimpse of rush walls, of peaked grass-roofs, a burst of yells, a whirl of black limbs, a mass of hands clapping, of feet stamping, of bodies swaying, of eyes rolling, under the droop of heavy and motionless foliage. The steamer toiled along slowly on the edge of a black and incomprehensible frenzy. The prehistoric man was cursing us, praying to us, welcoming us—who could tell? We were cut off from the comprehension of our surroundings; we glided past like phantoms, wondering and secretly appalled, as sane men would be before an enthusiastic outbreak in a madhouse. We could not understand, because we were too far and could not remember, because we were traveling in the night of first ages, of those ages that are gone, leaving hardly a sign—and no memories.

«The earth seemed unearthly. We are accustomed to look upon the shackled form of a conquered monster, but there—there you could look at a thing monstrous and free. It was unearthly, and the men were—No, they were not inhuman. Well, you know, that was the worst of it—this suspicion of their not being inhuman. It would come slowly to one. They howled, and leaped, and spun, and made horrid faces; but what thrilled you was just the thought of their humanity—like yours— the thought of your remote kinship with this wild and passionate uproar. Ugly. Yes, it was ugly enough; but if you were man enough you would admit to yourself that there was in you just the faintest trace of a response to the terrible frankness of that noise, a dim suspicion of there being a meaning in it which you—you so remote from the night of first ages—could comprehend. And why not? The mind of man is

corazón de las tinieblas. El lugar era muy silencioso. Por la noche, a veces el redoble de los tambores detrás de la cortina de árboles subía por el río y se mantenía débilmente, como si flotara en el aire por encima de nuestras cabezas, hasta el primer rayo del día. No sabíamos si significaba la guerra, la paz o la oración. Los amaneceres eran anunciados por el descenso de una fría quietud; los leñadores dormían, sus fuegos ardían débilmente; el chasquido de una ramita le hacía a uno sobresaltarse. Éramos vagabundos en una tierra prehistórica, en una tierra que tenía el aspecto de un planeta desconocido. Podríamos habernos creído los primeros hombres que tomaban posesión de una herencia maldita, a la que había que subyugar a costa de una profunda angustia y de un trabajo excesivo. Pero de repente, al doblar un recodo, se vislumbraban paredes de juncos, tejados de hierba, un estallido de gritos, un torbellino de miembros negros, una masa de manos que aplaudían, de pies que zapateaban, de cuerpos que se balanceaban, de ojos que giraban, bajo la caída de un follaje pesado e inmóvil. El vapor avanzaba lentamente al borde de un negro e incomprensible frenesí. El hombre prehistórico nos maldecía, nos rezaba, nos daba la bienvenida... ¿quién podría decirlo? Estábamos aislados de la comprensión de lo que nos rodeaba; pasábamos como fantasmas, maravillados y secretamente horrorizados, como lo estarían los hombres cuerdos ante un estallido de entusiasmo en un manicomio. No podíamos entender, porque estábamos demasiado lejos y no podíamos recordar, porque viajábamos en la noche de las primeras edades, de esas edades que se han ido... dejando apenas una señal y ningún recuerdo.

«La tierra parecía sobrenatural. Estamos acostumbrados a mirar la forma encadenada de un monstruo conquistado, pero allí... se podía mirar una cosa monstruosa y libre. Era sobrenatural, y los hombres eran... no, no eran inhumanos. Bueno, eso era lo peor, esa sospecha de que no eran inhumanos. Uno se daba cuenta poco a poco. Aullaban, saltaban, giraban y ponían caras horribles; pero lo que a uno le emocionaba era sólo la idea de su humanidad... la misma de ustedes... la idea de un remoto parentesco con este alboroto salvaje y apasionado. Feo. Sí, era bastante feo; pero si uno fuera lo suficientemente hombre, admitiría que había en uno el más leve rastro de una respuesta a la terrible franqueza de ese ruido, una tenue sospecha de que había un significado en él que uno... uno, tan alejado de la noche de las primeras edades... podría comprender. ¿Y por qué

capable of anything—because everything is in it, all the past as well as all the future. What was there after all? Joy, fear, sorrow, devotion, valor, rage—who can tell?—but truth—truth stripped of its cloak of time. Let the fool gape and shudder—the man knows, and can look on without a wink. But he must at least be as much of a man as these on the shore. He must meet that truth with his own true stuff—with his own inborn strength. Principles? Principles won't do. Acquisitions, clothes, pretty rags—rags that would fly off at the first good shake. No; you want a deliberate belief. An appeal to me in this fiendish row—is there? Very well; I hear; I admit, but I have a voice too, and for good or evil mine is the speech that cannot be silenced. Of course, a fool, what with sheer fright and fine sentiments, is always safe. Who's that grunting? You wonder I didn't go ashore for a howl and a dance? Well, no—I didn't. Fine sentiments, you say? Fine sentiments, be hanged! I had no time. I had to mess about with white-lead and strips of woolen blanket helping to put bandages on those leaky steam-pipes—I tell you. I had to watch the steering, and circumvent those snags, and get the tin-pot along by hook or by crook. There was surface-truth enough in these things to save a wiser man. And between whiles I had to look after the savage who was fireman. He was an improved specimen; he could fire up a vertical boiler. He was there below me, and, upon my word, to look at him was as edifying as seeing a dog in a parody of breeches and a feather hat, walking on his hind-legs. A few months of training had done for that really fine chap. He squinted at the steam-gauge and at the water-gauge with an evident effort of intrepidity—and he had filed teeth too, the poor devil, and the wool of his pate shaved into queer patterns, and three ornamental scars on each of his cheeks. He ought to have been clapping his hands and stamping his feet on the bank, instead of which he was hard at work, a thrall to strange witchcraft, full of improving knowledge. He was useful because he had been instructed; and what he knew was this— that should the water in that transparent thing disappear, the evil spirit inside the boiler would get angry through the greatness of his thirst, and take a terrible vengeance. So he sweated and fired up and watched the glass fearfully (with an impromptu charm, made of rags, tied to his arm, and a piece of polished bone, as big as a watch, stuck flatways through his lower lip), while the wooded banks slipped past us slowly, the short noise was left behind, the interminable miles of silence—and we crept on, towards Kurtz. But the snags were thick, the water was treacherous and shallow, the boiler seemed indeed to

no? La mente del hombre es capaz de todo, porque todo está en ella, todo el pasado y todo el futuro. ¿Qué había allí después de todo? Alegría, miedo, dolor, devoción, valor, rabia, ¿quién puede decirlo? Pero la verdad... la verdad despojada de su manto de tiempo. Que el tonto se quede boquiabierto y se estremezca... el hombre sabe, y puede mirar sin pestañear. Pero al menos debe ser tan hombre como estos en la orilla. Debe enfrentarse a esa verdad con su propio peso... con su propia fuerza innata. ¿Principios? Los principios no sirven. Adquisiciones, ropas, trapos bonitos... trapos que desaparecerían a la primera sacudida. No; uno quiere una creencia deliberada. Que alguien me llame a mí en esta fila diabólica... ¿existe? Muy bien; escucho; lo admito, pero yo también tengo una voz, y para bien o para mal la mía es la que no puede ser silenciada. Claro que un tonto, con el susto y los buenos sentimientos, siempre está a salvo. ¿Quién es ese gruñón? ¿Les sorprende que no haya bajado a tierra para aullar y bailar? Bueno, no... no lo hice. ¿Buenos sentimientos, dicen? ¡Buenos sentimientos, que me cuelguen! No tenía tiempo. Tuve que jugar con plomo blanco y tiras de manta de lana para ayudar a poner parches en esas tuberías de vapor que goteaban... les digo. Tuve que vigilar el timón, sortear los obstáculos y hacer avanzar esa lata por las buenas o las malas. Había suficiente verdad en estas cosas para salvar a un hombre más sabio. Y entre tanto tenía que cuidar al salvaje que hacía de fogonero. Era un espécimen mejorado; podía encender una caldera vertical. Estaba allí, debajo de mí, y, a decir verdad, mirarlo era tan edificante como ver a un perro con pantalones falsos y un sombrero de plumas, caminando sobre sus patas traseras. Unos cuantos meses de entrenamiento habían formado a aquel buen tipo. Entornaba los ojos hacia el medidor de vapor y el medidor de agua con un evidente esfuerzo de intrepidez... y también tenía los dientes limados, el pobre diablo, y la lana de su coronilla afeitada en extraños dibujos, y tres cicatrices ornamentales en cada una de sus mejillas. Hubiera estado aplaudiendo y zapateando en la orilla, en lugar de eso estaba trabajando arduamente, esclavizado por una extraña brujería, lleno de mejores conocimientos. Era útil porque había sido instruido; y lo que sabía era esto... que si el agua de aquella cosa transparente desaparecía, el espíritu maligno del interior de la caldera se enfadaría por la grandeza de su sed y se tomaría una terrible venganza. Así que sudó y se animó y vigiló el cristal temerosamente (con un improvisado amuleto, hecho de trapos, atado a su brazo, y un trozo de hueso pulido, tan grande como un reloj, clavado de plano en su labio

have a sulky devil in it, and thus neither that fireman nor I had any time to peer into our creepy thoughts.

«Some fifty miles below the Inner Station we came upon a hut of reeds, an inclined and melancholy pole, with the unrecognizable tatters of what had been a flag of some sort flying from it, and a neatly stacked woodpile. This was unexpected. We came to the bank, and on the stack of firewood found a flat piece of board with some faded pencil-writing on it. When deciphered it said: 'Wood for you. Hurry up. Approach cautiously.' There was a signature, but it was illegible—not Kurtz—a much longer word. 'Hurry up.' Where? Up the river? 'Approach cautiously.' We had not done so. But the warning could not have been meant for the place where it could be only found after approach. Something was wrong above. But what—and how much? That was the question. We commented adversely upon the imbecility of that telegraphic style. The bush around said nothing, and would not let us look very far, either. A torn curtain of red twill hung in the doorway of the hut, and flapped sadly in our faces. The dwelling was dismantled; but we could see a white man had lived there not very long ago. There remained a rude table—a plank on two posts; a heap of rubbish reposed in a dark corner, and by the door I picked up a book. It had lost its covers, and the pages had been thumbed into a state of extremely dirty softness; but the back had been lovingly stitched afresh with white cotton thread, which looked clean yet. It was an extraordinary find. Its title was, *An Inquiry into some Points of Seamanship*, by a man Tower, Towson—some such name—Master in his Majesty's Navy. The matter looked dreary reading enough, with illustrative diagrams and repulsive tables of figures, and the copy was sixty years old. I handled this amazing antiquity with the greatest possible tenderness, lest it should dissolve in my hands. Within, Towson or Towser was inquiring earnestly into the breaking strain of ships' chains and tackle, and other such matters. Not a very enthralling book; but at the first glance you could see there a singleness of intention, an honest concern for the right way of going to work, which made these humble pages, thought out so many years ago, lu-

inferior), mientras las riberas boscosas se deslizaban lentamente a nuestro lado, el corto ruido quedaba atrás, las interminables millas de silencio... y nos arrastrábamos, hacia Kurtz. Pero los escollos eran espesos, el agua era traicionera y poco profunda, la caldera parecía en verdad llevar un diablo enfurecido, y así ni aquel fogonero ni yo tuvimos tiempo de asomarnos a nuestros espeluznantes pensamientos.

«A unas cincuenta millas por debajo de la Estación Interior nos encontramos con una cabaña de juncos, un poste inclinado y melancólico, del que ondeaban los jirones irreconocibles de lo que había sido una especie de bandera, y un montón de leña pulcramente apilada. Esto era inesperado. Llegamos a la orilla y, sobre la pila de leña, encontramos un trozo de tabla plana con una escritura borrosa, hecha a lápiz. Al descifrarla, decía: "Leña para ustedes. Dense prisa. Acérquense con precaución". Había una firma, pero era ilegible, no Kurtz, una palabra mucho más larga. "Dense prisa". ¿Adónde? ¿Arriba del río? "Acérquense con precaución". No lo habíamos hecho. Pero la advertencia no podía estar destinada al lugar donde sólo se podía encontrar después de acercarse. Algo estaba mal allá arriba. ¿Pero qué... y qué tanto? Esa era la cuestión. Comentamos negativamente la imbecilidad de aquel estilo telegráfico. Los arbustos de alrededor no decían nada, y tampoco nos dejaban mirar muy lejos. Una cortina desgarrada de sarga roja colgaba en la puerta de la cabaña y se agitaba tristemente en nuestras caras. La vivienda estaba desmantelada, pero pudimos ver que un hombre blanco había vivido allí no hace mucho tiempo. Quedaba una mesa rústica... un tablón sobre dos postes; un montón de basura reposaba en un rincón oscuro, y junto a la puerta recogí un libro. Había perdido las tapas, y las páginas habían sido pulverizadas hasta llegar a un estado de extrema suciedad; pero el lomo había sido cosido de nuevo con cariño con hilo de algodón blanco, que aún parecía limpio. Era un hallazgo extraordinario. Su título era *Una investigación sobre algunos aspectos de la navegación*, por un hombre llamado Tower, Towson, o algo así, Maestro de la Armada de Su Majestad. El asunto parecía bastante aburrido de leer, con diagramas ilustrativos y tablas de figuras repulsivas, y el ejemplar tenía sesenta años de antigüedad. Manejé esta asombrosa antigüedad con la mayor ternura posible, para que no se disolviera en mis manos. En su interior, Towson o Towser indagaba seriamente sobre la tensión necesaria para romper las cadenas y los aparejos de los barcos,

minous with another than a professional light. The simple old sailor, with his talk of chains and purchases, made me forget the jungle and the pilgrims in a delicious sensation of having come upon something unmistakably real. Such a book being there was wonderful enough; but still more astounding were the notes penciled in the margin, and plainly referring to the text. I couldn't believe my eyes! They were in cipher! Yes, it looked like cipher. Fancy a man lugging with him a book of that description into this nowhere and studying it—and making notes—in cipher at that! It was an extravagant mystery.

«I had been dimly aware for some time of a worrying noise, and when I lifted my eyes I saw the wood-pile was gone, and the manager, aided by all the pilgrims, was shouting at me from the river-side. I slipped the book into my pocket. I assure you to leave off reading was like tearing myself away from the shelter of an old and solid friendship.

«I started the lame engine ahead. 'It must be this miserable trader—this intruder,' exclaimed the manager, looking back malevolently at the place we had left. 'He must be English,' I said. 'It will not save him from getting into trouble if he is not careful,' muttered the manager darkly. I observed with assumed innocence that no man was safe from trouble in this world.

«The current was more rapid now, the steamer seemed at her last gasp, the stern-wheel flopped languidly, and I caught myself listening on tiptoe for the next beat of the boat, for in sober truth I expected the wretched thing to give up every moment. It was like watching the last flickers of a life. But still we crawled. Sometimes I would pick out a tree a little way ahead to measure our progress towards Kurtz by, but I lost it invariably before we got abreast. To keep the eyes so long on one thing was too much for human patience. The manager displayed a beautiful resignation. I fretted and fumed and took to arguing with myself whether or no I would talk openly with Kurtz; but before I could come to any conclusion it occurred to me that my speech or

y otros asuntos similares. No era un libro muy cautivador, pero al primer vistazo se podía ver una intención única, una preocupación honesta por la manera correcta de trabajar, que hacía que estas humildes páginas, pensadas hace tantos años, fueran luminosas con otra luz que la profesional. El sencillo y viejo marinero, con su charla sobre cadenas y tuercas, me hizo olvidar la selva y los peregrinos en una deliciosa sensación de haber dado con algo inequívocamente real. El hecho de que un libro así estuviera allí era suficientemente maravilloso; pero aún más asombroso eran las notas escritas a lápiz en el margen, que se referían claramente al texto. No podía creer lo que veían mis ojos. ¡Estaban en clave! Sí, parecía cifrado. Imagínese a un hombre cargando con un libro así en este lugar y estudiándolo, y tomando notas, ¡en clave! Era un misterio extravagante.

«Llevaba un rato percibiendo un ruido preocupante, y cuando levanté los ojos vi que la pila de leña había desaparecido, y el director, ayudado por todos los peregrinos, me gritaba desde la orilla del río. Metí el libro en el bolsillo. Les aseguro que dejar de leer fue como arrancarme del refugio de una vieja y sólida amistad.

«Puse en marcha el cojo motor por adelantado. "Debe ser este miserable comerciante, este intruso", exclamó el director, mirando malévolamente hacia el lugar que habíamos dejado. "Debe ser un inglés", dije. "Eso no le salvará de meterse en problemas si no tiene cuidado", murmuró el director en tono sombrío. Observé con supuesta inocencia que ningún hombre estaba a salvo de problemas en este mundo.

«La corriente era más rápida ahora, el barco parecía estar en su último aliento, la rueda de popa se movía lánguidamente, y me sorprendí a mí mismo escuchando en puntas de pie el siguiente latido del barco, porque en verdad esperaba que la desdichada cosa se rindiera en cualquier momento. Era como ver los últimos destellos de una vida. Pero aún así nos arrastramos. A veces elegía un árbol un poco más adelante para medir nuestro progreso hacia Kurtz, pero lo perdía invariablemente de vista antes de que llegáramos a esa altura. Mantener los ojos tanto tiempo en una cosa era demasiado para la paciencia humana. El director mostró una hermosa resignación. Me preocupé y eché humo y me puse a discutir conmigo mismo si habla-

my silence, indeed any action of mine, would be a mere futility. What did it matter what anyone knew or ignored? What did it matter who was manager? One gets sometimes such a flash of insight. The essentials of this affair lay deep under the surface, beyond my reach, and beyond my power of meddling.

«Towards the evening of the second day we judged ourselves about eight miles from Kurtz's station. I wanted to push on; but the manager looked grave, and told me the navigation up there was so dangerous that it would be advisable, the sun being very low already, to wait where we were till next morning. Moreover, he pointed out that if the warning to approach cautiously were to be followed, we must approach in daylight—not at dusk, or in the dark. This was sensible enough. Eight miles meant nearly three hours' steaming for us, and I could also see suspicious ripples at the upper end of the reach. Nevertheless, I was annoyed beyond expression at the delay, and most unreasonably too, since one night more could not matter much after so many months. As we had plenty of wood, and caution was the word, I brought up in the middle of the stream. The reach was narrow, straight, with high sides like a railway cutting. The dusk came gliding into it long before the sun had set. The current ran smooth and swift, but a dumb immobility sat on the banks. The living trees, lashed together by the creepers and every living bush of the undergrowth, might have been changed into stone, even to the slenderest twig, to the lightest leaf. It was not sleep—it seemed unnatural, like a state of trance. Not the faintest sound of any kind could be heard. You looked on amazed, and began to suspect yourself of being deaf— then the night came suddenly, and struck you blind as well. About three in the morning some large fish leaped, and the loud splash made me jump as though a gun had been fired. When the sun rose there was a white fog, very warm and clammy, and more blinding than the night. It did not shift or drive; it was just there, standing all round you like something solid. At eight or nine, perhaps, it lifted as a shutter lifts. We had a glimpse of the towering multitude of trees, of the immense matted jungle, with the blazing little ball of the sun hanging over it—all perfectly still—and then the white shutter came down again, smoothly, as if sliding in greased grooves. I ordered the chain, which we had begun to heave in, to be paid out again. Before it

ría o no abiertamente con Kurtz; pero antes de llegar a ninguna conclusión se me ocurrió que mi discurso o mi silencio, en realidad cualquier acción mía, sería una mera inutilidad. ¿Qué importaba lo que alguien supiera o ignorara? ¿Qué importaba quién era el director? A veces uno tiene un destello de perspicacia como éste. Lo esencial de este asunto se encontraba en las profundidades de la superficie, fuera de mi alcance y de mi poder de intromisión.

«Hacia el atardecer del segundo día nos encontramos a unas ocho millas de la estación de Kurtz. Yo quería seguir adelante, pero el jefe tenía un aspecto grave y me dijo que la navegación hasta allí era tan peligrosa que sería aconsejable, ya que el sol estaba muy bajo, esperar donde estábamos hasta la mañana siguiente. Además, me indicó que si había que seguir la advertencia de acercarse con precaución, debíamos hacerlo a la luz del día, no al anochecer ni en la oscuridad. Esto era bastante sensato. Ocho millas significaban casi tres horas de navegación para nosotros, y también podía ver ondas sospechosas en la parte superior del tramo. Sin embargo, me molestó mucho la demora, y de manera irrazonable, ya que una noche más no podía importar mucho después de tantos meses. Como teníamos mucha madera, y precaución era la palabra, subí al centro de la corriente. El tramo era estrecho, recto, con lados altos como una trinchera de ferrocarril. El crepúsculo se deslizaba en él mucho antes de que se pusiera el sol. La corriente corría suave y rápida, pero una muda inmovilidad se apoderaba de las orillas. Los árboles vivientes, unidos por las enredaderas y todos los arbustos vivos del sotobosque, podrían haberse convertido en piedra, incluso hasta la ramita más delgada, hasta la hoja más ligera. No era un sueño sino algo que parecía antinatural, como un estado de trance. No se oía el más leve sonido de ningún tipo. Uno miraba asombrado y empezaba a sospechar que estaba sordo; entonces la noche llegó de repente y uno además se volvía ciego. Hacia las tres de la mañana saltaron unos peces grandes y el fuerte chapoteo me sobresaltó, como si hubieran disparado un arma. Cuando salió el sol había una niebla blanca, muy cálida y pegajosa y más cegadora que la noche. No se desplazaba ni se movía; simplemente estaba ahí, alrededor nuestro, como algo sólido. A las ocho o nueve, quizás, se levantó como se levanta una persiana. Tuvimos una visión de la imponente multitud de árboles, de la inmensa jungla enmarañada, con la pequeña bola ardiente del sol colgando sobre ella, todo perfectamente quieto, y luego la persiana blanca vol-

stopped running with a muffled rattle, a cry, a very loud cry, as of infinite desolation, soared slowly in the opaque air. It ceased. A complaining clamor, modulated in savage discords, filled our ears. The sheer unexpectedness of it made my hair stir under my cap. I don't know how it struck the others: to me it seemed as though the mist itself had screamed, so suddenly, and apparently from all sides at once, did this tumultuous and mournful uproar arise. It culminated in a hurried outbreak of almost intolerably excessive shrieking, which stopped short, leaving us stiffened in a variety of silly attitudes, and obstinately listening to the nearly as appalling and excessive silence. 'Good God! What is the meaning—?' stammered at my elbow one of the pilgrims,—a little fat man, with sandy hair and red whiskers, who wore side-spring boots, and pink pyjamas tucked into his socks. Two others remained open-mouthed a whole minute, then dashed into the little cabin, to rush out incontinently and stand darting scared glances, with Winchesters at 'ready' in their hands. What we could see was just the steamer we were on, her outlines blurred as though she had been on the point of dissolving, and a misty strip of water, perhaps two feet broad, around her—and that was all. The rest of the world was nowhere, as far as our eyes and ears were concerned. Just nowhere. Gone, disappeared; swept off without leaving a whisper or a shadow behind.

«I went forward, and ordered the chain to be hauled in short, so as to be ready to trip the anchor and move the steamboat at once if necessary. 'Will they attack?' whispered an awed voice. 'We will all be butchered in this fog,' murmured another. The faces twitched with the strain, the hands trembled slightly, the eyes forgot to wink. It was very curious to see the contrast of expressions of the white men and of the black fellows of our crew, who were as much strangers to that part of the river as we, though their homes were only eight hundred miles away. The whites, of course greatly discomposed, had besides a curious look of being painfully shocked by such an outrageous row. The others had an alert, naturally interested expression; but their faces were essentially quiet, even those of the one or two who grinned as they hauled at the chain. Several exchanged short, grun-

vió a bajar, suavemente, como si se deslizara en ranuras engrasadas. Ordené que la cadena, que habíamos empezado a meter, volviera a salir. Antes de que dejara de correr con un traqueteo sordo, un grito, un grito muy fuerte, como de desolación infinita, se elevó lentamente en el aire opaco. Cesó. Un clamor quejoso, modulado en salvajes discordias, llenó nuestros oídos. Lo inesperado del hecho hizo que mis cabellos se agitaran bajo el gorro. No sé cómo les impactó a los demás: a mí me pareció como si la propia niebla hubiera gritado, tan repentinamente, y aparentemente de todos lados a la vez, surgió este tumultuoso y lúgubre alboroto. Culminó en un apresurado estallido de chillidos casi intolerablemente excesivos, que se detuvo en seco, dejándonos rígidos en una variedad de actitudes tontas, y escuchando obstinadamente el silencio casi tan espantoso y excesivo. "¡Dios mío! ¿Qué significa...?", tartamudeó a mi lado uno de los peregrinos, un hombrecillo gordo, de pelo arenoso y bigotes rojos, que llevaba botas con suela de goma y un pijama rosa metido dentro de los calcetines. Otros dos permanecieron con la boca abierta un minuto entero, y luego se precipitaron al pequeño camarote, para salir inmediatamente y quedarse lanzando miradas asustadas, con las Winchesters "listas" en sus manos. Lo que pudimos ver fue sólo el barco de vapor en el que estábamos, con sus contornos borrosos como si hubiera estado a punto de disolverse, y una franja de agua brumosa, de unos dos pies de ancho, a su alrededor, y eso fue todo. En cuanto a nuestros ojos y oídos, el resto del mundo no estaba en ninguna parte. Simplemente en ninguna parte. Desaparecido, barrido sin dejar un suspiro o una sombra detrás.

«Me adelanté y ordené que se tirara de la cadena para que estuviera lista para levantar el ancla y mover el barco de vapor de inmediato si era necesario. "¿Atacarán?", susurró una voz atónita. "Nos matarán a todos con esta niebla", murmuró otra. Los rostros se crispaban por la tensión, las manos temblaban ligeramente, los ojos se olvidaban de pestañear. Era muy curioso ver el contraste de las expresiones de los hombres blancos y la de los negros de nuestra tripulación, que eran tan extraños a esa parte del río como nosotros, aunque sus hogares estaban a sólo ochocientas millas de distancia. Los blancos, por supuesto muy descompuestos, tenían además una curiosa expresión de estar dolorosamente sorprendidos por tan escandalosa riña. Los demás tenían una expresión de alerta, naturalmente interesada; pero sus rostros estaban esencialmente tranquilos, incluso los

ting phrases, which seemed to settle the matter to their satisfaction. Their headman, a young, broad-chested black, severely draped in dark-blue fringed cloths, with fierce nostrils and his hair all done up artfully in oily ringlets, stood near me. 'Aha!' I said, just for good fellowship's sake. 'Catch 'im,' he snapped, with a bloodshot widening of his eyes and a flash of sharp teeth—'catch 'im. Give 'im to us.' 'To you, eh?' I asked; 'what would you do with them?' 'Eat 'im!' he said curtly, and, leaning his elbow on the rail, looked out into the fog in a dignified and profoundly pensive attitude. I would no doubt have been properly horrified, had it not occurred to me that he and his chaps must be very hungry: that they must have been growing increasingly hungry for at least this month past. They had been engaged for six months (I don't think a single one of them had any clear idea of time, as we at the end of countless ages have. They still belonged to the beginnings of time—had no inherited experience to teach them as it were), and of course, as long as there was a piece of paper written over in accordance with some farcical law or other made down the river, it didn't enter anybody's head to trouble how they would live. Certainly they had brought with them some rotten hippo-meat, which couldn't have lasted very long, anyway, even if the pilgrims hadn't, in the midst of a shocking hullabaloo, thrown a considerable quantity of it overboard. It looked like a high-handed proceeding; but it was really a case of legitimate self-defense. You can't breathe dead hippo waking, sleeping, and eating, and at the same time keep your precarious grip on existence. Besides that, they had given them every week three pieces of brass wire, each about nine inches long; and the theory was they were to buy their provisions with that currency in river-side villages. You can see how *that* worked. There were either no villages, or the people were hostile, or the director, who like the rest of us fed out of tins, with an occasional old he-goat thrown in, didn't want to stop the steamer for some more or less recondite reason. So, unless they swallowed the wire itself, or made loops of it to snare the fishes with, I don't see what good their extravagant salary could be to them. I must say it was paid with a regularity worthy of a large and honorable trading company. For the rest, the only thing to eat—though it didn't look eatable in the least—I saw in their possession was a few lumps of some stuff like half-cooked dough, of a dirty lavender color, they kept wrapped in leaves, and now and then swallowed a piece of, but so small that it seemed done more for the looks of the thing than for any serious purpose of sustenance. Why in the

de uno o dos cuyas dentaduras brillaban mientras tiraban de la cadena. Varios intercambiaron frases cortas y gruñidos, que parecían resolver el asunto a su satisfacción. Su jefe, un joven negro de pecho ancho, severamente ataviado con telas de flecos azul oscuro, con fieras fosas nasales y el pelo artísticamente recogido en aceitosos tirabuzones, estaba cerca de mí. "Ah", dije, sólo por buena camaradería. "Atrápenlos", dijo, con los ojos inyectados en sangre y un destello de dientes afilados, "atrápenlos. Entréguenoslos". "A ustedes, ¿eh?", pregunté: "¿Qué harían con ellos?". "¡Comerlos!", dijo secamente, y, apoyando el codo en la barandilla, miró hacia la niebla en una actitud digna y profundamente pensativa. Sin duda me habría horrorizado de verdad si no se me hubiera ocurrido que él y sus compañeros debían de estar muy hambrientos: que debían de estar cada vez más hambrientos desde hacía por lo menos este mes. Llevaban seis meses contratados (no creo que ninguno de ellos tuviera una idea clara del tiempo, como la tenemos nosotros al final de incontables épocas. Todavía pertenecían al principio de los tiempos... no tenían ninguna experiencia heredada que les enseñara, por así decirlo) y, por supuesto, mientras hubiera un trozo de papel escrito de acuerdo con una u otra ley farsante hecha río abajo, a nadie le entraba en la cabeza preocuparse por cómo iban a vivir. Ciertamente, habían traído consigo algo de carne de hipopótamo podrida, que de todos modos no habría durado mucho tiempo, aún si los peregrinos no hubieran arrojado por la borda buena parte de ella en medio de un escandaloso alboroto. Parecía un procedimiento prepotente; pero en realidad era un caso de legítima defensa. No se puede respirar un hipopótamo muerto al despertar, dormir y comer, y al mismo tiempo mantener el precario control de la existencia. Además, les habían dado cada semana tres trozos de alambre de bronce, de unas nueve pulgadas de largo cada uno; y la teoría era que debían comprar sus provisiones con esa moneda en las aldeas de la ribera. Ya ven cómo funcionaba *eso*. O no había pueblos, o la gente era hostil, o el director, que como el resto de nosotros se alimentaba de latas, con algún viejo cabrito de vez en cuando, no quería parar el vapor por alguna razón más o menos recóndita. Así que, a menos que se tragaran el propio alambre o hicieran lazos con él para atrapar a los peces, no veo de qué les podía servir su extravagante salario. Debo decir que se pagaba con una regularidad digna de una gran y honorable compañía comercial. Por lo demás, lo único que se podía comer, aunque no parecía en absoluto comestible, que vi en su poder eran unos cuantos terrones de algo

name of all the gnawing devils of hunger they didn't go for us—they were thirty to five—and have a good tuck in for once, amazes me now when I think of it. They were big powerful men, with not much capacity to weigh the consequences, with courage, with strength, even yet, though their skins were no longer glossy and their muscles no longer hard. And I saw that something restraining, one of those human secrets that baffle probability, had come into play there. I looked at them with a swift quickening of interest—not because it occurred to me I might be eaten by them before very long, though I own to you that just then I perceived—in a new light, as it were—how unwholesome the pilgrims looked, and I hoped, yes, I positively hoped, that my aspect was not so—what shall I say?—so—unappetizing: a touch of fantastic vanity which fitted well with the dream-sensation that pervaded all my days at that time. Perhaps I had a little fever too. One can't live with one's finger everlastingly on one's pulse. I had often 'a little fever,' or a little touch of other things—the playful paw-strokes of the wilderness, the preliminary trifling before the more serious onslaught which came in due course. Yes; I looked at them as you would on any human being, with a curiosity of their impulses, motives, capacities, weaknesses, when brought to the test of an inexorable physical necessity. Restraint! What possible restraint? Was it superstition, disgust, patience, fear—or some kind of primitive honor? No fear can stand up to hunger, no patience can wear it out, disgust simply does not exist where hunger is; and as to superstition, beliefs, and what you may call principles, they are less than chaff in a breeze. Don't you know the devilry of lingering starvation, its exasperating torment, its black thoughts, its somber and brooding ferocity? Well, I do. It takes a man all his inborn strength to fight hunger properly. It's really easier to face bereavement, dishonor, and the perdition of one's soul—than this kind of prolonged hunger. Sad, but true. And these chaps too had no earthly reason for any kind of scruple. Restraint! I would just as soon have expected restraint from a hyena prowling amongst the corpses of a battlefield. But there was the fact facing me—the fact dazzling, to be seen, like the foam on the depths of the sea, like a ripple on an unfathomable enigma, a mystery greater—when I thought of it—than the curious, inexplicable note of desperate grief in this savage clamor that had swept by us on the river-bank, behind the blind whiteness of the fog.

parecido a una masa a medio cocer, de un sucio color lavanda, que guardaban envueltos en hojas y de los que de vez en cuando se tragaban un trozo, pero tan pequeño que parecía hecho más por el aspecto de la cosa que por cualquier propósito serio de sustento. Por qué, en nombre de todos los demonios del hambre, no fueron a por nosotros, eran treinta contra cinco, y se dieron un buen atracón de una vez, me asombra ahora cuando lo pienso. Eran hombres grandes y poderosos, con poca capacidad para sopesar las consecuencias, con valor, con fuerza aún, aunque sus pieles ya no eran lustrosas ni sus músculos duros. Y vi que allí había entrado en juego algo restrictivo, uno de esos secretos humanos que desconciertan la probabilidad. Los miré con un rápido interés, no porque se me ocurriera que podrían devorarme antes de mucho tiempo, aunque les confieso que justo en ese momento percibí —bajo una nueva luz, por así decirlo— el aspecto poco saludable de los peregrinos, y esperé, sí, esperé positivamente, que mi aspecto no fuera tan... cómo decirlo... tan... poco apetecible: un toque de fantástica vanidad que encajaba bien con la sensación de sueño que impregnaba todos mis días en ese momento. Quizás también tenía un poco de fiebre. Uno no puede vivir con el dedo eternamente tomando el pulso. A menudo tenía "un poco de fiebre", o un pequeño brote de otras cosas, los juguetones zarpazos de la naturaleza, los preliminares antes de la más seria embestida que llega a su debido tiempo. Sí; los miraba como a cualquier ser humano, con curiosidad por sus impulsos, sus motivos, sus capacidades, sus debilidades, cuando eran puestos a prueba por una inexorable necesidad física. ¡Contención! ¿Qué tipo de contención era posible? ¿Fue la superstición, el asco, la paciencia, el miedo, o algún tipo de honor primitivo? Ningún miedo puede resistir el hambre, ninguna paciencia puede agotarla, el asco sencillamente no existe donde hay hambre; y en cuanto a la superstición, a las creencias y a lo que ustedes pueden llamar principios, son menos que paja en la brisa. ¿No conocen ustedes la diablura de la inanición persistente, su tormento exasperante, sus negros pensamientos, su ferocidad sombría y melancólica? Pues yo sí. Se necesita toda la fuerza innata de un hombre para luchar adecuadamente contra el hambre. Es realmente más fácil enfrentarse al duelo, a la deshonra y a la perdición del alma que a este tipo de hambre prolongada. Triste, pero cierto. Y estos tipos tampoco tenían ninguna razón terrenal para tener ningún tipo de escrúpulo. ¡Contención! De la misma manera podría haber esperado contención de una hiena que merodea entre los cadáveres de un campo de batalla.

«Two pilgrims were quarreling in hurried whispers as to which bank. 'Left.' 'No, no; how can you? Right, right, of course.' 'It is very serious,' said the manager's voice behind me; 'I would be desolated if anything should happen to Mr. Kurtz before we came up.' I looked at him, and had not the slightest doubt he was sincere. He was just the kind of man who would wish to preserve appearances. That was his restraint. But when he muttered something about going on at once, I did not even take the trouble to answer him. I knew, and he knew, that it was impossible. Were we to let go our hold of the bottom, we would be absolutely in the air—in space. We wouldn't be able to tell where we were going to—whether up or down stream, or across—till we fetched against one bank or the other,—and then we wouldn't know at first which it was. Of course I made no move. I had no mind for a smash-up. You couldn't imagine a more deadly place for a shipwreck. Whether drowned at once or not, we were sure to perish speedily in one way or another. 'I authorize you to take all the risks,' he said, after a short silence. 'I refuse to take any,' I said shortly; which was just the answer he expected, though its tone might have surprised him. 'Well, I must defer to your judgment. You are captain,' he said, with marked civility. I turned my shoulder to him in sign of my appreciation, and looked into the fog. How long would it last? It was the most hopeless look-out. The approach to this Kurtz grubbing for ivory in the wretched bush was beset by as many dangers as though he had been an enchanted princess sleeping in a fabulous castle. 'Will they attack, do you think?' asked the manager, in a confidential tone.

«I did not think they would attack, for several obvious reasons. The thick fog was one. If they left the bank in their canoes they would get lost in it, as we would be if we attempted to move. Still, I had also judged the jungle of both banks quite impenetrable—and yet eyes were in it, eyes that had seen us. The river-side bushes were certain-

Pero estaba el hecho frente a mí, el hecho deslumbrante, a la vista, como la espuma en las profundidades del mar, como una ondulación en un enigma insondable, un misterio más grande, cuando lo pensé, que la curiosa e inexplicable nota de dolor desesperado en este salvaje clamor que nos había llegado en la orilla del río, detrás de la ciega blancura de la niebla.

«Dos peregrinos discutían en susurros apresurados sobre qué orilla. "La izquierda". "No, no; ¿cómo podría? Derecha, derecha, por supuesto". "Es muy importante", dijo la voz del director detrás de mí, "lamentaría que le ocurriera algo al señor Kurtz antes de que llegáramos". Le miré y no tuve la menor duda de que era sincero. Era el tipo de hombre que querría guardar las apariencias. Ésa era su moderación. Pero cuando murmuró algo acerca de continuar de inmediato, ni siquiera me tomé la molestia de responderle. Yo sabía, y él también, que era imposible. Si nos soltáramos del fondo, estaríamos absolutamente en el aire, en el espacio. No podríamos saber hacia dónde nos dirigíamos, si hacia arriba o hacia abajo, o al otro lado, hasta que nos topáramos con una u otra orilla, y hasta entonces no sabríamos cuál era. Por supuesto, no hice ningún movimiento. No quería un accidente. No se puede imaginar un lugar más mortal para un naufragio. Tanto si nos ahogábamos de inmediato como si no estábamos seguros de perecer rápidamente de una forma u otra. "Le autorizo a correr todos los riesgos", dijo, tras un breve silencio. "Me niego a correr el riesgo que sea", dije brevemente, lo cual era exactamente la respuesta que él esperaba, aunque el tono de la frase pudo haberle sorprendido. "Bueno, tengo que someterme a su juicio. Usted es el capitán", dijo con una marcada cortesía. Giré mi hombro hacia él en señal de agradecimiento y miré hacia la niebla. ¿Cuánto tiempo duraría? Era un panorama de lo más desesperanzador. Acercarse a ese Kurtz que rebuscaba el marfil en la mísera maleza estaba rodeado de tantos peligros como si hubiera sido una princesa encantada que dormía en un castillo fabuloso. "¿Cree usted que atacarán?", preguntó el director, en tono confidencial.

«No pensé que atacarían, por varias razones obvias. La espesa niebla era una de ellas. Si salían de la orilla en sus canoas se perderían en ella, al igual que nosotros si intentábamos movernos. Sin embargo, también había considerado que la selva de ambas orillas era bastante impenetrable, y sin embargo había ojos en ella, ojos que nos

ly very thick; but the undergrowth behind was evidently penetrable. However, during the short lift I had seen no canoes anywhere in the reach—certainly not abreast of the steamer. But what made the idea of attack inconceivable to me was the nature of the noise—of the cries we had heard. They had not the fierce character boding of immediate hostile intention. Unexpected, wild, and violent as they had been, they had given me an irresistible impression of sorrow. The glimpse of the steamboat had for some reason filled those savages with unrestrained grief. The danger, if any, I expounded, was from our proximity to a great human passion let loose. Even extreme grief may ultimately vent itself in violence—but more generally takes the form of apathy. . . .

«You should have seen the pilgrims stare! They had no heart to grin, or even to revile me; but I believe they thought me gone mad—with fright, maybe. I delivered a regular lecture. My dear boys, it was no good bothering. Keep a look-out? Well, you may guess I watched the fog for the signs of lifting as a cat watches a mouse; but for anything else our eyes were of no more use to us than if we had been buried miles deep in a heap of cotton-wool. It felt like it too—choking, warm, stifling. Besides, all I said, though it sounded extravagant, was absolutely true to fact. What we afterwards alluded to as an attack was really an attempt at repulse. The action was very far from being aggressive—it was not even defensive, in the usual sense: it was undertaken under the stress of desperation, and in its essence was purely protective.

«It developed itself, I should say, two hours after the fog lifted, and its commencement was at a spot, roughly speaking, about a mile and a half below Kurtz's station. We had just floundered and flopped round a bend, when I saw an islet, a mere grassy hummock of bright green, in the middle of the stream. It was the only thing of the kind; but as we opened the reach more, I perceived it was the head of a long sandbank, or rather of a chain of shallow patches stretching down the middle of the river. They were discolored, just awash, and the whole lot was seen just under the water, exactly as a man's backbone

habían visto. Los arbustos de la orilla del río eran ciertamente muy espesos; pero la maleza de detrás podía evidentemente ser penetrada. Sin embargo, durante el corto trayecto no había visto ninguna canoa en ninguna parte del trayecto, ciertamente no al lado del barco a vapor. Pero lo que me hacía inconcebible la idea de un ataque era la naturaleza del ruido... de los gritos que habíamos oído. No tenían el carácter feroz que presagiaba una intención hostil inmediata. Inesperados, salvajes y violentos como habían sido, me habían dado una irresistible impresión de tristeza. La visión del barco a vapor había llenado, por alguna razón, a aquellos salvajes de una pena incontenible. El peligro, si es que había alguno, expuse, provenía de nuestra proximidad a una gran pasión humana desatada. Incluso el dolor extremo puede acabar por desahogarse con violencia, pero generalmente adopta la forma de apatía...

«¡Deberían haber visto la mirada de los peregrinos! No tenían corazón para sonreír, ni siquiera para injuriarme; pero creo que pensaron que me había vuelto loco... de miedo, tal vez. Di una charla normal. Mis queridos muchachos, no era necesario molestarse. ¿Mantener la vigilancia? Bueno, pueden adivinar que observé la niebla en busca de señales que iba a despejarse como un gato observa a un ratón; pero para cualquier otra cosa nuestros ojos no nos servían más que si hubiéramos estado enterrados a kilómetros de profundidad en un montón de algodón. También se sentía así: asfixiante, cálido, sofocante. Además, todo lo que dije, aunque sonara extravagante, era absolutamente cierto. Lo que después aludimos como un ataque fue en realidad un intento de repulsión. La acción estaba muy lejos de ser agresiva... ni siquiera era defensiva en el sentido habitual: se llevó a cabo bajo la tensión de la desesperación, y en su esencia era puramente protectora.

«Se desarrolló, diría yo, dos horas después de que se despejara la niebla, y su comienzo fue en un punto, a grandes rasgos, a una milla y media por debajo de la estación de Kurtz. Acabábamos de dar vueltas y revueltas en un recodo, cuando vi un islote, un mero montículo de hierba de color verde brillante, en medio de la corriente. Era el único objeto de este tipo; pero, al abrir más el alcance, percibí que era la cabeza de un largo banco de arena, o más bien de una cadena de manchas poco profundas que se extendían por el centro del río. Estaban descoloridas, simplemente inundadas, y todo el lote se veía

is seen running down the middle of his back under the skin. Now, as far as I did see, I could go to the right or to the left of this. I didn't know either channel, of course. The banks looked pretty well alike, the depth appeared the same; but as I had been informed the station was on the west side, I naturally headed for the western passage.

«No sooner had we fairly entered it than I became aware it was much narrower than I had supposed. To the left of us there was the long uninterrupted shoal, and to the right a high, steep bank heavily overgrown with bushes. Above the bush the trees stood in serried ranks. The twigs overhung the current thickly, and from distance to distance a large limb of some tree projected rigidly over the stream. It was then well on in the afternoon, the face of the forest was gloomy, and a broad strip of shadow had already fallen on the water. In this shadow we steamed up—very slowly, as you may imagine. I sheered her well inshore—the water being deepest near the bank, as the sounding-pole informed me.

«One of my hungry and forbearing friends was sounding in the bows just below me. This steamboat was exactly like a decked scow. On the deck there were two little teak-wood houses, with doors and windows. The boiler was in the fore-end, and the machinery right astern. Over the whole there was a light roof, supported on stanchions. The funnel projected through that roof, and in front of the funnel a small cabin built of light planks served for a pilot-house. It contained a couch, two camp-stools, a loaded Martini-Henry leaning in one corner, a tiny table, and the steering-wheel. It had a wide door in front and a broad shutter at each side. All these were always thrown open, of course. I spent my days perched up there on the extreme fore-end of that roof, before the door. At night I slept, or tried to, on the couch. An athletic black belonging to some coast tribe, and educated by my poor predecessor, was the helmsman. He sported a pair of brass earrings, wore a blue cloth wrapper from the waist to the ankles, and thought all the world of himself. He was the most unstable kind of fool I had ever seen. He steered with no end of a swagger while you were by; but if he lost sight of you, he became instantly the prey of an abject funk, and would let that cripple of a steamboat get the upper

justo debajo del agua, exactamente como se ve la espina dorsal de un hombre, corriendo por el medio de su espalda, bajo la piel. Ahora bien, por lo que vi, podía ir a la derecha o a la izquierda de esto. No conocía ninguno de los dos canales, por supuesto. Las orillas se parecían bastante, la profundidad parecía la misma; pero como me habían informado de que la estación estaba en el lado oeste, naturalmente me dirigí al pasaje occidental.

«Apenas entramos en él, me di cuenta de que era mucho más estrecho de lo que había supuesto. A nuestra izquierda había un largo banco ininterrumpido y a la derecha una orilla alta y escarpada, densamente cubierta de arbustos. Por encima de los arbustos, los árboles se alzaban en filas apretadas. Las ramas sobresalían densamente de la corriente, y de lejos una gran rama de algún árbol se proyectaba rígidamente sobre la corriente. Era entonces bien entrada la tarde, la cara del bosque era sombría y una amplia franja de sombra había caído ya sobre el agua. En esta sombra navegamos… muy lentamente, como pueden imaginarse. Dirigí bien el barco hacia la costa… ya que el agua era más profunda cerca de la orilla, como me informó el palo de sonda.

«Uno de mis hambrientos y resistentes amigos resonaba en la proa justo debajo de mí. Este barco a vapor era exactamente como una barcaza con cubierta. En la cubierta había dos casitas de madera de teca, con puertas y ventanas. La caldera estaba en la proa y la maquinaria en la popa. Sobre el conjunto había un techo ligero, sostenido por puntales. La chimenea se proyectaba a través de ese techo, y delante de la chimenea había una pequeña cabina construida con tablones ligeros que servía de casa para el piloto. Contenía un sofá, dos taburetes, una escopeta Martini-Henry cargada apoyada en una esquina, una pequeña mesa y el timón. Tenía una amplia puerta delante y una amplia persiana a cada lado. Todas ellas estaban siempre abiertas, por supuesto. Me pasaba los días encaramado en el extremo del tejado, delante de la puerta. Por la noche dormía, o lo intentaba, en el sofá. Un negro atlético, perteneciente a alguna tribu de la costa y educado por mi pobre predecesor, era el timonel. Llevaba un par de pendientes de latón, un chaleco de tela azul desde la cintura hasta los tobillos y se creía el centro del mundo. Era uno de los tipos más inestables que jamás había visto. Mientras uno estaba cerca, gobernaba con gran fanfarronería; pero si lo perdía de vista, se convertía

hand of him in a minute.

«I was looking down at the sounding-pole, and feeling much annoyed to see at each try a little more of it stick out of that river, when I saw my poleman give up the business suddenly, and stretch himself flat on the deck, without even taking the trouble to haul his pole in. He kept hold on it though, and it trailed in the water. At the same time the fireman, whom I could also see below me, sat down abruptly before his furnace and ducked his head. I was amazed. Then I had to look at the river mighty quick, because there was a snag in the fairway. Sticks, little sticks, were flying about—thick: they were whizzing before my nose, dropping below me, striking behind me against my pilot-house. All this time the river, the shore, the woods, were very quiet—perfectly quiet. I could only hear the heavy splashing thump of the stern-wheel and the patter of these things. We cleared the snag clumsily. Arrows, by Jove! We were being shot at! I stepped in quickly to close the shutter on the land side. That fool-helmsman, his hands on the spokes, was lifting his knees high, stamping his feet, champing his mouth, like a reined-in horse. Confound him! And we were staggering within ten feet of the bank. I had to lean right out to swing the heavy shutter, and I saw a face amongst the leaves on the level with my own, looking at me very fierce and steady; and then suddenly, as though a veil had been removed from my eyes, I made out, deep in the tangled gloom, naked breasts, arms, legs, glaring eyes,—the bush was swarming with human limbs in movement, glistening, of bronze color. The twigs shook, swayed, and rustled, the arrows flew out of them, and then the shutter came to. 'Steer her straight,' I said to the helmsman. He held his head rigid, face forward; but his eyes rolled, he kept on lifting and setting down his feet gently, his mouth foamed a little. 'Keep quiet!' I said in a fury. I might just as well have ordered a tree not to sway in the wind. I darted out. Below me there was a great scuffle of feet on the iron deck; confused exclamations; a voice screamed, 'Can you turn back?' I caught shape of a V-shaped ripple on the water ahead. What? Another snag! A fusillade burst out under my feet. The pilgrims had opened with their Winchesters, and were simply squirting lead into that bush. A deuce of a lot of smoke came up and drove slowly forward. I swore at it. Now I couldn't see the ripple or the snag either. I stood in the doorway, peering, and the arrows came in swarms. They might have been poisoned, but they

instantáneamente en la presa de un miedo abyecto y dejaba que ese destartalado barco a vapor fuera donde quisiera en un minuto.

«Estaba mirando el palo de sonda y me molestaba mucho ver que a cada intento sobresalía un poco más de ese río, cuando vi que mi cañero abandonaba el negocio de repente y se estiraba en la cubierta, sin siquiera tomarse la molestia de recoger el palo. Sin embargo, no dejó de agarrarlo y lo arrastró por el agua. Al mismo tiempo, el fogonero, al que también pude ver debajo de mí, se sentó bruscamente ante su caldera y agachó la cabeza. Me quedé sorprendido. Entonces tuve que mirar rápidamente al río, porque había un obstáculo en el camino. Palos, pequeños palos, volaban de un lado a otro... espesos... zumbaban delante de mi nariz, cayendo debajo de mí, golpeando detrás de mí contra mi timonera. Durante todo este tiempo, el río, la orilla y el bosque estaban muy silenciosos... perfectamente silenciosos. Sólo oía el fuerte chapoteo de la rueda de popa y el repiqueteo de esas cosas. Despejamos el obstáculo torpemente. ¡Flechas, por Dios! ¡Nos estaban disparando! Me acerqué rápidamente para cerrar la persiana del lado de tierra. Aquel tonto, con las manos en los radios, levantaba las rodillas, zapateaba y chasqueaba la boca como un caballo enjaulado. ¡Maldito sea! Y nos tambaleábamos a menos de diez pies de la orilla. Tuve que asomarme para abrir la pesada persiana, y vi un rostro entre las hojas, a la altura del mío, que me miraba con gran fiereza y firmeza; y luego, de repente, como si me hubieran quitado un velo de los ojos, distinguí, en lo más profundo de la enmarañada penumbra, pechos desnudos, brazos, piernas, ojos brillantes... el bosque estaba plagado de miembros humanos en movimiento, brillantes, de color bronce. Las ramitas se agitaron, se balancearon y crujieron, las flechas salieron volando, y entonces la persiana volvió a cerrarse. "Conduce el barco en línea recta", le dije al timonel. Él mantenía la cabeza rígida, la cara hacia delante; pero sus ojos estaban en blanco, seguía levantando y bajando los pies suavemente, su boca echaba un poco de espuma. "¡Quédate quieto!", le dije con furia. De la misma manera podría haber ordenado a un árbol que no se balanceara con el viento. Salí corriendo. Debajo de mí se oyó un gran ruido de pies en la cubierta de hierro, exclamaciones confusas y una voz que gritaba: "¿Pueden volver atrás?". Capté la forma de una ondulación en forma de V en el agua delante nuestro. ¿Qué? ¡Otro obstáculo! Un fusilamiento estalló bajo mis pies. Los peregrinos habían abierto fuego con sus Winchesters, y estaban simplemente lanzando

looked as though they wouldn't kill a cat. The bush began to howl. Our wood-cutters raised a warlike whoop; the report of a rifle just at my back deafened me. I glanced over my shoulder, and the pilot-house was yet full of noise and smoke when I made a dash at the wheel. The fool-nigger had dropped everything, to throw the shutter open and let off that Martini-Henry. He stood before the wide opening, glaring, and I yelled at him to come back, while I straightened the sudden twist out of that steamboat. There was no room to turn even if I had wanted to, the snag was somewhere very near ahead in that confounded smoke, there was no time to lose, so I just crowded her into the bank—right into the bank, where I knew the water was deep.

«We tore slowly along the overhanging bushes in a whirl of broken twigs and flying leaves. The fusillade below stopped short, as I had foreseen it would when the squirts got empty. I threw my head back to a glinting whizz that traversed the pilot-house, in at one shutter-hole and out at the other. Looking past that mad helmsman, who was shaking the empty rifle and yelling at the shore, I saw vague forms of men running bent double, leaping, gliding, distinct, incomplete, evanescent. Something big appeared in the air before the shutter, the rifle went overboard, and the man stepped back swiftly, looked at me over his shoulder in an extraordinary, profound, familiar manner, and fell upon my feet. The side of his head hit the wheel twice, and the end of what appeared a long cane clattered round and knocked over a little camp-stool. It looked as though after wrenching that thing from somebody ashore he had lost his balance in the effort. The thin smoke had blown away, we were clear of the snag, and looking ahead I could see that in another hundred yards or so I would be free to sheer off, away from the bank; but my feet felt so very warm and wet that I had to look down. The man had rolled on his back and stared straight up at me; both his hands clutched that cane. It was the shaft of a spear that, either thrown or lunged through the opening, had caught him in the side just below the ribs; the blade had gone in out of sight, after making a frightful gash; my shoes were full; a pool of blood lay very still, gleaming dark-red under the wheel; his eyes shone with

chorros de plomo a ese bosque. Salió un montón de humo y avanzó lentamente. Maldije eso. Ahora tampoco podía ver la ondulación, ni el obstáculo. Me quedé en la puerta, mirando, y las flechas llegaron en enjambre. Puede que estuvieran envenenadas, pero parecía que no matarían a un gato. Los arbustos comenzaron a aullar. Nuestros leñadores lanzaron un grito de guerra; el ruido de un rifle a mi espalda me ensordeció. Miré por encima del hombro, y la casa piloto estaba todavía llena de ruido y humo cuando me abalancé sobre el timón. El negro tonto lo había dejado todo para abrir la persiana y disparar con la Martini-Henry. Se paró ante la amplia abertura, mirando fijamente, y le grité que volviera, mientras yo enderezaba el repentino giro del barco a vapor. No había espacio para girar si hubiera querido hacerlo; el obstáculo estaba en algún lugar muy cerca, delante, en aquel humo confuso, y no había tiempo que perder, así que metí el barco contra la orilla... justo en la orilla, donde sabía que el agua era profunda.

«Avanzamos lentamente a lo largo de los arbustos colgantes en un torbellino de ramitas rotas y hojas voladoras. La fusilería de abajo se detuvo en seco, como había previsto que sucedería cuando los cargadores se vaciaran. Eché la cabeza hacia atrás ante un reluciente silbido que atravesaba la caseta del piloto, entrando por un ojo de la persiana y saliendo por el otro. Mirando más allá del loco timonel, que agitaba el rifle vacío y gritaba hacia la orilla, vi vagas formas de hombres que corrían... dobladas, saltando, deslizándose, distintas, incompletas, evanescentes. Algo grande apareció en el aire ante la persiana, el rifle se fue por la borda, y el hombre retrocedió rápidamente, me miró por encima del hombro de una manera extraordinaria, profunda y familiar, y cayó sobre mis pies. El costado de su cabeza golpeó dos veces contra el timón, y la punta de lo que parecía un largo bastón se desplomó y derribó un pequeño taburete de campamento. Parecía como si después de arrancar esa cosa a alguien en tierra hubiera perdido el equilibrio en el esfuerzo. El fino humo se había disipado, nos habíamos librado del escollo, y al mirar hacia adelante pude ver que en otras cien yardas más o menos estaría libre para escabullirme, lejos de la orilla; pero sentía los pies tan calientes y húmedos que tuve que mirar hacia abajo. El hombre había rodado sobre su espalda y me miraba fijamente; sus dos manos aferraban aquel bastón. Era el asta de una lanza que, arrojada o lanzada a través de la abertura, le había alcanzado en el costado, justo por

an amazing luster. The fusillade burst out again. He looked at me anxiously, gripping the spear like something precious, with an air of being afraid I would try to take it away from him. I had to make an effort to free my eyes from his gaze and attend to the steering. With one hand I felt above my head for the line of the steam-whistle, and jerked out screech after screech hurriedly. The tumult of angry and warlike yells was checked instantly, and then from the depths of the woods went out such a tremulous and prolonged wail of mournful fear and utter despair as may be imagined to follow the flight of the last hope from the earth. There was a great commotion in the bush; the shower of arrows stopped, a few dropping shots rang out sharply—then silence, in which the languid beat of the stern-wheel came plainly to my ears. I put the helm hard a-starboard at the moment when the pilgrim in pink pyjamas, very hot and agitated, appeared in the doorway. 'The manager sends me—' he began in an official tone, and stopped short. 'Good God!' he said, glaring at the wounded man.

«We two whites stood over him, and his lustrous and inquiring glance enveloped us both. I declare it looked as though he would presently put to us some question in an understandable language; but he died without uttering a sound, without moving a limb, without twitching a muscle. Only in the very last moment, as though in response to some sign we could not see, to some whisper we could not hear, he frowned heavily, and that frown gave to his black death-mask an inconceivably somber, brooding, and menacing expression. The luster of inquiring glance faded swiftly into vacant glassiness. 'Can you steer?' I asked the agent eagerly. He looked very dubious; but I made a grab at his arm, and he understood at once I meant him to steer whether or no. To tell you the truth, I was morbidly anxious to change my shoes and socks. 'He is dead,' murmured the fellow, immensely impressed. 'No doubt about it,' said I, tugging like mad at the shoe-laces. 'And, by the way, I suppose Mr. Kurtz is dead as well by this time.'

debajo de las costillas; la hoja se había introducido hasta perderse de vista, después de hacer un corte espantoso; mis zapatos estaban llenos; un charco de sangre yacía muy quieto, brillando de color rojo oscuro bajo la rueda; sus ojos brillaban con un fulgor asombroso. El fusilamiento estalló de nuevo. Me miró con ansiedad, agarrando la lanza como si fuera algo precioso, con un aire de temor a que intentara quitársela. Tuve que hacer un esfuerzo para liberar mis ojos de su mirada y prestar atención a la dirección. Con una mano busqué por encima de mi cabeza la línea del silbato de vapor y emití apresuradamente un chillido tras otro. El tumulto de gritos furiosos y belicosos se detuvo al instante, y luego, desde las profundidades del bosque, salió un lamento tan trémulo y prolongado de miedo lúgubre y desesperación absoluta... como puede imaginarse tras la huida de la última esperanza de la tierra. Hubo una gran conmoción en los matorrales; la lluvia de flechas cesó, unos pocos disparos que caían sonaron bruscamente, y luego el silencio, en el que el lánguido latido de la rueda de popa llegó claramente a mis oídos. Puse el timón con fuerza a estribor en el momento en que el peregrino del pijama rosa, muy acalorado y agitado, apareció en la puerta. "El director me envía...", comenzó a decir en tono oficial, y se detuvo en seco. "¡Dios mío!", dijo, mirando al hombre herido.

«Los dos blancos nos pusimos a su lado y su mirada lustrosa e inquisitiva nos envolvió a ambos. Les juro que parecía que iba a hacernos alguna pregunta en un lenguaje comprensible; pero murió sin emitir un sonido, sin mover un miembro, sin mover un músculo. Sólo en el último momento, como si respondiera a alguna señal que no pudimos ver, a algún susurro que no pudimos oír, frunció el ceño con fuerza, y ese ceño dio a su negra máscara de muerte una expresión inconcebiblemente sombría, melancólica y amenazante. El brillo de la mirada inquisitiva se desvaneció rápidamente en una vacía vidriosidad. "¿Sabe usted pilotar?", le pregunté al agente con entusiasmo. Parecía muy dudoso, pero le agarré del brazo y enseguida comprendió que quería que pilotara sí o sí. A decir verdad, yo estaba morbosamente ansioso por cambiarme los zapatos y los calcetines. "Está muerto", murmuró el tipo, inmensamente impresionado. "No hay duda", dije, tirando como un loco de los cordones de los zapatos. "Y, por cierto, supongo que el señor Kurtz también está muerto a estas alturas".

«For the moment that was the dominant thought. There was a sense of extreme disappointment, as though I had found out I had been striving after something altogether without a substance. I couldn't have been more disgusted if I had traveled all this way for the sole purpose of talking with Mr. Kurtz. Talking with. . . . I flung one shoe overboard, and became aware that that was exactly what I had been looking forward to—a talk with Kurtz. I made the strange discovery that I had never imagined him as doing, you know, but as discoursing. I didn't say to myself, 'Now I will never see him,' or 'Now I will never shake him by the hand,' but, 'Now I will never hear him.' The man presented himself as a voice. Not of course that I did not connect him with some sort of action. Hadn't I been told in all the tones of jealousy and admiration that he had collected, bartered, swindled, or stolen more ivory than all the other agents together? That was not the point. The point was in his being a gifted creature, and that of all his gifts the one that stood out pre-eminently, that carried with it a sense of real presence, was his ability to talk, his words—the gift of expression, the bewildering, the illuminating, the most exalted and the most contemptible, the pulsating stream of light, or the deceitful flow from the heart of an impenetrable darkness.

«The other shoe went flying unto the devil-god of that river. I thought, 'By Jove! it's all over. We are too late; he has vanished—the gift has vanished, by means of some spear, arrow, or club. I will never hear that chap speak after all,'—and my sorrow had a startling extravagance of emotion, even such as I had noticed in the howling sorrow of these savages in the bush. I couldn't have felt more of lonely desolation somehow, had I been robbed of a belief or had missed my destiny in life. . . . Why do you sigh in this beastly way, somebody? Absurd? Well, absurd. Good Lord! mustn't a man ever—Here, give me some tobacco.» . . .

There was a pause of profound stillness, then a match flared, and Marlow's lean face appeared, worn, hollow, with downward folds and dropped eyelids, with an aspect of concentrated attention; and as he took vigorous draws at his pipe, it seemed to retreat and advance out of the night in the regular flicker of the tiny flame. The match went out.

«Por el momento ese fue el pensamiento dominante. Tuve una sensación de extrema decepción, como si hubiera descubierto que me había esforzado por conseguir algo totalmente sin sustancia. No podría haber estado más disgustado si hubiera viajado hasta aquí con el único propósito de hablar con el señor Kurtz. Hablar con... Tiré un zapato por la borda, y fui consciente de que eso era exactamente lo que había estado esperando... una charla con Kurtz. Hice el extraño descubrimiento de que nunca me lo había imaginado haciendo, ya saben, sino discurriendo. No me dije "ahora nunca le veré", o "ahora nunca le estrecharé la mano", sino "ahora nunca le oiré". El hombre se me presentó como una voz. No es que no lo relacionara con algún tipo de acción. ¿No me habían dicho en todos los tonos de celos y admiración que había recogido, trocado, estafado o robado más marfil que todos los demás agentes juntos? Esa no era la cuestión. La cuestión estaba en que era una criatura dotada, y que de todos sus dones el que destacaba de forma preeminente, el que llevaba consigo una sensación de presencia real, era su capacidad de hablar, sus palabras... el don de la expresión, la más desconcertante, la más iluminadora, la más exaltada y la más despreciable, la pulsante corriente de luz, o el engañoso flujo desde el corazón de una impenetrable tiniebla.

«El otro zapato salió volando hacia el dios-demonio de ese río. Pensé: "¡Por Dios! se acabó. Hemos llegado demasiado tarde; se ha desvanecido, el don se ha desvanecido... por medio de alguna lanza, flecha o garrote. Después de todo, nunca oiré hablar a ese tipo", y mi dolor tenía una extravagancia de emoción sorprendente, incluso como la que había notado en el dolor aullante de esos salvajes en la selva. De alguna manera, no podría haber sentido más desolación si me hubieran robado una creencia o hubiera perdido mi destino en la vida... ¿Quién resopla de esa manera tan bestial? ¿Absurdo? Bueno, absurdo. ¡Dios mío! Un hombre nunca debe... Toma, dame un poco de tabaco...».

Hubo una pausa de profunda quietud, luego se encendió un fósforo y apareció el rostro delgado de Marlow, ajado, hueco, con los pliegues hacia abajo y los párpados caídos, con un aspecto de atención concentrada; y mientras daba vigorosas caladas a su pipa, parecía retroceder y avanzar fuera de la noche en el parpadeo regular de la pequeña llama. La cerilla se apagó.

«Absurd!» he cried. «This is the worst of trying to tell. . . . Here you all are, each moored with two good addresses, like a hulk with two anchors, a butcher round one corner, a policeman round another, excellent appetites, and temperature normal—you hear—normal from year's end to year's end. And you say, Absurd! Absurd be—exploded! Absurd! My dear boys, what can you expect from a man who out of sheer nervousness had just flung overboard a pair of new shoes. Now I think of it, it is amazing I did not shed tears. I am, upon the whole, proud of my fortitude. I was cut to the quick at the idea of having lost the inestimable privilege of listening to the gifted Kurtz. Of course I was wrong. The privilege was waiting for me. Oh yes, I heard more than enough. And I was right, too. A voice. He was very little more than a voice. And I heard—him—it—this voice—other voices—all of them were so little more than voices—and the memory of that time itself lingers around me, impalpable, like a dying vibration of one immense jabber, silly, atrocious, sordid, savage, or simply mean, without any kind of sense. Voices, voices—even the girl herself—now—»

He was silent for a long time.

«I laid the ghost of his gifts at last with a lie,» he began suddenly. «Girl! What? Did I mention a girl? Oh, she is out of it—completely. They—the women, I mean—are out of it—should be out of it. We must help them to stay in that beautiful world of their own, lest ours gets worse. Oh, she had to be out of it. You should have heard the disinterred body of Mr. Kurtz saying, 'My Intended.' You would have perceived directly then how completely she was out of it. And the lofty frontal bone of Mr. Kurtz! They say the hair goes on growing sometimes, but this—ah specimen, was impressively bald. The wilderness had patted him on the head, and, behold, it was like a ball—an ivory ball; it had caressed him, and—lo!—he had withered; it had taken him, loved him, embraced him, got into his veins, consumed his flesh, and sealed his soul to its own by the inconceivable ceremonies of some devilish initiation. He was its spoiled and pampered favorite. Ivory? I should think so. Heaps of it, stacks of it. The old mud shanty was bursting with it. You would think there was not a single tusk left either above or below the ground in the whole country. 'Mostly fossil,' the manager had remarked disparagingly. It was no more fossil than I am; but they call it fossil when it is dug up. It appears these niggers

«¡Absurdo!», gritó. «Esto es lo peor de tratar de contar... Aquí estan todos, cada uno en un barco bien amarrado, como un armatoste con dos anclas, un carnicero a la vuelta de una esquina, un policía a la vuelta de otra, excelentes apetitos, y una temperatura normal —¿oyeron?— normal un año tras otro. Y uno dice: ¡Absurdo! ¡Absurdo sea el que...! ¡Absurdo! Mis queridos muchachos, qué se puede esperar de un hombre que por puro nerviosismo acaba de tirar por la borda un par de zapatos nuevos. Ahora que lo pienso, es increíble que no haya derramado lágrimas. Estoy, en general, orgulloso de mi fortaleza. Me sentí muy mal ante la idea de haber perdido el inestimable privilegio de escuchar al talentoso Kurtz. Por supuesto, me equivoqué. El privilegio me estaba esperando. Oh sí, escuché más que suficiente. Y también tuve razón. Una voz. Era poco más que una voz. Y oí... él... esta voz... otras voces... todas ellas eran tan poco más que voces... y el recuerdo de aquel tiempo mismo persiste a mi alrededor, impalpable, como una vibración moribunda de un inmenso parloteo, tonto, atroz, sórdido, salvaje, o simplemente mezquino, sin ningún tipo de sentido. Voces, voces... incluso la propia muchacha... ahora...».

Permaneció en silencio durante mucho tiempo.

«Logré componer el fantasma de sus regalos, al fin, con una mentira», empezó a decir de repente. «¡Una muchacha! ¿Qué? ¿He mencionado una muchacha? Oh, ella está fuera de juego, completamente. Ellas —las mujeres, quiero decir— están fuera de juego, deberían estar fuera de juego. Debemos ayudarlas a permanecer en ese hermoso mundo propio, para que el nuestro no empeore. Oh, ella tenía que estar fuera de juego. Deberían haber escuchado el cuerpo desenterrado que era el señor Kurtz diciendo "mi Prometida". Habrían percibido directamente entonces lo completamente fuera de juego que estaba ella. ¡Y el altivo hueso frontal del señor Kurtz! Dicen que el pelo sigue creciendo a veces, pero este... ah... espécimen, era impresionantemente calvo. La selva le había dado una palmadita en la cabeza y, he aquí, era como una bola... una bola de marfil; le había acariciado y... ¡he aquí!... se había marchitado; le había tomado, le había amado, le había abrazado, se había metido en sus venas, había consumido su carne y había sellado su alma a la suya mediante las inconcebibles ceremonias de alguna iniciación diabólica. Era su favorito mimado y consentido. ¿Marfil? Así lo creo. Montones de él, pilas de él. La vieja choza de barro estaba repleta de él. Se diría que no

do bury the tusks sometimes—but evidently they couldn't bury this parcel deep enough to save the gifted Mr. Kurtz from his fate. We filled the steamboat with it, and had to pile a lot on the deck. Thus he could see and enjoy as long as he could see, because the appreciation of this favor had remained with him to the last. You should have heard him say, 'My ivory.' Oh yes, I heard him. 'My Intended, my ivory, my station, my river, my—' everything belonged to him. It made me hold my breath in expectation of hearing the wilderness burst into a prodigious peal of laughter that would shake the fixed stars in their places. Everything belonged to him—but that was a trifle. The thing was to know what he belonged to, how many powers of darkness claimed him for their own. That was the reflection that made you creepy all over. It was impossible—it was not good for one either— trying to imagine. He had taken a high seat amongst the devils of the land—I mean literally. You can't understand. How could you?—with solid pavement under your feet, surrounded by kind neighbors ready to cheer you or to fall on you, stepping delicately between the butcher and the policeman, in the holy terror of scandal and gallows and lunatic asylums—how can you imagine what particular region of the first ages a man's untrammeled feet may take him into by the way of solitude—utter solitude without a policeman—by the way of silence, utter silence, where no warning voice of a kind neighbor can be heard whispering of public opinion? These little things make all the great difference. When they are gone you must fall back upon your own innate strength, upon your own capacity for faithfulness. Of course you may be too much of a fool to go wrong—too dull even to know you are being assaulted by the powers of darkness. I take it, no fool ever made a bargain for his soul with the devil: the fool is too much of a fool, or the devil too much of a devil—I don't know which. Or you may be such a thunderingly exalted creature as to be altogether deaf and blind to anything but heavenly sights and sounds. Then the earth for you is only a standing place—and whether to be like this is your loss or your gain I won't pretend to say. But most of us are neither one nor the other. The earth for us is a place to live in, where we must put up with sights, with sounds, with smells too, by Jove!—breathe dead hippo, so to speak, and not be contaminated. And there, don't you see? Your strength comes in, the faith in your ability for the digging of unostentatious holes to bury the stuff in—your power of devotion, not to yourself, but to an obscure, back-breaking business. And that's difficult enough. Mind, I am not trying to excuse or even explain—I am

quedaba ni un solo colmillo, ni por encima ni por debajo del suelo, en todo el país. "La mayoría son fósiles", había comentado despectivamente el director. No eran más fósiles que yo; pero lo llaman fósil cuando se desentierra. Parece que estos negros entierran los colmillos a veces, pero evidentemente no pudieron enterrar este paquete lo suficientemente profundo como para salvar al talentoso señor Kurtz de su destino. Llenamos el barco a vapor con ello, y tuvimos que amontonar un montón en la cubierta. Así pudo ver y disfrutar, mientras pudo ver, porque el agradecimiento de este favor le acompañó hasta el final. Deberían haberle oído decir "Mi marfil". Oh sí, le oí. "Mi Prometida, mi marfil, mi estación, mi río, mi…", todo le pertenecía. Me hizo contener la respiración a la espera de oír la selva estallar en una prodigiosa carcajada que haría temblar las estrellas fijas en su lugar. Todo le pertenecía, pero eso era una nimiedad. La cosa era saber a qué pertenecía él, cuántos poderes de la oscuridad lo reclamaban para sí. Ese era el reflejo que le daba a uno escalofríos por todas partes. Era imposible… tampoco era bueno para uno… tratar de imaginar. Había tomado un asiento alto entre los demonios de la tierra, quiero decir, literalmente. No pueden entenderlo. ¿Cómo podrían ustedes… con el sólido pavimento bajo sus pies, rodeados de amables vecinos dispuestos a animarles o a auxiliarlos, caminando delicadamente entre el carnicero y el policía, en el santo terror del escándalo y la horca y los manicomios… cómo pueden ustedes imaginar a qué región particular de las primeras edades pueden llevar los pies libres de un hombre por el camino de la soledad… de la soledad absoluta sin policía… por el camino del silencio, del silencio absoluto, donde no puede oírse la voz de advertencia de un vecino amable susurrando la opinión pública? Estas pequeñas cosas hacen la gran diferencia. Cuando se han ido, uno debe recurrir a su propia fuerza innata, a su propia capacidad de fidelidad. Por supuesto, uno puede ser demasiado tonto como para equivocarse… demasiado torpe para saber que lo asaltan los poderes de las tinieblas. Entiendo que ningún tonto ha hecho nunca un trato por su alma con el diablo: el tonto es demasiado tonto, o el diablo demasiado diablo, no sé cuál de los dos. O puede que uno sea una criatura tan estruendosamente exaltada como para ser completamente sorda y ciega a todo lo que no sean vistas y sonidos celestiales. Entonces la tierra es para uno sólo un lugar de paso… y no pretendo decir si eso constituye una pérdida o una ganancia para uno. La tierra para nosotros es un lugar para vivir, donde debemos soportar las vistas, los sonidos, los olores tam-

trying to account to myself for—for—Mr. Kurtz—for the shade of Mr. Kurtz. This initiated wraith from the back of Nowhere honored me with its amazing confidence before it vanished altogether. This was because it could speak English to me. The original Kurtz had been educated partly in England, and—as he was good enough to say himself—his sympathies were in the right place. His mother was half-English, his father was half-French. All Europe contributed to the making of Kurtz; and by-and-by I learned that, most appropriately, the International Society for the Suppression of Savage Customs had intrusted him with the making of a report, for its future guidance. And he had written it too. I've seen it. I've read it. It was eloquent, vibrating with eloquence, but too high-strung, I think. Seventeen pages of close writing he had found time for! But this must have been before his—let us say—nerves, went wrong, and caused him to preside at certain midnight dances ending with unspeakable rites, which—as far as I reluctantly gathered from what I heard at various times—were offered up to him—do you understand?—to Mr. Kurtz himself. But it was a beautiful piece of writing. The opening paragraph, however, in the light of later information, strikes me now as ominous. He began with the argument that we whites, from the point of development we had arrived at, 'must necessarily appear to them [savages] in the nature of supernatural beings—we approach them with the might as of a deity,' and so on, and so on. 'By the simple exercise of our will we can exert a power for good practically unbounded,' &c., &c. From that point he soared and took me with him. The peroration was magnificent, though difficult to remember, you know. It gave me the notion of an exotic Immensity ruled by an august Benevolence. It made me tingle with enthusiasm. This was the unbounded power of eloquence—of words—of burning noble words. There were no practical hints to interrupt the magic current of phrases, unless a kind of note at the foot of the last page, scrawled evidently much later, in an unsteady hand, may be regarded as the exposition of a method. It was very simple, and at the end of that moving appeal to every altruistic sentiment it blazed at you, luminous and terrifying, like a flash of lightning in a serene sky: 'Exterminate all the brutes!' The curious part was that he had apparently forgotten all about that valuable postscriptum, because, later on, when he in a sense came to himself, he repeatedly entreated me to take good care of 'my pamphlet' (he called it), as it was sure to have in the future a good influence upon his career. I had full information about all these things, and, besides, as it turned out,

bién, por Dios... respirar hipopótamo muerto, por así decirlo, y no contaminarse. Y ahí, ¿no lo ven? La fuerza de uno entra en juego, la fe en la capacidad para cavar agujeros sin ostentación para enterrar las cosas, el poder de devoción, no a uno mismo, sino a un negocio oscuro y agotador. Y eso es bastante difícil. Eso sí, no estoy tratando de excusar, ni siquiera de explicar... estoy tratando de explicarme a mí mismo... al señor Kurtz, la... la... sombra del señor Kurtz. Este iniciado espectro del fondo de Ninguna Parte me honró con su asombrosa confianza antes de desaparecer del todo. Esto se debía a que podía hablarme en inglés. El Kurtz original había sido educado en parte en Inglaterra, y, como él mismo tenía la bondad de decir, sus simpatías estaban en el lugar correcto. Su madre era mitad inglesa, su padre mitad francés. Toda Europa contribuyó a la creación de Kurtz; y más tarde me enteré de que, muy apropiadamente, la Sociedad Internacional para la Supresión de las Costumbres Salvajes le había encomendado la elaboración de un informe, para su futura orientación. Y también de que él lo había escrito. Lo he visto. Lo he leído. Era elocuente, vibraba con la elocuencia, pero demasiado exagerado, creo. Había encontrado tiempo para escribir diecisiete páginas. Pero esto debió de ser antes de que sus... digamos... nervios se estropearan y le hicieran presidir ciertas danzas de medianoche que terminaban con ritos indecibles, que... por lo que deduje de lo que oí a regañadientes en varias ocasiones... le fueron ofrecidos... ¿comprenden ustedes?... al propio señor Kurtz. Pero era una pieza de escritura hermosa. El párrafo inicial, sin embargo, a la luz de la información posterior, me parece ahora ominoso. Comenzó con el argumento de que nosotros, los blancos, dado el punto de desarrollo al que hemos llegado, "debemos necesariamente parecerles [a los salvajes] seres sobrenaturales... nos acercamos a ellos con el poder propio a una deidad", y así sucesivamente. "Por el simple ejercicio de nuestra voluntad podemos ejercer un poder para el bien prácticamente ilimitado", etc., etc. A partir de ahí se elevó y me llevó con él. Ustedes saben, la perorata fue magnífica, aunque difícil de recordar. Me dio la noción de una exótica Inmensidad gobernada por una augusta Benevolencia. Me hizo estremecer de entusiasmo. Este era el poder ilimitado de la elocuencia... de las palabras... de las nobles palabras ardientes. No había sugerencias prácticas que interrumpieran la corriente mágica de las frases, a menos que una especie de nota al pie de la última página, garabateada evidentemente mucho después, con una mano inestable, pueda considerarse la exposición de un método. Era muy simple,

I was to have the care of his memory. I've done enough for it to give me the indisputable right to lay it, if I choose, for an everlasting rest in the dust-bin of progress, amongst all the sweepings and, figuratively speaking, all the dead cats of civilization. But then, you see, I can't choose. He won't be forgotten. Whatever he was, he was not common. He had the power to charm or frighten rudimentary souls into an aggravated witch-dance in his honor; he could also fill the small souls of the pilgrims with bitter misgivings: he had one devoted friend at least, and he had conquered one soul in the world that was neither rudimentary nor tainted with self-seeking. No; I can't forget him, though I am not prepared to affirm the fellow was exactly worth the life we lost in getting to him. I missed my late helmsman awfully,—I missed him even while his body was still lying in the pilot-house. Perhaps you will think it passing strange this regret for a savage who was no more account than a grain of sand in a black Sahara. Well, don't you see, he had done something, he had steered; for months I had him at my back—a help—an instrument. It was a kind of partnership. He steered for me—I had to look after him, I worried about his deficiencies, and thus a subtle bond had been created, of which I only became aware when it was suddenly broken. And the intimate profundity of that look he gave me when he received his hurt remains to this day in my memory—like a claim of distant kinship affirmed in a supreme moment.

«Poor fool! If he had only left that shutter alone. He had no restraint, no restraint—just like Kurtz—a tree swayed by the wind. As soon as I had put on a dry pair of slippers, I dragged him out, after first jerking the spear out of his side, which operation I confess I performed with my eyes shut tight. His heels leaped together over the little door-step; his shoulders were pressed to my breast; I hugged him from

y al final de esa conmovedora apelación a todo sentimiento altruista, resplandecía, luminosa y aterradora, como un relámpago en un cielo sereno: "¡Exterminad a todos los brutos!". Lo curioso es que, al parecer, se había olvidado por completo de ese valioso postscriptum, porque, más tarde, cuando en cierto modo volvió en sí, me suplicó repetidamente que cuidara bien de "mi panfleto" (así lo llamaba él), ya que estaba seguro de que en el futuro tendría una buena influencia en su carrera. Yo tenía plena información sobre todas estas cosas y, además, como resultó, iba a tener a mi cargo su memoria. He hecho lo suficiente por ella como para darme el derecho indiscutible de depositarla, si así lo decido, para que descanse eternamente en el basurero del progreso, entre todas las basuras y, en sentido figurado, todos los gatos muertos de la civilización. Pero entonces, verán, no tengo elección. Él no será olvidado. Fuera lo que fuera, él no era común. Tenía el poder de encantar o asustar a las almas rudimentarias en una agravada danza de brujas en su honor; también podía llenar de amargos recelos las pequeñas almas de los peregrinos: tenía un amigo devoto al menos, y había conquistado un alma en el mundo que no era ni rudimentaria ni estaba manchada de egoísmo. No; no puedo olvidarlo, aunque no estoy dispuesto a afirmar que el tipo valía exactamente la vida que perdimos para llegar a él. Eché mucho de menos a mi difunto timonel... lo eché de menos incluso cuando su cuerpo aún yacía en la caseta del piloto. Tal vez piensen ustedes que pasa de largo este pesar por un salvaje que no era más importante que un grano de arena en el negro Sahara. Bueno, no lo vean, él había hecho algo, había pilotado; durante meses lo tuve a mi espalda... una ayuda... un instrumento. Era una especie de sociedad. Él pilotaba por mí... yo tenía que cuidar de él, me preocupaba por sus carencias, y así se había creado un sutil vínculo, del que sólo me di cuenta cuando se rompió repentinamente. Y la íntima profundidad de aquella mirada que me dirigió al recibir su herida permanece hasta hoy en mi memoria... como un reclamo de parentesco lejano afirmado en un momento supremo.

«¡Pobre tonto! Si hubiera dejado esa persiana en paz. No tenía freno, no tenía contención, como Kurtz, un árbol que se balancea con el viento. En cuanto me puse un par de zapatillas secas, lo arrastré fuera, después de sacarle primero la lanza del costado, operación que confieso que realicé con los ojos bien cerrados. Sus talones saltaron al mismo tiempo sobre el pequeño escalón de la puerta; sus hombros

behind desperately. Oh! he was heavy, heavy; heavier than any man on earth, I should imagine. Then without more ado I tipped him overboard. The current snatched him as though he had been a wisp of grass, and I saw the body roll over twice before I lost sight of it for ever. All the pilgrims and the manager were then congregated on the awning-deck about the pilot-house, chattering at each other like a flock of excited magpies, and there was a scandalized murmur at my heartless promptitude. What they wanted to keep that body hanging about for I can't guess. Embalm it, maybe. But I had also heard another, and a very ominous, murmur on the deck below. My friends the wood-cutters were likewise scandalized, and with a better show of reason—though I admit that the reason itself was quite inadmissible. Oh, quite! I had made up my mind that if my late helmsman was to be eaten, the fishes alone should have him. He had been a very second-rate helmsman while alive, but now he was dead he might have become a first-class temptation, and possibly cause some startling trouble. Besides, I was anxious to take the wheel, the man in pink pyjamas showing himself a hopeless duffer at the business.

«This I did directly the simple funeral was over. We were going half-speed, keeping right in the middle of the stream, and I listened to the talk about me. They had given up Kurtz, they had given up the station; Kurtz was dead, and the station had been burnt—and so on—and so on. The red-haired pilgrim was beside himself with the thought that at least this poor Kurtz had been properly revenged. 'Say! We must have made a glorious slaughter of them in the bush. Eh? What do you think? Say?' He positively danced, the bloodthirsty little gingery beggar. And he had nearly fainted when he saw the wounded man! I could not help saying, 'You made a glorious lot of smoke, anyhow.' I had seen, from the way the tops of the bushes rustled and flew, that almost all the shots had gone too high. You can't hit anything unless you take aim and fire from the shoulder; but these chaps fired from the hip with their eyes shut. The retreat, I maintained—and I was right—was caused by the screeching of the steam-whistle. Upon this they forgot Kurtz, and began to howl at me with indignant protests.

se apretaron contra mi pecho; lo abracé por detrás desesperadamente. Era pesado, pesado; más pesado que cualquier hombre sobre la Tierra, me imagino. Entonces, sin más preámbulos, lo volqué por la borda. La corriente lo arrebató como si fuera una brizna de hierba, y vi el cuerpo rodar dos veces antes de perderlo de vista para siempre. Todos los peregrinos y el director se congregaron entonces en la cubierta con toldos alrededor de la caseta del piloto, parloteando entre sí como una bandada de urracas excitadas, y hubo un murmullo escandalizado por mi despiadada prontitud. No puedo adivinar para qué querían mantener ese cuerpo por ahí. Para embalsamarlo, tal vez. Pero también había oído otro murmullo, muy siniestro, en la cubierta de abajo. Mis amigos los leñadores estaban igualmente escandalizados, y con una mejor demostración de razón... aunque admito que la razón en sí era bastante inadmisible. Oh, sí, es cierto. Yo había decidido que si mi difunto timonel iba a ser devorado, sólo los peces iban a hacerlo. Había sido un timonel de segunda categoría mientras estaba vivo, pero ahora que estaba muerto podría convertirse en una tentación de primera clase, y posiblemente causar algún problema sorprendente. Además, yo estaba ansioso por tomar el timón, ya que el hombre del pijama rosa se mostraba inútil en este asunto.

«Eso hice directamente cuando terminó el simple funeral. Íbamos a media máquina, manteniéndonos en medio de la corriente, y escuché la charla sobre mí. Habían abandonado a Kurtz, habían abandonado la estación; Kurtz estaba muerto, y la estación había sido quemada, y así sucesivamente. El peregrino pelirrojo estaba fuera de sí, pensando que al menos ese pobre Kurtz había sido vengado debidamente. "¡Oigan! Debemos haber hecho una gloriosa matanza de ellos en el monte. ¿Eh? ¿Qué piensan? ¿Qué dicen?". El pequeño mendigo sediento de sangre se puso a bailar. ¡Y casi se había desmayado cuando vio al hombre herido! No pude evitar decir "en todo caso, hizo un glorioso montón de humo". Había visto, por la forma en que las copas de los arbustos crujían y volaban, que casi todos los disparos habían ido demasiado alto. No se puede acertar a nada a menos que se apunte y se dispare desde el hombro; pero estos tipos dispararon desde la cadera con los ojos cerrados. La retirada, sostuve —y tenía razón—, fue causada por el chirrido del silbato del vapor. Ante esto, se olvidaron de Kurtz y comenzaron a aullar contra mí con indignadas protestas.

«The manager stood by the wheel murmuring confidentially about the necessity of getting well away down the river before dark at all events, when I saw in the distance a clearing on the river-side and the outlines of some sort of building. 'What's this?' I asked. He clapped his hands in wonder. 'The station!' he cried. I edged in at once, still going half-speed.

«Through my glasses I saw the slope of a hill interspersed with rare trees and perfectly free from undergrowth. A long decaying building on the summit was half buried in the high grass; the large holes in the peaked roof gaped black from afar; the jungle and the woods made a background. There was no inclosure or fence of any kind; but there had been one apparently, for near the house half-a-dozen slim posts remained in a row, roughly trimmed, and with their upper ends ornamented with round carved balls. The rails, or whatever there had been between, had disappeared. Of course the forest surrounded all that. The river-bank was clear, and on the water-side I saw a white man under a hat like a cart-wheel beckoning persistently with his whole arm. Examining the edge of the forest above and below, I was almost certain I could see movements—human forms gliding here and there. I steamed past prudently, then stopped the engines and let her drift down. The man on the shore began to shout, urging us to land. 'We have been attacked,' screamed the manager. 'I know—I know. It's all right,' yelled back the other, as cheerful as you please. 'Come along. It's all right. I am glad.'

«His aspect reminded me of something I had seen—something funny I had seen somewhere. As I maneuvered to get alongside, I was asking myself, 'What does this fellow look like?' Suddenly I got it. He looked like a harlequin. His clothes had been made of some stuff that was brown holland probably, but it was covered with patches all over, with bright patches, blue, red, and yellow,—patches on the back, patches on front, patches on elbows, on knees; colored binding round his jacket, scarlet edging at the bottom of his trousers; and the sunshine made him look extremely gay and wonderfully neat withal, because you could see how beautifully all this patching had been done. A beardless, boyish face, very fair, no features to speak of, nose peeling, little blue eyes, smiles and frowns chasing each other over

«El director estaba junto al timón murmurando confidencialmente sobre la necesidad de alejarse por el río antes de que oscureciera en cualquier caso, cuando vi a lo lejos un claro en la orilla del río y los contornos de una especie de edificio. "¿Qué es eso?", pregunté. Aplaudió con asombro. "La estación", gritó. Me acerqué de inmediato, todavía a media máquina.

«A través de mis prismáticos vi la ladera de una colina intercalada con árboles raros y perfectamente libre de maleza. En la cima, un largo edificio en decadencia estaba semienterrado en la hierba alta; los grandes agujeros del tejado en forma de pico se veían negros a lo lejos; la selva y el bosque hacían de fondo. No había ningún tipo de cercado, pero aparentemente había habido uno, porque cerca de la casa quedaban media docena de esbeltos postes en fila, toscamente recortados y con sus extremos superiores adornados con bolas redondas talladas. Los raíles, o lo que hubiera entre ellos, habían desaparecido. Por supuesto, el bosque lo rodeaba todo. La orilla del río estaba despejada, y en el lado del agua vi a un hombre blanco bajo un sombrero como una rueda de carro que hacía señas insistentemente con su brazo. Examinando el borde del bosque por encima y por debajo, estaba casi seguro de poder ver movimientos... formas humanas deslizándose aquí y allá. Pasé con prudencia, luego paré las máquinas y dejé que el barco avanzara a la deriva. El hombre de la orilla empezó a gritar, instándonos a desembarcar. "Nos han atacado", gritó el director. "Lo sé, lo sé. No pasa nada", le gritó el otro, tan alegre como parecía posible. "Vengan. Todo está bien. Me alegro que estén aquí".

«Su aspecto me recordaba a algo que había visto... algo gracioso que había visto en alguna parte. Mientras maniobraba para ponerme a su lado, me preguntaba: "¿Aspecto de qué tiene este tipo?". De repente lo entendí. Parecía un arlequín. Sus ropas habían sido confeccionadas con un material marrón, probablemente holanda cruda, pero estaban cubiertas de parches por todas partes, parches brillantes, azules, rojos y amarillos... parches en la espalda, parches en la parte delantera, parches en los codos, en las rodillas; ribetes de colores alrededor de su chaqueta, bordes escarlata en la parte inferior de sus pantalones; y la luz del sol le daba un aspecto extremadamente alegre y maravillosamente limpio, porque se podía ver lo bien que estaban hechos todos estos parches. Un rostro imberbe y aniñado,

that open countenance like sunshine and shadow on a windswept plain. 'Look out, captain!' he cried; 'there's a snag lodged in here last night.' What! Another snag? I confess I swore shamefully. I had nearly holed my cripple, to finish off that charming trip. The harlequin on the bank turned his little pug nose up to me. 'You English?' he asked, all smiles. 'Are you?' I shouted from the wheel. The smiles vanished, and he shook his head as if sorry for my disappointment. Then he brightened up. 'Never mind!' he cried encouragingly. 'Are we in time?' I asked. 'He is up there,' he replied, with a toss of the head up the hill, and becoming gloomy all of a sudden. His face was like the autumn sky, overcast one moment and bright the next.

«When the manager, escorted by the pilgrims, all of them armed to the teeth, had gone to the house, this chap came on board. 'I say, I don't like this. These natives are in the bush,' I said. He assured me earnestly it was all right. 'They are simple people,' he added; 'well, I am glad you came. It took me all my time to keep them off.' 'But you said it was all right,' I cried. 'Oh, they meant no harm,' he said; and as I stared he corrected himself, 'Not exactly.' Then vivaciously, 'My faith, your pilot-house wants a clean up!' In the next breath he advised me to keep enough steam on the boiler to blow the whistle in case of any trouble. 'One good screech will do more for you than all your rifles. They are simple people,' he repeated. He rattled away at such a rate he quite overwhelmed me. He seemed to be trying to make up for lots of silence, and actually hinted, laughing, that such was the case. 'Don't you talk with Mr. Kurtz?' I said. 'You don't talk with that man—you listen to him,' he exclaimed with severe exaltation. 'But now—' He waved his arm, and in the twinkling of an eye was in the uttermost depths of despondency. In a moment he came up again with a jump, possessed himself of both my hands, shook them continuously, while he gabbled: 'Brother sailor . . . honor . . . pleasure . . . delight . . . introduce myself . . . Russian . . . son of an arch-priest . . . Government of Tambov . . . What? Tobacco! English tobacco; the excellent English tobacco! Now, that's brotherly. Smoke? Where's a sailor that does not smoke?'

muy blanco, sin rasgos que destacar, la nariz despellejada, pequeños ojos azules, sonrisas y fruncimientos que se persiguen en aquel semblante abierto como el sol y la sombra en una llanura barrida por el viento. "¡Cuidado, capitán!", gritó, "aquí se acumuló anoche un escollo". ¿Qué? ¿Otro escollo? Confieso que juré vergonzosamente. Casi había agujereado el barco para rematar aquel encantador viaje. El arlequín de la orilla giró su pequeña nariz de cachorro hacia mí. "¿Usted inglés?", me preguntó sonriendo. "¿Y usted?", grité desde el volante. La sonrisa se desvaneció y negó con la cabeza, como si lamentara mi decepción. Luego se animó. "No importa", gritó animado. "¿Llegamos a tiempo?", pregunté. "Él está ahí arriba", respondió, moviendo la cabeza hacia la colina, y poniéndose repentinamente sombrío. Su rostro era como el cielo otoñal, nublado en un momento y despejado al siguiente.

«Cuando el director, escoltado por los peregrinos, todos ellos armados hasta los dientes, se dirigió a la casa, este tipo subió a bordo. "Yo digo... que esto no me gusta. Estos nativos están en el monte", le dije. Me aseguró con seriedad que todo estaba bien. "Son gente sencilla", añadió. "Me alegro de que hayan venido. Me llevó todo mi tiempo mantenerlos alejados". "Pero usted dijo que todo estaba bien", exclamé. "Oh, no pretendían hacer daño", dijo; y mientras yo miraba fijamente, se corrigió... "no exactamente". Y luego, añadió con vivacidad, "a fe mía, su cabina de pilotaje necesita una limpieza". Al instante me aconsejó que mantuviera suficiente vapor en la caldera para hacer sonar el silbato en caso de problemas. "Un buen chillido hará más por usted que todos sus rifles. Son gente sencilla", repitió. Se puso a charlar a tal velocidad que me abrumó. Parecía estar tratando de compensar un montón de silencio, y de hecho insinuó, riendo, que así era. "¿No habla con el señor Kurtz?", le dije. "No se habla con ese hombre... se le escucha", exclamó con severa exaltación. "Pero ahora...". Agitó el brazo y en un abrir y cerrar de ojos se sumió en el más profundo abatimiento. En un momento se levantó de nuevo con un salto, se apoderó de mis dos manos, las estrechó continuamente, mientras balbuceaba: "Hermano marinero... el honor... el placer... el encanto... me presento... ruso... hijo de un arcipreste... Gobierno de Tambov... ¿Qué? ¡Tabaco! Tabaco inglés; ¡el excelente tabaco inglés! Eso sí que es fraternal. ¿Fumar? ¿Dónde hay un marinero que no fume?".

«The pipe soothed him, and gradually I made out he had run away from school, had gone to sea in a Russian ship; ran away again; served some time in English ships; was now reconciled with the arch-priest. He made a point of that. 'But when one is young one must see things, gather experience, ideas; enlarge the mind.' 'Here!' I interrupted. 'You can never tell! Here I have met Mr. Kurtz,' he said, youthfully solemn and reproachful. I held my tongue after that. It appears he had persuaded a Dutch trading-house on the coast to fit him out with stores and goods, and had started for the interior with a light heart, and no more idea of what would happen to him than a baby. He had been wandering about that river for nearly two years alone, cut off from everybody and everything. 'I am not so young as I look. I am twenty-five,' he said. 'At first old Van Shuyten would tell me to go to the devil,' he narrated with keen enjoyment; 'but I stuck to him, and talked and talked, till at last he got afraid I would talk the hind-leg off his favorite dog, so he gave me some cheap things and a few guns, and told me he hoped he would never see my face again. Good old Dutchman, Van Shuyten. I've sent him one small lot of ivory a year ago, so that he can't call me a little thief when I get back. I hope he got it. And for the rest I don't care. I had some wood stacked for you. That was my old house. Did you see?'

«I gave him Towson's book. He made as though he would kiss me, but restrained himself. 'The only book I had left, and I thought I had lost it,' he said, looking at it ecstatically. 'So many accidents happen to a man going about alone, you know. Canoes get upset sometimes—and sometimes you've got to clear out so quick when the people get angry.' He thumbed the pages. 'You made notes in Russian?' I asked. He nodded. 'I thought they were written in cipher,' I said. He laughed, then became serious. 'I had lots of trouble to keep these people off,' he said. 'Did they want to kill you?' I asked. 'Oh no!' he cried, and checked himself. 'Why did they attack us?' I pursued. He hesitated, then said shamefacedly, 'They don't want him to go.' 'Don't they?' I said, curiously. He nodded a nod full of mystery and wisdom. 'I tell you,' he cried, 'this man has enlarged my mind.' He opened his arms wide, staring at me with his little blue eyes that were perfectly round.»

«La pipa lo tranquilizó, y poco a poco me enteré de que se había escapado de la escuela, se había hecho a la mar en un barco ruso; volvió a escaparse; sirvió algún tiempo en barcos ingleses; ahora estaba reconciliado con el arcipreste. Lo hizo notar. "Pero cuando uno es joven debe ver cosas, acumular experiencia, ideas; ampliar la mente". "¡Aquí!", interrumpí. "¡Nunca se sabe! Aquí conocí al señor Kurtz", dijo, juvenilmente solemne y reprobador. Después de eso me callé. Al parecer, había convencido a una casa comercial holandesa de la costa para que le proveyera de provisiones y mercancías, y había partido hacia el interior con un corazón ligero y sin tener más idea de lo que le sucedería, como si fuera un bebé. Llevaba casi dos años vagando solo por aquel río, aislado de todo y de todos. "No soy tan joven como parezco. Tengo veinticinco años", dijo. "Al principio, el viejo Van Shuyten me mandaba al diablo", narró con gran alegría, "pero yo me quedaba con él, y hablaba y hablaba, hasta que al final temió que hablara de la pata trasera de su perro favorito, así que me dio algunas cosas baratas y unas cuantas armas, y me dijo que esperaba no volver a ver mi cara. Un buen holandés, Van Shuyten. Le envié un pequeño lote de marfil hace un año, para que no pueda llamarme ladronzuelo cuando vuelva. Espero que lo haya recibido. Y por lo demás no me importa. Dejé algo de madera apilada para usted. Esa era mi antigua casa. ¿La ha visto?".

«Le di el libro de Towson. Hizo ademán de besarme, pero se contuvo. "El único libro que me quedaba, y pensé que lo había perdido", dijo, mirándolo extasiado. "A un hombre solitario le ocurren muchos accidentes, ya sabe. Las canoas se enfadan a veces... y a veces hay que irse muy rápido cuando la gente se enfada". Hojeó las páginas. "¿Usted escribió las notas en ruso?", pregunté. Asintió con la cabeza. "Creía que estaban escritas en clave", dije. Se rió y luego se puso serio. "Tuve muchos problemas para alejar a esta gente", dijo. "¿Querían matarlo?", le pregunté. "¡Oh, no!", gritó, y se contuvo. "¿Por qué nos atacaron?", continué. Dudó, y luego dijo avergonzado, "no quieren que él se vaya". "¿Realmente?", dije con curiosidad. Asintió con un movimiento de cabeza lleno de misterio y sabiduría. "Se lo digo", exclamó, "este hombre ha ampliado mi mente". Abrió los brazos de par en par, mirándome fijamente con sus pequeños ojos azules, perfectamente redondos».

III

«I looked at him, lost in astonishment. There he was before me, in
motley, as though he had absconded from a troupe of mimes, enthusiastic, fabulous. His very existence was improbable, inexplicable,
and altogether bewildering. He was an insoluble problem. It was inconceivable how he had existed, how he had succeeded in getting so
far, how he had managed to remain—why he did not instantly disappear. 'I went a little farther,' he said, 'then still a little farther—till I had
gone so far that I don't know how I'll ever get back. Never mind. Plenty
time. I can manage. You take Kurtz away quick—quick—I tell you.' The
glamour of youth enveloped his particolored rags, his destitution, his
loneliness, the essential desolation of his futile wanderings. For months—for years—his life hadn't been worth a day's purchase; and there
he was gallantly, thoughtlessly alive, to all appearance indestructible
solely by the virtue of his few years and of his unreflecting audacity. I
was seduced into something like admiration—like envy. Glamour urged him on, glamour kept him unscathed. He surely wanted nothing
from the wilderness but space to breathe in and to push on through.
His need was to exist, and to move onwards at the greatest possible
risk, and with a maximum of privation. If the absolutely pure, un-
calculating, unpractical spirit of adventure had ever ruled a human
being, it ruled this be-patched youth. I almost envied him the possession of this modest and clear flame. It seemed to have consumed
all thought of self so completely, that, even while he was talking to
you, you forgot that it was he—the man before your eyes—who had
gone through these things. I did not envy him his devotion to Kurtz,
though. He had not meditated over it. It came to him, and he accepted
it with a sort of eager fatalism. I must say that to me it appeared about
the most dangerous thing in every way he had come upon so far.

«They had come together unavoidably, like two ships becalmed
near each other, and lay rubbing sides at last. I suppose Kurtz wanted
an audience, because on a certain occasion, when encamped in the
forest, they had talked all night, or more probably Kurtz had talked.
'We talked of everything,' he said, quite transported at the recollection. 'I forgot there was such a thing as sleep. The night did not seem
to last an hour. Everything! Everything! . . . Of love too.' 'Ah, he talked

III

«Lo miré, perdido en el asombro. Allí estaba ante mí, ataviado de manera abigarrada, como si se hubiera fugado de una compañía de mimos, entusiasta, fabuloso. Su propia existencia era improbable, inexplicable y totalmente desconcertante. Era un problema insoluble. Era inconcebible cómo había existido, cómo había logrado llegar tan lejos, cómo había conseguido permanecer... por qué no había desaparecido al instante. "Fui un poco más lejos", dijo, "y luego todavía un poco más lejos... hasta que llegué tan lejos que no sé cómo voy a volver. No importa. Hay mucho tiempo. Puedo arreglármelas. Llévese a Kurtz rápidamente... rápidamente... le digo". El glamour de la juventud envolvía sus harapos de colores, su indigencia, su soledad, la desolación esencial de sus vanas andanzas. Durante meses... durante años... su vida no había valido ni la ganancia de un día; y allí estaba galantemente, irreflexivamente vivo, a todas luces indestructible sólo por la virtud de sus pocos años y de su irreflexiva audacia. Me sedujo algo parecido a la admiración... a la envidia. El glamour le impulsaba, el glamour le mantenía indemne. Seguramente no quería nada de la selva más que espacio para respirar y seguir adelante. Su necesidad era existir y avanzar con el mayor riesgo posible y con el máximo de privaciones. Si el espíritu de aventura, absolutamente puro, sin cálculos y sin sentido práctico, había gobernado alguna vez a un ser humano, era a este joven con parches. Casi le envidiaba la posesión de esta modesta y clara llama. Parecía haber consumido todo pensamiento de sí mismo tan completamente que, incluso mientras le hablaba a uno, olvidaba que era él —el hombre que uno tenía ante sus ojos— quien había pasado por esas cosas. Sin embargo, no le envidiaba su devoción por Kurtz. Él no la había meditado. Se le ocurrió y la aceptó con una especie de fatalismo ansioso. Debo decir que a mí me pareció lo más peligroso en todos los sentidos que él había encontrado hasta entonces.

«Se habían juntado inevitablemente, como dos barcos encallados uno cerca del otro, y al final se rozaron. Supongo que Kurtz quería un oyente, porque en cierta ocasión, cuando acampaban en el bosque, habían hablado toda la noche, o más probablemente Kurtz había hablado. "Hablamos sobre todo", dijo, bastante transportado al recordarlo. "Olvidé que existía el sueño. La noche no parecía durar ni una hora. ¡Sobre todo! ¡Sobre todo!... sobre el amor también". "¡Ah, le

to you of love!' I said, much amused. 'It isn't what you think,' he cried, almost passionately. 'It was in general. He made me see things—things.'

«He threw his arms up. We were on deck at the time, and the head-man of my wood-cutters, lounging near by, turned upon him his heavy and glittering eyes. I looked around, and I don't know why, but I assure you that never, never before, did this land, this river, this jungle, the very arch of this blazing sky, appear to me so hopeless and so dark, so impenetrable to human thought, so pitiless to human weakness. 'And, ever since, you have been with him, of course?' I said.

«On the contrary. It appears their intercourse had been very much broken by various causes. He had, as he informed me proudly, managed to nurse Kurtz through two illnesses (he alluded to it as you would to some risky feat), but as a rule Kurtz wandered alone, far in the depths of the forest. 'Very often coming to this station, I had to wait days and days before he would turn up,' he said. 'Ah, it was worth waiting for!—sometimes.' 'What was he doing? exploring or what?' I asked. 'Oh yes, of course;' he had discovered lots of villages, a lake too—he did not know exactly in what direction; it was dangerous to inquire too much—but mostly his expeditions had been for ivory. 'But he had no goods to trade with by that time,' I objected. 'There's a good lot of cartridges left even yet,' he answered, looking away. 'To speak plainly, he raided the country,' I said. He nodded. 'Not alone, surely!' He muttered something about the villages round that lake. 'Kurtz got the tribe to follow him, did he?' I suggested. He fidgeted a little. 'They adored him,' he said. The tone of these words was so extraordinary that I looked at him searchingly. It was curious to see his mingled eagerness and reluctance to speak of Kurtz. The man filled his life, occupied his thoughts, swayed his emotions. 'What can you expect?' he burst out; 'he came to them with thunder and lightning, you know—and they had never seen anything like it—and very terrible. He could be very terrible. You can't judge Mr. Kurtz as you would an ordinary man. No, no, no! Now—just to give you an idea—I don't mind telling you, he wanted to shoot me too one day—but I don't judge him.' 'Shoot you!' I cried. 'What for?' 'Well, I had a small lot of ivory the chief of that village near my house gave me. You see I used to shoot game for them. Well, he wanted it, and wouldn't hear

ha hablado del amor!" dije, muy divertido. "No es lo que usted cree", gritó, casi apasionadamente. "Fue en general. Me hizo ver cosas... cosas".

«Levantó los brazos. En ese momento estábamos en cubierta, y el jefe de mis leñeros, que estaba cerca, dirigió hacia él sus ojos pesados y brillantes. Miré a mi alrededor, y no sé por qué, pero les aseguro que nunca, nunca antes, esta tierra, este río, esta selva, el mismo arco de este cielo abrasador me parecieron tan desesperados y tan oscuros, tan impenetrables para el pensamiento humano, tan despiadados para la debilidad humana. "¿Y desde entonces has estado con él, por supuesto?", dije.

«Al contrario. Parece que su relación se había roto en gran medida por diversas causas. Según me informó con orgullo, había conseguido cuidar a Kurtz durante dos enfermedades (aludió a ello como si se tratara de una hazaña arriesgada), pero por regla general Kurtz vagaba solo, muy lejos en las profundidades del bosque. "Muy a menudo, al venir a esta estación, tenía que esperar días y días antes de que apareciera", dijo. "Ah, valía la pena esperar... a veces". "¿Qué hacía? ¿Explorando o qué?", le pregunté. "Sí, por supuesto"; había descubierto muchas aldeas y también un lago —no sabía exactamente en qué dirección; era peligroso indagar demasiado—, pero la mayor parte de sus expediciones habían sido en busca de marfil. "Pero ya no tenía bienes con los que comerciar", objeté. "Aún quedan muchos cartuchos", respondió, desviando la mirada. "Hablando claro, asaltó el país", dije. Asintió con la cabeza. "¡Seguro que no estaba solo!". Murmuró algo sobre las aldeas alrededor del lago. "Kurtz hizo que la tribu lo siguiera, ¿no es así?", sugerí. Se inquietó un poco. "Le adoraban", dijo. El tono de estas palabras era tan extraordinario que lo miré con atención. Era curioso ver su entusiasmo y su reticencia a hablar de Kurtz. El hombre llenaba su vida, ocupaba sus pensamientos, influía en sus emociones. "¿Qué se puede esperar?", exclamó. "Llegó a ellos con truenos y relámpagos, ya sabe, y nunca habían visto nada parecido, y muy terrible. Podía ser muy terrible. No se puede juzgar al señor Kurtz como a un hombre corriente. ¡No, no, no! Ahora bien... para que se haga una idea... no me importa decirle que un día quiso dispararme a mí también... pero no le juzgo". "¡Dispararle!", grité. "¿Por qué?". "Bueno, yo tenía un pequeño lote de marfil que me dio el jefe de esa aldea cercana a mi casa. Verá, yo solía cazar para ellos. Pues bien,

reason. He declared he would shoot me unless I gave him the ivory and then cleared out of the country, because he could do so, and had a fancy for it, and there was nothing on earth to prevent him killing whom he jolly well pleased. And it was true too. I gave him the ivory. What did I care! But I didn't clear out. No, no. I couldn't leave him. I had to be careful, of course, till we got friendly again for a time. He had his second illness then. Afterwards I had to keep out of the way; but I didn't mind. He was living for the most part in those villages on the lake. When he came down to the river, sometimes he would take to me, and sometimes it was better for me to be careful. This man suffered too much. He hated all this, and somehow he couldn't get away. When I had a chance I begged him to try and leave while there was time; I offered to go back with him. And he would say yes, and then he would remain; go off on another ivory hunt; disappear for weeks; forget himself amongst these people—forget himself—you know.' 'Why! he's mad,' I said. He protested indignantly. Mr. Kurtz couldn't be mad. If I had heard him talk, only two days ago, I wouldn't dare hint at such a thing. . . . I had taken up my binoculars while we talked and was looking at the shore, sweeping the limit of the forest at each side and at the back of the house. The consciousness of there being people in that bush, so silent, so quiet—as silent and quiet as the ruined house on the hill—made me uneasy. There was no sign on the face of nature of this amazing tale that was not so much told as suggested to me in desolate exclamations, completed by shrugs, in interrupted phrases, in hints ending in deep sighs. The woods were unmoved, like a mask—heavy, like the closed door of a prison—they looked with their air of hidden knowledge, of patient expectation, of unapproachable silence. The Russian was explaining to me that it was only lately that Mr. Kurtz had come down to the river, bringing along with him all the fighting men of that lake tribe. He had been absent for several months—getting himself adored, I suppose—and had come down unexpectedly, with the intention to all appearance of making a raid either across the river or down stream. Evidently the appetite for more ivory had got the better of the—what shall I say?— less material aspirations. However he had got much worse suddenly. 'I heard he was lying helpless, and so I came up—took my chance,' said the Russian. 'Oh, he is bad, very bad.' I directed my glass to the house. There were no signs of life, but there was the ruined roof, the long mud wall peeping above the grass, with three little square window-holes, no two of the same size; all this brought within reach of

él lo quería y no quiso entrar en razón. Declaró que me dispararía a menos que le diera el marfil y luego se iría de la región, porque podía hacerlo, y le gustaba, y no había nada en la tierra que le impidiera matar a quien quisiera. De hecho, era cierto. Le di el marfil. ¡Qué me importaba! Pero no me fui. No, no. No podía dejarlo. Tuve que tener cuidado por un tiempo, por supuesto, hasta que volvimos a ser amigos. Entonces tuvo su segunda enfermedad. Después tuve que mantenerme al margen; pero no me importó. Él vivía la mayor parte del tiempo en esos pueblos del lago. Cuando bajaba al río, a veces se acercaba a mí, y a veces era mejor que yo tuviera cuidado. Este hombre sufría demasiado. Odiaba todo esto, y de alguna manera no podía escapar. Cuando tenía la oportunidad le rogaba que intentara marcharse mientras había tiempo; me ofrecía a volver con él. Y él decía que sí, y entonces se quedaba; se iba a otra cacería de marfil; desaparecía durante semanas; se olvidaba de sí mismo entre esta gente... se olvidaba de sí mismo... ya sabe". "¿Por qué? Está loco", dije. Él protestó indignado. El señor Kurtz no puede estar loco. Si le hubiera oído hablar, hace sólo dos días, no me atrevería a insinuar tal cosa... Yo había cogido mis prismáticos mientras hablábamos y miraba la orilla, barriendo el límite del bosque a cada lado y a la espalda de la casa. La conciencia de que había gente en aquel matorral, tan silencioso, tan tranquilo —tan silencioso y tranquilo como la casa en ruinas de la colina—, me inquietó. No había ninguna señal en el rostro de la naturaleza de esta sorprendente historia que no se me contaba sino que se me sugería en desoladas exclamaciones, completadas por encogimientos de hombros, en frases interrumpidas, en insinuaciones que terminaban en profundos suspiros. El bosque estaba impasible, como una máscara... como la puerta cerrada de una prisión... miraba con su aire de conocimiento oculto, de paciente expectación, de silencio inabordable. El ruso me explicaba que hacía poco que el señor Kurtz había bajado al río, trayendo consigo a todos los combatientes de esa tribu del lago. Había estado ausente durante varios meses... adorándose a sí mismo, supongo yo... y había bajado inesperadamente, con la intención, según parece, de hacer una incursión al otro lado del río o río abajo. Evidentemente, el apetito por más marfil había superado las aspiraciones... ¿cómo decirlo?... menos materiales. Sin embargo, había empeorado mucho de repente. "Me enteré de que estaba desvalido y subí, aproveché la oportunidad", dijo el ruso. "Está mal, muy mal". Dirigí mi mirada hacia la casa. No había señales de vida, pero sí el tejado en ruinas, la larga pared de barro que asoma-

my hand, as it were. And then I made a brusque movement, and one of the remaining posts of that vanished fence leaped up in the field of my glass. You remember I told you I had been struck at the distance by certain attempts at ornamentation, rather remarkable in the ruinous aspect of the place. Now I had suddenly a nearer view, and its first result was to make me throw my head back as if before a blow. Then I went carefully from post to post with my glass, and I saw my mistake. These round knobs were not ornamental but symbolic; they were expressive and puzzling, striking and disturbing—food for thought and also for the vultures if there had been any looking down from the sky; but at all events for such ants as were industrious enough to ascend the pole. They would have been even more impressive, those heads on the stakes, if their faces had not been turned to the house. Only one, the first I had made out, was facing my way. I was not so shocked as you may think. The start back I had given was really nothing but a movement of surprise. I had expected to see a knob of wood there, you know. I returned deliberately to the first I had seen—and there it was, black, dried, sunken, with closed eyelids,—a head that seemed to sleep at the top of that pole, and, with the shrunken dry lips showing a narrow white line of the teeth, was smiling too, smiling continuously at some endless and jocose dream of that eternal slumber.

«I am not disclosing any trade secrets. In fact the manager said afterwards that Mr. Kurtz's methods had ruined the district. I have no opinion on that point, but I want you clearly to understand that there was nothing exactly profitable in these heads being there. They only showed that Mr. Kurtz lacked restraint in the gratification of his various lusts, that there was something wanting in him—some small matter which, when the pressing need arose, could not be found under his magnificent eloquence. Whether he knew of this deficiency himself I can't say. I think the knowledge came to him at last—only at the very last. But the wilderness had found him out early, and had taken on him a terrible vengeance for the fantastic invasion. I think it had whispered to him things about himself which he did not know, things of which he had no conception till he took counsel with this

ba por encima de la hierba, con tres pequeñas ventanas cuadradas, ninguna de ellas del mismo tamaño; todo ello puesto al alcance de mi mano, por así decirlo. Y entonces hice un brusco movimiento, y uno de los postes que quedaban de aquella valla desaparecida saltó al campo de mis prismáticos. Ustedes recuerdan que les dije que me habían llamado la atención, a la distancia, ciertos intentos de ornamentación, bastante notables en el aspecto ruinoso del lugar. Ahora, de repente, tuve una visión más cercana, y su primer resultado fue hacerme echar la cabeza hacia atrás como si fuera a recibir un golpe. Entonces recorrí cuidadosamente de poste a poste con mis prismáticos, y vi mi error. Aquellos pomos redondos no eran ornamentales, sino simbólicos; eran expresivos y desconcertantes, llamativos e inquietantes... alimento para la reflexión y también para los buitres, si es que había alguno mirando desde el cielo; pero en todo caso para las hormigas que eran lo suficientemente laboriosas como para subir al poste. Habrían sido aún más impresionantes, esas cabezas en las estacas, si sus rostros no se hubieran vuelto hacia la casa. Sólo una, la primera que distinguí, miraba hacia mí. No me sorprendió tanto como se puede pensar. El arranque que había dado no fue en realidad más que un movimiento de sorpresa. Esperaba ver allí un pomo de madera. Volví deliberadamente al primero que había visto, y allí estaba... negro, seco, hundido, con los párpados cerrados... una cabeza que parecía dormir en lo alto de aquel poste y que, con los labios secos y encogidos mostrando una estrecha línea blanca de los dientes, sonreía también, sonriendo continuamente en algún sueño interminable y jocoso de aquel sueño eterno.

«No estoy revelando ningún secreto comercial. De hecho, el director dijo después que los métodos del señor Kurtz habían arruinado el distrito. No tengo ninguna opinión sobre ese punto, pero quiero que entiendan claramente que no había nada exactamente rentable en que esas cabezas estuvieran allí. Sólo mostraban que el señor Kurtz carecía de moderación en la gratificación de sus diversos deseos, que había algo que faltaba en él... algún pequeño asunto que, cuando surgía la necesidad apremiante, no se podía encontrar bajo su magnífica elocuencia. No puedo decir si él mismo conocía esta deficiencia. Creo que el conocimiento le llegó al final... sólo al final. Pero la selva lo había descubierto antes y se había vengado terriblemente de la fantástica invasión. Creo que le había susurrado cosas sobre sí mismo que desconocía, cosas de las que no tenía ni idea hasta que

great solitude—and the whisper had proved irresistibly fascinating. It echoed loudly within him because he was hollow at the core. . . . I put down the glass, and the head that had appeared near enough to be spoken to seemed at once to have leaped away from me into inaccessible distance.

«The admirer of Mr. Kurtz was a bit crestfallen. In a hurried, indistinct voice he began to assure me he had not dared to take these—say, symbols—down. He was not afraid of the natives; they would not stir till Mr. Kurtz gave the word. His ascendency was extraordinary. The camps of these people surrounded the place, and the chiefs came every day to see him. They would crawl. . . . 'I don't want to know anything of the ceremonies used when approaching Mr. Kurtz,' I shouted. Curious, this feeling that came over me that such details would be more intolerable than those heads drying on the stakes under Mr. Kurtz's windows. After all, that was only a savage sight, while I seemed at one bound to have been transported into some lightless region of subtle horrors, where pure, uncomplicated savagery was a positive relief, being something that had a right to exist—obviously—in the sunshine. The young man looked at me with surprise. I suppose it did not occur to him Mr. Kurtz was no idol of mine. He forgot I hadn't heard any of these splendid monologues on, what was it? on love, justice, conduct of life—or what not. If it had come to crawling before Mr. Kurtz, he crawled as much as the veriest savage of them all. I had no idea of the conditions, he said: these heads were the heads of rebels. I shocked him excessively by laughing. Rebels! What would be the next definition I was to hear? There had been enemies, criminals, workers—and these were rebels. Those rebellious heads looked very subdued to me on their sticks. 'You don't know how such a life tries a man like Kurtz,' cried Kurtz's last disciple. 'Well, and you?' I said. 'I! I! I am a simple man. I have no great thoughts. I want nothing from anybody. How can you compare me to . . .?' His feelings were too much for speech, and suddenly he broke down. 'I don't understand,' he groaned. 'I've been doing my best to keep him alive, and that's enough. I had no hand in all this. I have no abilities. There hasn't been a drop of medicine or a mouthful of invalid food for months here. He was shamefully abandoned. A man like this, with such ideas. Shamefully! Shamefully! I—I—haven't slept for the last ten nights. . . .'

se asesoró con esa gran soledad... y el susurro había resultado irresistiblemente fascinante. Resonaba con fuerza en su interior porque estaba vacío en sus adentros... Bajé los prismáticos, y la cabeza que había aparecido lo suficientemente cerca como para que le hablara, parecía haber saltado de inmediato hacia una distancia inaccesible.

«El admirador del señor Kurtz estaba un poco cabizbajo. Con voz apresurada e indistinta comenzó a asegurar que no se había atrevido a tomar estos... digamos... símbolos. No temía a los nativos; no se moverían de su lugar hasta que el señor Kurtz diera la orden. Su ascendencia era extraordinaria. Los campamentos de esta gente rodeaban el lugar y los jefes venían todos los días a verlo. Se arrastraban... "No quiero saber nada de las ceremonias que se utilizan al acercarse al señor Kurtz", grité. Es curioso este sentimiento que me invadió de que tales detalles serían más intolerables que esas cabezas secándose en las estacas bajo las ventanas del señor Kurtz. Al fin y al cabo, aquello no era más que una visión salvaje, mientras que yo parecía haber sido transportado a una región sin luz de horrores sutiles, donde el salvajismo puro y sin complicaciones era un alivio positivo, al ser algo que tenía derecho a existir —obviamente— a la luz del sol. El joven me miró con sorpresa. Supongo que no se le ocurrió que el señor Kurtz no era un ídolo mío. Olvidó que no había escuchado ninguno de esos espléndidos monólogos sobre, ¿qué era? sobre el amor, la justicia, la conducta de la vida... o lo que sea. Si se trataba de arrastrarse ante el señor Kurtz, él se arrastraba tanto como el más salvaje de todos. Me dijo que yo no tenía ni idea de las condiciones: estas cabezas eran las de los rebeldes. Le sorprendí mucho al reírme. ¡Rebeldes! ¿Cuál sería la siguiente definición que iba a escuchar? Había enemigos, criminales, trabajadores... y estos eran rebeldes. Aquellas cabezas rebeldes me parecieron muy sumisas en sus palos. "Usted no sabe cómo una vida así pone a prueba a un hombre como Kurtz", gritó el último discípulo de Kurtz. "Bueno, ¿y usted?", dije. "¡Yo! ¡Yo! Soy un hombre sencillo. No tengo grandes pensamientos. No quiero nada de nadie. ¿Cómo puede compararme con...?". Sus sentimientos eran demasiado fuertes para hablar, y de repente se quebró. "No lo entiendo", gimió. "He hecho todo lo posible para mantenerlo con vida y eso es suficiente. No tengo nada que ver con todo esto. No tengo ninguna habilidad. Hace meses que no hay una gota de medicina ni un bocado de comida apta para inválidos. Fue abandonado vergonzosamente. Un hombre así, con semejantes ideas. ¡Es vergonzo-

«His voice lost itself in the calm of the evening. The long shadows of the forest had slipped down hill while we talked, had gone far beyond the ruined hovel, beyond the symbolic row of stakes. All this was in the gloom, while we down there were yet in the sunshine, and the stretch of the river abreast of the clearing glittered in a still and dazzling splendor, with a murky and over-shadowed bend above and below. Not a living soul was seen on the shore. The bushes did not rustle.

«Suddenly round the corner of the house a group of men appeared, as though they had come up from the ground. They waded waist-deep in the grass, in a compact body, bearing an improvised stretcher in their midst. Instantly, in the emptiness of the landscape, a cry arose whose shrillness pierced the still air like a sharp arrow flying straight to the very heart of the land; and, as if by enchantment, streams of human beings—of naked human beings—with spears in their hands, with bows, with shields, with wild glances and savage movements, were poured into the clearing by the dark-faced and pensive forest. The bushes shook, the grass swayed for a time, and then everything stood still in attentive immobility.

«'Now, if he does not say the right thing to them we are all done for,' said the Russian at my elbow. The knot of men with the stretcher had stopped too, half-way to the steamer, as if petrified. I saw the man on the stretcher sit up, lank and with an uplifted arm, above the shoulders of the bearers. 'Let us hope that the man who can talk so well of love in general will find some particular reason to spare us this time,' I said. I resented bitterly the absurd danger of our situation, as if to be at the mercy of that atrocious phantom had been a dishonoring necessity. I could not hear a sound, but through my glasses I saw the thin arm extended commandingly, the lower jaw moving, the eyes of that apparition shining darkly far in its bony head that nodded with grotesque jerks. Kurtz—Kurtz—that means short in German—don't it? Well, the name was as true as everything else in his life—and death. He looked at least seven feet long. His covering had fallen off, and his body emerged from it pitiful and appalling as from

so! ¡Vergonzoso! No he dormido en las últimas diez noches...".

«Su voz se perdió en la calma de la tarde. Las largas sombras del bosque se habían deslizado colina abajo mientras hablábamos, habían ido más allá de la casucha en ruinas, más allá de la simbólica hilera de estacas. Todo esto ocurría en la penumbra, mientras que nosotros, allá abajo, seguíamos bajo la luz del sol, y la franja del río situada al lado del claro brillaba con un esplendor tranquilo y deslumbrante, con un recodo turbio y ensombrecido por encima y por debajo. No se veía un alma viviente en la orilla. Los arbustos no se agitaban.

«De repente, al otro lado de la esquina de la casa apareció un grupo de hombres, como si hubieran surgido del suelo. Se metieron hasta la cintura en la hierba, formando un cuerpo compacto, llevando una camilla improvisada entre ellos. Al instante, en el vacío del paisaje, surgió un grito cuya estridencia atravesó el aire quieto como una flecha afilada que volara directa al corazón mismo de la Tierra; y, como por encanto, corrientes de seres humanos... de seres humanos desnudos... con lanzas en las manos, con arcos, con escudos, con miradas salvajes y movimientos salvajes, se vertieron en el claro, por el bosque de rostro oscuro y pensativo. Los arbustos se agitaron, la hierba se balanceó durante un tiempo, y luego todo se detuvo en atenta inmovilidad.

«"Ahora, si no les dice lo correcto, estamos todos perdidos", dijo el ruso a mi lado. El grupo de hombres con la camilla se había detenido también, a medio camino del barco, como si estuviera petrificado. Vi que el hombre de la camilla se incorporaba, desgarbado y con un brazo levantado, por encima de los hombros de los portadores. "Esperemos que el hombre que sabe hablar tan bien del amor en general encuentre alguna razón particular para perdonarnos esta vez", dije. Me molestaba amargamente el absurdo peligro de nuestra situación, como si estar a merced de aquel atroz fantasma hubiera sido una necesidad deshonrosa. No pude oír ningún sonido, pero a través de mis prismáticos vi el delgado brazo extendido de forma dominante, la mandíbula inferior moviéndose, los ojos de aquella aparición brillando oscuramente en su huesuda cabeza que asentía con grotescas sacudidas. Kurtz... Kurtz... significa corto en alemán, ¿no es así? Bueno, el nombre era tan cierto como todo lo demás en su vida... y muer-

a winding-sheet. I could see the cage of his ribs all astir, the bones of his arm waving. It was as though an animated image of death carved out of old ivory had been shaking its hand with menaces at a motionless crowd of men made of dark and glittering bronze. I saw him open his mouth wide—it gave him a weirdly voracious aspect, as though he had wanted to swallow all the air, all the earth, all the men before him. A deep voice reached me faintly. He must have been shouting. He fell back suddenly. The stretcher shook as the bearers staggered forward again, and almost at the same time I noticed that the crowd of savages was vanishing without any perceptible movement of retreat, as if the forest that had ejected these beings so suddenly had drawn them in again as the breath is drawn in a long aspiration.

«Some of the pilgrims behind the stretcher carried his arms—two shot-guns, a heavy rifle, and a light revolver-carbine—the thunderbolts of that pitiful Jupiter. The manager bent over him murmuring as he walked beside his head. They laid him down in one of the little cabins—just a room for a bed-place and a camp-stool or two, you know. We had brought his belated correspondence, and a lot of torn envelopes and open letters littered his bed. His hand roamed feebly amongst these papers. I was struck by the fire of his eyes and the composed languor of his expression. It was not so much the exhaustion of disease. He did not seem in pain. This shadow looked satiated and calm, as though for the moment it had had its fill of all the emotions.

«He rustled one of the letters, and looking straight in my face said, 'I am glad.' Somebody had been writing to him about me. These special recommendations were turning up again. The volume of tone he emitted without effort, almost without the trouble of moving his lips, amazed me. A voice! a voice! It was grave, profound, vibrating, while the man did not seem capable of a whisper. However, he had enough strength in him—factitious no doubt—to very nearly make an end of us, as you shall hear directly.

«The manager appeared silently in the doorway; I stepped out at

te. Parecía medir por lo menos siete pies. Su manto se había caído, y su cuerpo emergía de él lastimero y espantoso como de una sábana enrollada. Podía ver la caja de sus costillas completamente exaltada, los huesos de su brazo agitándose. Era como si una imagen animada de la muerte, tallada en marfil antiguo, hubiera estado agitando su mano amenazante hacia una multitud inmóvil de hombres hechos de bronce oscuro y brillante. Le vi abrir la boca de par en par... le daba un aspecto extrañamente voraz, como si hubiera querido tragarse todo el aire, toda la tierra, todos los hombres que tenía delante. Una voz profunda llegó hasta mí débilmente.Debe haber estado gritando. Cayó repentinamente hacia atrás. La camilla se agitó cuando los portadores volvieron a tambalearse hacia delante, y casi al mismo tiempo me di cuenta de que la multitud de salvajes se desvanecía sin ningún movimiento perceptible de retirada, como si el bosque que había expulsado a estos seres tan repentinamente los hubiera atraído de nuevo como se recoge el aliento en una larga inspiración.

«Algunos de los peregrinos que estaban detrás de la camilla llevaban sus armas —dos escopetas, un rifle pesado y un revólver ligero—, los truenos de aquel lamentable Júpiter. El director se inclinó sobre él murmurando mientras caminaba junto a su cabeza. Lo acostaron en una de las pequeñas cabinas... apenas había espacio para una cama y un taburete de campamento o dos, ya saben. Habíamos traído su correspondencia tardía, y un montón de sobres rotos y cartas abiertas ensuciaban su cama. Su mano vagaba débilmente entre esos papeles. Me llamó la atención el fuego de sus ojos y la languidez compuesta de su expresión. No era tanto el agotamiento de la enfermedad. No parecía sufrir. Esta sombra parecía saciada y tranquila, como si por el momento se hubiera colmado de todas las emociones.

«Agitó una de las cartas y, mirándome a la cara, me dijo: "Me alegro". Alguien le había escrito sobre mí. Esas recomendaciones especiales volvían a aparecer. El volumen del tono que emitía sin esfuerzo, casi sin la molestia de mover los labios, me sorprendió. ¡Una voz! ¡Una voz! Era grave, profunda, vibrante, mientras que el hombre no parecía capaz de un susurro. Sin embargo, tenía suficiente fuerza —facticia, sin duda— como para estar a punto de acabar con nosotros, tal y como lo oirán directamente.

«El director apareció silenciosamente en la puerta; salí de inme-

once and he drew the curtain after me. The Russian, eyed curiously by the pilgrims, was staring at the shore. I followed the direction of his glance.

«Dark human shapes could be made out in the distance, flitting indistinctly against the gloomy border of the forest, and near the river two bronze figures, leaning on tall spears, stood in the sunlight under fantastic headdresses of spotted skins, warlike and still in statuesque repose. And from right to left along the lighted shore moved a wild and gorgeous apparition of a woman.

«She walked with measured steps, draped in striped and fringed cloths, treading the earth proudly, with a slight jingle and flash of barbarous ornaments. She carried her head high; her hair was done in the shape of a helmet; she had brass leggings to the knee, brass wire gauntlets to the elbow, a crimson spot on her tawny cheek, innumerable necklaces of glass beads on her neck; bizarre things, charms, gifts of witch-men, that hung about her, glittered and trembled at every step. She must have had the value of several elephant tusks upon her. She was savage and superb, wild-eyed and magnificent; there was something ominous and stately in her deliberate progress. And in the hush that had fallen suddenly upon the whole sorrowful land, the immense wilderness, the colossal body of the fecund and mysterious life seemed to look at her, pensive, as though it had been looking at the image of its own tenebrous and passionate soul.

«She came abreast of the steamer, stood still, and faced us. Her long shadow fell to the water's edge. Her face had a tragic and fierce aspect of wild sorrow and of dumb pain mingled with the fear of some struggling, half-shaped resolve. She stood looking at us without a stir and like the wilderness itself, with an air of brooding over an inscrutable purpose. A whole minute passed, and then she made a step forward. There was a low jingle, a glint of yellow metal, a sway of fringed draperies, and she stopped as if her heart had failed her. The young fellow by my side growled. The pilgrims murmured at my back. She looked at us all as if her life had depended upon the unswerving steadiness of her glance. Suddenly she opened her bared arms and threw them up rigid above her head, as though in an uncontrollable desire to touch the sky, and at the same time the swift shadows darted out

diato y él corrió la cortina tras de mí. El ruso, observado con curiosidad por los peregrinos, miraba fijamente a la orilla. Seguí la dirección de su mirada.

«A lo lejos se distinguían oscuras formas humanas que se agitaban indistintamente contra el sombrío límite del bosque, y cerca del río dos figuras de bronce, apoyadas en altas lanzas, se erguían a la luz del sol bajo fantásticos tocados de pieles manchadas, belicosas y aún en reposo estatuario. Y de derecha a izquierda, a lo largo de la orilla iluminada, se movía una salvaje y hermosa aparición de mujer.

«Caminaba con pasos medidos, ataviada con telas a rayas y flecos, pisando la tierra con orgullo, con un ligero tintineo y destello de adornos bárbaros. Llevaba la cabeza en alto; su pelo estaba peinado a manera de yelmo; tenía polainas de bronce hasta la rodilla, guanteletes de alambre de bronce hasta el codo, una mancha carmesí en su mejilla leonada, innumerables collares de cuentas de vidrio en el cuello; cosas extrañas, amuletos, regalos de los hombres brujos, que colgaban de ella, brillaban y temblaban a cada paso. Debía tener sobre ella el valor de varios colmillos de elefante. Era feroz y soberbia, de ojos salvajes y magníficos; había algo ominoso y majestuoso en su deliberado avance. Y en el silencio que había caído repentinamente sobre toda la tierra dolorosa, sobre la inmensa selva, el cuerpo colosal de la vida fecunda y misteriosa parecía mirarla, pensativo, como si hubiera estado mirando la imagen de su propia alma tenebrosa y apasionada.

«Llegó a la altura del vapor, se detuvo y se puso de cara a nosotros. Su larga sombra caía hasta el borde del agua. Su rostro tenía un aspecto trágico y feroz, de tristeza salvaje y de mudo dolor, mezclado con el temor de una resolución a medias. Se quedó mirándonos sin inmutarse y, como la propia selva, con un aire de estar rumiando un propósito inescrutable. Pasó un minuto entero y luego dio un paso adelante. Se oyó un tintineo bajo, un destello de metal amarillo, un vaivén de cortinas con flecos, y ella se detuvo como si le hubiera fallado el corazón. El joven a mi lado gruñó. Los peregrinos murmuraron a mi espalda. Ella nos miró a todos como si su vida dependiera de la firmeza de su mirada. De repente abrió los brazos desnudos y los levantó rígidos por encima de su cabeza, como si tuviera un deseo incontrolable de tocar el cielo, y, al mismo tiempo, las sombras rápi-

on the earth, swept around on the river, gathering the steamer into a shadowy embrace. A formidable silence hung over the scene.

«She turned away slowly, walked on, following the bank, and passed into the bushes to the left. Once only her eyes gleamed back at us in the dusk of the thickets before she disappeared.

«'If she had offered to come aboard I really think I would have tried to shoot her,' said the man of patches, nervously. 'I had been risking my life every day for the last fortnight to keep her out of the house. She got in one day and kicked up a row about those miserable rags I picked up in the storeroom to mend my clothes with. I wasn't decent. At least it must have been that, for she talked like a fury to Kurtz for an hour, pointing at me now and then. I don't understand the dialect of this tribe. Luckily for me, I fancy Kurtz felt too ill that day to care, or there would have been mischief. I don't understand.... No—it's too much for me. Ah, well, it's all over now.'

«At this moment I heard Kurtz's deep voice behind the curtain, 'Save me!—save the ivory, you mean. Don't tell me. Save me! Why, I've had to save you. You are interrupting my plans now. Sick! Sick! Not so sick as you would like to believe. Never mind. I'll carry my ideas out yet—I will return. I'll show you what can be done. You with your little peddling notions—you are interfering with me. I will return. I...'

«The manager came out. He did me the honor to take me under the arm and lead me aside. 'He is very low, very low,' he said. He considered it necessary to sigh, but neglected to be consistently sorrowful. 'We have done all we could for him—haven't we? But there is no disguising the fact, Mr. Kurtz has done more harm than good to the Company. He did not see the time was not ripe for vigorous action. Cautiously, cautiously—that's my principle. We must be cautious yet. The district is closed to us for a time. Deplorable! Upon the whole, the trade will suffer. I don't deny there is a remarkable quantity of ivory—mostly fossil. We must save it, at all events—but look how precarious the position is—and why? Because the method is unsound.' 'Do

damente se lanzaron sobre la tierra, barriendo el río, recogiendo el vapor en un sombrío abrazo. Un formidable silencio se cernía sobre la escena.

«Se apartó lentamente, siguió caminando por la orilla y se internó en los arbustos de la izquierda. Sólo una vez sus ojos nos devolvieron el brillo en el crepúsculo de los matorrales antes de desaparecer.

«"Si hubiera ofrecido subir a bordo, creo realmente que habría intentado dispararle", dijo el hombre de los parches, nervioso. "He estado arriesgando mi vida todos los días durante los últimos quince días para mantenerla fuera de la casa. Ella entró un día y armó un escándalo por esos miserables trapos que recogí en el almacén para remendar mi ropa. Yo no estaba presentable. Al menos debió ser eso, porque habló como una furia con Kurtz durante una hora, señalándome de vez en cuando. No entiendo el dialecto de esta tribu. Por suerte para mí, me imagino que Kurtz se sentía demasiado enfermo ese día como para preocuparse, o habría habido una desgracia. No entiendo... no... es demasiado para mí. Ah, bueno, todo ha terminado ahora".

«En ese momento oí la profunda voz de Kurtz detrás de la cortina: "¡Sálveme!... Salve el marfil, querrá decir. No me diga. ¡Sálveme! Por qué tendría que salvarlo. Ahora está interrumpiendo mis planes. ¡Enfermo! ¡Enfermo! No tan enfermo como le gustaría creer. No importa. Llevaré a cabo mis ideas todavía... volveré. Le mostraré lo que se puede hacer. Usted, con sus pequeñas nociones de venta ambulante... está interfiriendo conmigo. Volveré. Yo...".

«El director salió. Me hizo el honor de tomarme por debajo del brazo y llevarme a un lado. "Está muy mal, muy mal", dijo. Consideró necesario suspirar, pero no mostró la pena esperada. "Hemos hecho todo lo posible por él, ¿no es así? Pero no se puede ocultar el hecho de que el señor Kurtz ha hecho más daño que bien a la Compañía. No ha visto que no era el momento de actuar enérgicamente. Con cautela, con cautela... ese es mi principio. Debemos ser cautelosos todavía. El distrito está cerrado para nosotros durante un tiempo. ¡Deplorable! En general, el comercio sufrirá. No niego que hay una gran cantidad de marfil... sobre todo fósil. Debemos salvarlo, en todo caso... pero vea qué precaria es la posición... y ¿por qué? Porque el método no

you,' said I, looking at the shore, 'call it «unsound method»?' 'Without doubt,' he exclaimed, hotly. 'Don't you?' . . . 'No method at all,' I murmured after a while. 'Exactly,' he exulted. 'I anticipated this. Shows a complete want of judgment. It is my duty to point it out in the proper quarter.' 'Oh,' said I, 'that fellow—what's his name?—the brickmaker, will make a readable report for you.' He appeared confounded for a moment. It seemed to me I had never breathed an atmosphere so vile, and I turned mentally to Kurtz for relief—positively for relief. 'Nevertheless I think Mr. Kurtz is a remarkable man,' I said with emphasis. He started, dropped on me a cold heavy glance, said very quietly, 'He was,' and turned his back on me. My hour of favor was over; I found myself lumped along with Kurtz as a partisan of methods for which the time was not ripe: I was unsound! Ah! but it was something to have at least a choice of nightmares.

«I had turned to the wilderness really, not to Mr. Kurtz, who, I was ready to admit, was as good as buried. And for a moment it seemed to me as if I also were buried in a vast grave full of unspeakable secrets. I felt an intolerable weight oppressing my breast, the smell of the damp earth, the unseen presence of victorious corruption, the darkness of an impenetrable night. . . . The Russian tapped me on the shoulder. I heard him mumbling and stammering something about 'brother seaman—couldn't conceal—knowledge of matters that would affect Mr. Kurtz's reputation.' I waited. For him evidently Mr. Kurtz was not in his grave; I suspect that for him Mr. Kurtz was one of the immortals. 'Well!' said I at last, 'speak out. As it happens, I am Mr. Kurtz's friend—in a way.'

«He stated with a good deal of formality that had we not been 'of the same profession,' he would have kept the matter to himself without regard to consequences. 'He suspected there was an active ill-will towards him on the part of these white men that—' 'You are right,' I said, remembering a certain conversation I had overheard. 'The manager thinks you ought to be hanged.' He showed a concern at this intelligence which amused me at first. 'I had better get out of the way quietly,' he said, earnestly. 'I can do no more for Kurtz now, and they would soon find some excuse. What's to stop them? There's a military post three hundred miles from here.' 'Well, upon my word,'

es sólido". "Usted", dije, mirando a la orilla, "lo llama 'método poco sólido'". "Sin duda", exclamó, acaloradamente. "¿No lo llama así usted?"... "No es un método, en absoluto", murmuré después de un rato. "Exactamente", se alegró. "Me anticipé a esto. Muestra una completa falta de juicio. Es mi deber señalarlo en el lugar adecuado". "Oh", dije, "ese tipo... ¿cómo se llama?... el fabricante de ladrillos, hará un informe legible para usted". Pareció confundido por un momento. Me pareció que yo nunca había respirado una atmósfera tan vil, y me dirigí mentalmente a Kurtz en busca de alivio... de alivio. "No obstante, creo que el señor Kurtz es un hombre extraordinario", dije con énfasis. Se sobresaltó, me dirigió una mirada fría y pesada, dijo en voz baja "lo era", y me dio la espalda. Mi hora de favor se había acabado; me encontré en el mismo grupo que Kurtz, como partidario de métodos para los que no había llegado el momento: ¡yo no era sólido! Ah, pero era bueno tener al menos una opción entre las pesadillas.

«Me había vuelto hacia la selva, realmente, no hacia el señor Kurtz, quien, yo estaba dispuesto a admitir, era como si ya estuviera enterrado. Y por un momento me pareció que yo también estaba enterrado en una vasta tumba llena de secretos indecibles. Sentí un peso intolerable que me oprimía el pecho, el olor de la tierra húmeda, la presencia invisible de la corrupción victoriosa, la oscuridad de una noche impenetrable... El ruso me tocó en el hombro. Le oí murmurar y tartamudear algo como "hermano marinero... no podía ocultar... el conocimiento de asuntos que afectarían a la reputación del señor Kurtz". Esperé. Para él, evidentemente, el señor Kurtz no estaba en su tumba; sospecho que para él el señor Kurtz era uno de los inmortales. "Bien...", dije por fin, "hable. Resulta que soy amigo del señor Kurtz, de cierto modo".

«Afirmó con mucha formalidad que si no hubiéramos tenido "la misma profesión", se habría guardado el asunto para sí mismo sin importar las consecuencias. "Sospechaba que había una mala voluntad activa hacia él por parte de esos hombres blancos que...". "Tiene razón", dije, recordando cierta conversación que había escuchado. "El director cree que usted debería ser colgado". Mostró una preocupación por esta información que al principio me divirtió. "Será mejor que me quite de en medio tranquilamente", dijo con seriedad. "Ya no puedo hacer nada más por Kurtz, y pronto encontrarán alguna excusa. ¿Qué puede detenerlos? Hay un puesto militar a trescientas

said I, 'perhaps you had better go if you have any friends amongst the savages near by.' 'Plenty,' he said. 'They are simple people—and I want nothing, you know.' He stood biting his lips, then: 'I don't want any harm to happen to these whites here, but of course I was thinking of Mr. Kurtz's reputation—but you are a brother seaman and—' 'All right,' said I, after a time. 'Mr. Kurtz's reputation is safe with me.' I did not know how truly I spoke.

«He informed me, lowering his voice, that it was Kurtz who had ordered the attack to be made on the steamer. 'He hated sometimes the idea of being taken away—and then again.... But I don't understand these matters. I am a simple man. He thought it would scare you away—that you would give it up, thinking him dead. I could not stop him. Oh, I had an awful time of it this last month.' 'Very well,' I said. 'He is all right now.' 'Ye-e-es,' he muttered, not very convinced apparently. 'Thanks,' said I; 'I shall keep my eyes open.' 'But quiet—eh?' he urged, anxiously. 'It would be awful for his reputation if anybody here—' I promised a complete discretion with great gravity. 'I have a canoe and three black fellows waiting not very far. I am off. Could you give me a few Martini-Henry cartridges?' I could, and did, with proper secrecy. He helped himself, with a wink at me, to a handful of my tobacco. 'Between sailors—you know—good English tobacco.' At the door of the pilot-house he turned round—' I say, haven't you a pair of shoes you could spare?' He raised one leg. 'Look.' The soles were tied with knotted strings sandal-wise under his bare feet. I rooted out an old pair, at which he looked with admiration before tucking it under his left arm. One of his pockets (bright red) was bulging with cartridges, from the other (dark blue) peeped 'Towson's Inquiry,' &c., &c. He seemed to think himself excellently well equipped for a renewed encounter with the wilderness. 'Ah! I'll never, never meet such a man again. You ought to have heard him recite poetry—his own too it was, he told me. Poetry!' He rolled his eyes at the recollection of these delights. 'Oh, he enlarged my mind!' 'Goodby,' said I. He shook hands and vanished in the night. Sometimes I ask myself whether I had ever really seen him—whether it was possible to meet such a phenomenon!...

«When I woke up shortly after midnight his warning came to my

millas de aquí". "Bueno, en mi opinión", dije, "tal vez sea mejor que se vaya si tiene algún amigo entre los salvajes cercanos". "Muchos", dijo. "Son gente sencilla... y yo no quiero nada para mí, ya lo sabe". Se quedó mordiéndose los labios, entonces dijo "no quiero que les ocurra ningún daño a estos blancos, pero, por supuesto, estaba pensando en la reputación del señor Kurtz... pero usted es un hermano marinero y...". "Está bien", dije, después de un rato. "La reputación del señor Kurtz está a salvo conmigo". Yo no sabía con cuánta verdad hablaba.

«Me informó, bajando la voz, que había sido Kurtz quien había ordenado atacar el vapor. "Odiaba a veces la idea de que le llevaran... y luego otra vez... pero yo no entiendo estos asuntos. Soy un hombre sencillo. Pensó que los asustaría... que lo abandonarían, dándolo por muerto. No pude detenerlo. Lo he pasado muy mal este último mes". "Muy bien", dije. "Ahora está bien". "Sí... sí", murmuró, aparentemente no muy convencido. "Gracias", dije. "Mantendré los ojos abiertos". "Pero que no se hable, ¿eh?", insistió él con ansiedad. "Sería terrible para su reputación que alguien de aquí...". Prometí, con gran gravedad, una completa discreción. "Tengo una canoa y tres compañeros negros esperando no muy lejos. Me voy. ¿Podría darme algunos cartuchos Martini-Henry?". Podía, y lo hice, con el debido secreto. Él se sirvió, guiñándome un ojo, de un puñado de mi tabaco. "Entre marinos... ya sabe... buen tabaco inglés". En la puerta de la caseta del piloto se dio la vuelta... "Digo, ¿no tiene un par de zapatos que le sobren?". Levantó una pierna. "Mire". Las suelas estaban atadas con cuerdas anudadas bajo sus pies descalzos. Saqué un par de zapatos viejos, que él miró con admiración antes de metérselos bajo el brazo izquierdo. Uno de sus bolsillos (rojo brillante) estaba repleto de cartuchos, del otro (azul oscuro) asomaba la *Investigación*... de Towson. Parecía creerse excelentemente bien equipado para un nuevo encuentro con lo salvaje. "Nunca, nunca volveré a encontrarme con un hombre así. Tendría que haberle oído recitar poesía... él mismo la había escrito, según me dijo. Poesía". Puso los ojos en blanco al recordar estas delicias. "¡Oh, él amplió mi mente!". "Adiós", le dije. Me dio la mano y desapareció en la noche. A veces me pregunto si lo he visto realmente... ¡si era posible encontrarse con un fenómeno así!...

«Cuando me desperté poco después de la medianoche, me vino a

mind with its hint of danger that seemed, in the starred darkness, real enough to make me get up for the purpose of having a look round. On the hill a big fire burned, illuminating fitfully a crooked corner of the station-house. One of the agents with a picket of a few of our blacks, armed for the purpose, was keeping guard over the ivory; but deep within the forest, red gleams that wavered, that seemed to sink and rise from the ground amongst confused columnar shapes of intense blackness, showed the exact position of the camp where Mr. Kurtz's adorers were keeping their uneasy vigil. The monotonous beating of a big drum filled the air with muffled shocks and a lingering vibration. A steady droning sound of many men chanting each to himself some weird incantation came out from the black, flat wall of the woods as the humming of bees comes out of a hive, and had a strange narcotic effect upon my half-awake senses. I believe I dozed off leaning over the rail, till an abrupt burst of yells, an overwhelming outbreak of a pent-up and mysterious frenzy, woke me up in a bewildered wonder. It was cut short all at once, and the low droning went on with an effect of audible and soothing silence. I glanced casually into the little cabin. A light was burning within, but Mr. Kurtz was not there.

«I think I would have raised an outcry if I had believed my eyes. But I didn't believe them at first—the thing seemed so impossible. The fact is I was completely unnerved by a sheer blank fright, pure abstract terror, unconnected with any distinct shape of physical danger. What made this emotion so overpowering was—how shall I define it?—the moral shock I received, as if something altogether monstrous, intolerable to thought and odious to the soul, had been thrust upon me unexpectedly. This lasted of course the merest fraction of a second, and then the usual sense of commonplace, deadly danger, the possibility of a sudden onslaught and massacre, or something of the kind, which I saw impending, was positively welcome and composing. It pacified me, in fact, so much, that I did not raise an alarm.

«There was an agent buttoned up inside an ulster and sleeping on a chair on deck within three feet of me. The yells had not awakened him; he snored very slightly; I left him to his slumbers and leaped

la mente su advertencia y su insinuación de peligro que parecía, en la oscuridad estrellada, lo suficientemente real como para hacerme levantar con el propósito de echar un vistazo. En la colina ardía una gran hoguera que iluminaba de forma irregular un rincón torcido de la estación. Uno de los agentes con un piquete de unos cuantos de nuestros negros, armados al efecto, vigilaba el marfil; pero en lo más profundo del bosque, unos destellos rojos que vacilaban, que parecían hundirse y levantarse del suelo entre confusas formas columnares de intensa negrura, mostraban la posición exacta del campamento donde los adoradores del señor Kurtz mantenían su inquieta vigilia. El monótono batir de un gran tambor llenaba el aire de choques amortiguados y de una vibración persistente. Un zumbido constante de muchos hombres cantando cada uno para sí mismo algún extraño encantamiento salió de la pared negra y plana del bosque como el zumbido de las abejas sale de una colmena, y tuvo un extraño efecto narcótico sobre mis sentidos semidespiertos. Creo que me quedé dormido inclinado sobre la barandilla, hasta que una abrupta ráfaga de gritos, un abrumador estallido de un frenesí reprimido y misterioso, me despertó con un asombro desconcertante. Se cortó de golpe, y el bajo zumbido continuó con un efecto de silencio audible y tranquilizador. Miré casualmente hacia la pequeña cabina. Había una luz encendida, pero el señor Kurtz no estaba allí.

«Creo que habría lanzado un grito si hubiera creído a mis ojos. Pero al principio no les creí... la cosa parecía tan imposible. El hecho es que me sentí completamente desconcertado por un puro susto vacío, puro terror abstracto, sin relación con ninguna forma distinta de peligro físico. Lo que hizo que esta emoción fuera tan abrumadora fue —¿cómo definirlo?— la conmoción moral que recibí, como si algo totalmente monstruoso, intolerable para el pensamiento y odioso para el alma, hubiera sido arrojado sobre mí inesperadamente. Esto duró, por supuesto, la más mínima fracción de segundo, y entonces la habitual sensación de peligro común y mortal, la posibilidad de una repentina embestida y una masacre, o algo por el estilo, que veía inminente, fue positivamente bienvenida y tranquilizadora. De hecho, me tranquilizó tanto que no di la alarma.

«Había un agente abotonado, dentro de un Ulster, durmiendo en una silla sobre la cubierta a menos de tres pies de mí. Los gritos no lo habían despertado; roncaba muy levemente; lo dejé dormir y sal-

ashore. I did not betray Mr. Kurtz—it was ordered I should never betray him—it was written I should be loyal to the nightmare of my choice. I was anxious to deal with this shadow by myself alone,—and to this day I don't know why I was so jealous of sharing with anyone the peculiar blackness of that experience.

«As soon as I got on the bank I saw a trail—a broad trail through the grass. I remember the exultation with which I said to myself, 'He can't walk—he is crawling on all-fours—I've got him.' The grass was wet with dew. I strode rapidly with clenched fists. I fancy I had some vague notion of falling upon him and giving him a drubbing. I don't know. I had some imbecile thoughts. The knitting old woman with the cat obtruded herself upon my memory as a most improper person to be sitting at the other end of such an affair. I saw a row of pilgrims squirting lead in the air out of Winchesters held to the hip. I thought I would never get back to the steamer, and imagined myself living alone and unarmed in the woods to an advanced age. Such silly things—you know. And I remember I confounded the beat of the drum with the beating of my heart, and was pleased at its calm regularity.

«I kept to the track though—then stopped to listen. The night was very clear: a dark blue space, sparkling with dew and starlight, in which black things stood very still. I thought I could see a kind of motion ahead of me. I was strangely cocksure of everything that night. I actually left the track and ran in a wide semicircle (I verily believe chuckling to myself) so as to get in front of that stir, of that motion I had seen—if indeed I had seen anything. I was circumventing Kurtz as though it had been a boyish game.

«I came upon him, and, if he had not heard me coming, I would have fallen over him too, but he got up in time. He rose, unsteady, long, pale, indistinct, like a vapor exhaled by the earth, and swayed slightly, misty and silent before me; while at my back the fires loomed between the trees, and the murmur of many voices issued from the forest. I had cut him off cleverly; but when actually confronting him I seemed to come to my senses, I saw the danger in its right proportion. It was by no means over yet. Suppose he began to shout? Though he could hardly stand, there was still plenty of vigor in his voice. 'Go

té a tierra. No traicioné al señor Kurtz... estaba ordenado que nunca lo traicionara... estaba escrito que debía ser leal a la pesadilla de mi elección. Estaba ansioso por lidiar con esta sombra a solas... y hasta el día de hoy no sé por qué estaba tan celoso de compartir con alguien la peculiar negrura de esa experiencia.

«En cuanto llegué a la orilla, vi un rastro... un amplio rastro entre la hierba. Recuerdo la exultación con la que me dije "no puede caminar... se arrastra a cuatro patas... lo tengo". La hierba estaba mojada por el rocío. Caminé rápidamente con los puños cerrados. Creo que tenía una vaga idea de caer sobre él y darle una paliza. No lo sé. Tuve algunos pensamientos imbéciles. La vieja tejedora con el gato se impuso en mi memoria como la persona más impropia para estar sentada en el otro extremo de un asunto así. Vi una hilera de peregrinos lanzando chorros de plomo al aire desde Winchesters sostenidos en la cadera. Pensé que nunca volvería al vapor, y me imaginé viviendo solo y desarmado en el bosque hasta una edad avanzada. Cosas así de tontas... ya saben. Y recuerdo que confundí el ritmo del tambor con los latidos de mi corazón, y me alegré de su tranquila regularidad.

«Sin embargo, seguí la pista... y me detuve a escuchar. La noche era muy clara: un espacio azul oscuro, resplandeciente de rocío y luz de estrellas, en el que las cosas negras permanecían muy quietas. Me pareció ver una especie de movimiento delante de mí. Aquella noche estaba extrañamente seguro de todo. De hecho, abandoné la pista y corrí en un amplio semicírculo (creo que me reí para mis adentros) para ponerme delante de ese movimiento que había visto... si es que realmente había visto algo. Estaba rodeando a Kurtz como si se tratara de un juego de niños.

«Me acerqué a él, y, si no me hubiera oído llegar, habría caído también sobre él, pero se levantó a tiempo. Se levantó, inseguro, largo, pálido, indistinto, como un vapor exhalado por la tierra, y se balanceó ligeramente, brumoso y silencioso ante mí; mientras, a mi espalda, los fuegos se asomaban entre los árboles, y el murmullo de muchas voces salía del bosque. Le había cortado el paso astutamente; pero cuando me enfrenté a él me pareció entrar en razón, vi el peligro en su justa medida. Todavía no estaba acabado. ¿Y si se ponía a gritar? Aunque apenas podía mantenerse en pie, todavía había

away—hide yourself,' he said, in that profound tone. It was very awful. I glanced back. We were within thirty yards from the nearest fire. A black figure stood up, strode on long black legs, waving long black arms, across the glow. It had horns—antelope horns, I think—on its head. Some sorcerer, some witch-man, no doubt: it looked fiend-like enough. 'Do you know what you are doing?' I whispered. 'Perfectly,' he answered, raising his voice for that single word: it sounded to me far off and yet loud, like a hail through a speaking-trumpet. 'If he makes a row we are lost,' I thought to myself. This clearly was not a case for fisticuffs, even apart from the very natural aversion I had to beat that Shadow—this wandering and tormented thing. 'You will be lost,' I said—'utterly lost.' One gets sometimes such a flash of inspiration, you know. I did say the right thing, though indeed he could not have been more irretrievably lost than he was at this very moment, when the foundations of our intimacy were being laid—to endure—to endure—even to the end—even beyond.

«'I had immense plans,' he muttered irresolutely. 'Yes,' said I; 'but if you try to shout I'll smash your head with—' There was not a stick or a stone near. 'I will throttle you for good,' I corrected myself. 'I was on the threshold of great things,' he pleaded, in a voice of longing, with a wistfulness of tone that made my blood run cold. 'And now for this stupid scoundrel—' 'Your success in Europe is assured in any case,' I affirmed, steadily. I did not want to have the throttling of him, you understand—and indeed it would have been very little use for any practical purpose. I tried to break the spell—the heavy, mute spell of the wilderness—that seemed to draw him to its pitiless breast by the awakening of forgotten and brutal instincts, by the memory of grati-fied and monstrous passions. This alone, I was convinced, had driven him out to the edge of the forest, to the bush, towards the gleam of fires, the throb of drums, the drone of weird incantations; this alone had beguiled his unlawful soul beyond the bounds of permitted aspi-rations. And, don't you see, the terror of the position was not in being knocked on the head—though I had a very lively sense of that danger too—but in this, that I had to deal with a being to whom I could not ap-peal in the name of anything high or low. I had, even like the niggers, to invoke him—himself his own exalted and incredible degradation. There was nothing either above or below him, and I knew it. He had

mucho vigor en su voz. "Váyase... escóndase", me dijo en aquel tono profundo. Era muy horrible. Miré hacia atrás. Estábamos a menos de treinta yardas del fuego más cercano. Una figura negra se levantó, caminó sobre largas piernas negras, agitando largos brazos negros, a través del resplandor. Tenía cuernos —cuernos de antílope, creo— en la cabeza. Algún hechicero, algún hombre-brujo, sin duda: parecía bastante diabólico. "¿Sabe lo que estás haciendo?", susurré. "Perfectamente", contestó, levantando la voz para esa sola palabra: me sonó lejana y a la vez potente, como un granizo a través de una bocina. "Si hace un escándalo, estamos perdidos", pensé. Estaba claro que no era un caso para pelear a los puños, aparte de la aversión natural que sentía por golpear a esa Sombra... esa cosa errante y atormentada. "Será su perdición", dije... "completamente su perdición". A veces uno tiene un destello de inspiración, ¿saben? Dije lo correcto, aunque en realidad él no podía estar más irremediablemente perdido de lo que estaba en ese preciso momento, cuando se estaban sentando los cimientos de nuestra intimidad... para aguantar... para aguantar... incluso hasta el final... incluso más allá.

«"Yo tenía unos planes inmensos", murmuró irresoluto. "Sí", dije yo, "pero si intenta gritar le aplastaré la cabeza con...". No había ni un palo ni una piedra cerca. "Le estrangularé definitivamente", me corregí. "Estuve en el umbral de las grandes cosas", alegó, con una voz anhelante, con un tono melancólico que me heló la sangre. "Y ahora, por este estúpido sinvergüenza...". "Su éxito en Europa está asegurado en cualquier caso", afirmé, con determinación. No quería estrangularlo, como comprenderán... y de hecho habría servido de muy poco para cualquier propósito práctico. Traté de romper el hechizo, el pesado y mudo hechizo de lo salvaje, que parecía atraerlo a su despiadado seno mediante el despertar de instintos olvidados y brutales, mediante el recuerdo de pasiones gratificadas y monstruosas. Sólo esto, estaba convencido, lo había llevado al borde del bosque, a la maleza, hacia el resplandor de los fuegos, el palpitar de los tambores, el zumbido de extraños conjuros; sólo esto había seducido a su alma ilícita más allá de los límites de las aspiraciones permitidas. Y, ¿no ven ustedes?, lo terrible de la situación no estaba en ser golpeado en la cabeza —aunque también tenía un sentido muy vivo de ese peligro— sino en esto, en que tenía que tratar con un ser al que no podía apelar en nombre de nada, ni alto ni bajo. Tenía, incluso como los negros, que invocarse a él... a él mismo, su propia exaltada e

kicked himself loose of the earth. Confound the man! he had kicked the very earth to pieces. He was alone, and I before him did not know whether I stood on the ground or floated in the air. I've been telling you what we said—repeating the phrases we pronounced,—but what's the good? They were common everyday words,—the familiar, vague sounds exchanged on every waking day of life. But what of that? They had behind them, to my mind, the terrific suggestiveness of words heard in dreams, of phrases spoken in nightmares. Soul! If anybody had ever struggled with a soul, I am the man. And I wasn't arguing with a lunatic either. Believe me or not, his intelligence was perfectly clear—concentrated, it is true, upon himself with horrible intensity, yet clear; and therein was my only chance—barring, of course, the killing him there and then, which wasn't so good, on account of unavoidable noise. But his soul was mad. Being alone in the wilderness, it had looked within itself, and, by heavens! I tell you, it had gone mad. I had—for my sins, I suppose—to go through the ordeal of looking into it myself. No eloquence could have been so withering to one's belief in mankind as his final burst of sincerity. He struggled with himself, too. I saw it,—I heard it. I saw the inconceivable mystery of a soul that knew no restraint, no faith, and no fear, yet struggling blindly with itself. I kept my head pretty well; but when I had him at last stretched on the couch, I wiped my forehead, while my legs shook under me as though I had carried half a ton on my back down that hill. And yet I had only supported him, his bony arm clasped round my neck—and he was not much heavier than a child.

«When next day we left at noon, the crowd, of whose presence behind the curtain of trees I had been acutely conscious all the time, flowed out of the woods again, filled the clearing, covered the slope with a mass of naked, breathing, quivering, bronze bodies. I steamed up a bit, then swung down-stream, and two thousand eyes followed the evolutions of the splashing, thumping, fierce river-demon beating the water with its terrible tail and breathing black smoke into the air. In front of the first rank, along the river, three men, plastered with bright red earth from head to foot, strutted to and fro restlessly. When we came abreast again, they faced the river, stamped their feet, nodded their horned heads, swayed their scarlet bodies; they shook

increíble degradación. No había nada ni por encima ni por debajo de él, y lo sabía. Se había desprendido de la tierra a puntapiés. ¡Maldito sea el hombre! Había hecho pedazos la propia tierra. Él estaba solo, y yo ante él no sabía si estaba en el suelo o flotaba en el aire. Les he contado lo que dijimos... repitiendo las frases que pronunciamos... pero ¿de qué sirve? Eran palabras comunes y corrientes... los sonidos familiares y vagos que se intercambian en cada día de la vida. ¿Pero qué hay de eso? Tenían detrás de ellas, a mi entender, la terrible sugestión de las palabras oídas en los sueños, de las frases pronunciadas en las pesadillas. ¡Alma! Si alguien ha luchado alguna vez con un alma, soy yo. Y tampoco estaba discutiendo con un lunático. Créanme o no, su inteligencia era perfectamente clara... concentrada, es cierto, en sí misma con horrible intensidad, pero clara; y ahí estaba mi única oportunidad... salvo, por supuesto, la de matarlo allí mismo, que no era tan buena, a causa del inevitable ruido. Pero su alma estaba loca. Estando solo en la selva, había mirado dentro de sí mismo, y, ¡por los cielos!, les digo que se había vuelto loca. Tuve —por mis pecados, supongo— que pasar por la prueba de mirarla por mí mismo. Ninguna elocuencia podría haber sido tan fulminante para la creencia en la humanidad como su estallido final de sinceridad. También luchó consigo mismo. Lo vi... lo oí. Vi el misterio inconcebible de un alma que no conocía ni el freno, ni la fe, ni el miedo, pero que luchaba ciegamente consigo misma. Mantuve la calma; pero cuando lo tuve por fin tendido en el lecho, me enjugué la frente, mientras las piernas me temblaban, debajo de mí, como si hubiera cargado media tonelada a la espalda por aquella colina. Y eso que sólo lo había sostenido, con su huesudo brazo agarrado a mi cuello... y él no pesaba mucho más que un niño.

«Cuando al día siguiente salimos a mediodía, la multitud, de cuya presencia detrás de la cortina de árboles yo había sido agudamente consciente todo el tiempo, fluyó de nuevo fuera del bosque, llenó el claro, cubrió la ladera con una masa de cuerpos desnudos que respiraban, temblorosos, de bronce. Remonté un poco, luego giré río abajo, y dos mil ojos siguieron las evoluciones del río-demonio que salpicaba, aporreaba y golpeaba el agua con su terrible cola y exhalaba humo negro en el aire. Frente a la primera hilera, a lo largo del río, tres hombres, cubiertos de tierra roja brillante de pies a cabeza, se pavoneaban de un lado a otro sin descanso. Cuando volvimos a estar a su lado, miraron hacia el río, zapatearon, asintieron con sus ca-

towards the fierce river-demon a bunch of black feathers, a mangy skin with a pendent tail—something that looked like a dried gourd; they shouted periodically together strings of amazing words that resembled no sounds of human language; and the deep murmurs of the crowd, interrupted suddenly, were like the response of some satanic litany.

«We had carried Kurtz into the pilot-house: there was more air there. Lying on the couch, he stared through the open shutter. There was an eddy in the mass of human bodies, and the woman with helmeted head and tawny cheeks rushed out to the very brink of the stream. She put out her hands, shouted something, and all that wild mob took up the shout in a roaring chorus of articulated, rapid, breathless utterance.

«'Do you understand this?' I asked.

«He kept on looking out past me with fiery, longing eyes, with a mingled expression of wistfulness and hate. He made no answer, but I saw a smile, a smile of indefinable meaning, appear on his colorless lips that a moment after twitched convulsively. 'Do I not?' he said slowly, gasping, as if the words had been torn out of him by a supernatural power.

«I pulled the string of the whistle, and I did this because I saw the pilgrims on deck getting out their rifles with an air of anticipating a jolly lark. At the sudden screech there was a movement of abject terror through that wedged mass of bodies. 'Don't! Don't you frighten them away,' cried someone on deck disconsolately. I pulled the string time after time. They broke and ran, they leaped, they crouched, they swerved, they dodged the flying terror of the sound. The three red chaps had fallen flat, face down on the shore, as though they had been shot dead. Only the barbarous and superb woman did not so much as flinch, and stretched tragically her bare arms after us over the somber and glittering river.

«And then that imbecile crowd down on the deck started their little fun, and I could see nothing more for smoke.

bezas cornudas, balancearon sus cuerpos escarlatas; agitaron hacia el feroz río-demonio un manojo de plumas negras, una piel sarnosa con una cola colgante… algo que parecía una calabaza seca; gritaron periódicamente cadenas de palabras asombrosas que no se parecían a ningún sonido del lenguaje humano; y los profundos murmullos de la multitud, interrumpidos de repente, fueron como la respuesta de alguna letanía satánica.

«Habíamos llevado a Kurtz a la caseta del piloto: allí había más aire. Tumbado en el sofá, miró a través de la persiana abierta. Hubo un remolino en la masa de cuerpos humanos, y la mujer con la cabeza de yelmo y las mejillas leonadas se precipitó hasta el mismo borde de la corriente. Extendió las manos y gritó algo, y toda aquella muchedumbre salvaje hizo suyo el grito en un coro rugiente de expresiones articuladas, rápidas y sin aliento.

«"¿Entiende esto?", le pregunté.

«Siguió mirando más allá de mí con ojos ardientes y anhelantes, con una expresión mezclada de nostalgia y odio. No respondió, pero vi aparecer una sonrisa, una sonrisa de significado indefinido, en sus labios incoloros que un momento después se movieron convulsivamente. "¿No es así?", dijo lentamente, jadeando, como si las palabras le hubieran sido arrancadas por un poder sobrenatural.

«Tiré de la cuerda del silbato, y lo hice porque vi que los peregrinos en cubierta sacaban sus rifles con aire de anticipar una alegre algarabía. Al oír el súbito chillido se produjo un movimiento de terror abyecto a través de aquella masa encajonada de cuerpos. "¡No! No los espante", gritó desconsoladamente alguien en cubierta. Tiré de la cuerda una y otra vez. Irrumpieron y corrieron, saltaron, se agazaparon, se desviaron, esquivaron el terror volador del sonido. Los tres pelirrojos habían caído de bruces en la orilla, como si los hubieran matado a tiros. Sólo la bárbara y soberbia mujer no se inmutó, y extendió trágicamente sus brazos desnudos tras nosotros sobre el sombrío y reluciente río.

«Y entonces esa multitud imbécil de la cubierta comenzó su pequeña diversión, y no pude ver nada más por el humo.

«The brown current ran swiftly out of the heart of darkness, bearing us down towards the sea with twice the speed of our upward progress; and Kurtz's life was running swiftly too, ebbing, ebbing out of his heart into the sea of inexorable time. The manager was very placid, he had no vital anxieties now, he took us both in with a comprehensive and satisfied glance: the 'affair' had come off as well as could be wished. I saw the time approaching when I would be left alone of the party of 'unsound method.' The pilgrims looked upon me with disfavor. I was, so to speak, numbered with the dead. It is strange how I accepted this unforeseen partnership, this choice of nightmares forced upon me in the tenebrous land invaded by these mean and greedy phantoms.

«Kurtz discoursed. A voice! a voice! It rang deep to the very last. It survived his strength to hide in the magnificent folds of eloquence the barren darkness of his heart. Oh, he struggled! he struggled! The wastes of his weary brain were haunted by shadowy images now—images of wealth and fame revolving obsequiously round his unextinguishable gift of noble and lofty expression. My Intended, my station, my career, my ideas—these were the subjects for the occasional utterances of elevated sentiments. The shade of the original Kurtz frequented the bedside of the hollow sham, whose fate it was to be buried presently in the mold of primeval earth. But both the diabolic love and the unearthly hate of the mysteries it had penetrated fought for the possession of that soul satiated with primitive emotions, avid of lying fame, of sham distinction, of all the appearances of success and power.

«Sometimes he was contemptibly childish. He desired to have kings meet him at railway-stations on his return from some ghastly Nowhere, where he intended to accomplish great things. 'You show them you have in you something that is really profitable, and then there will be no limits to the recognition of your ability,' he would say. 'Of course you must take care of the motives—right motives—always.' The long reaches that were like one and the same reach, monotonous bends that were exactly alike, slipped past the steamer with their multitude of secular trees looking patiently after this grimy fragment of another world, the forerunner of change, of conquest, of trade, of

«La corriente marrón corría velozmente desde el corazón de las tinieblas, llevándonos hacia el mar con el doble de velocidad que nuestro avance hacia arriba; y la vida de Kurtz también corría velozmente, refluyendo, refluyendo desde su corazón hacia el mar del tiempo inexorable. El director estaba muy apacible, no tenía ahora ninguna inquietud vital, nos contemplaba a los dos con una mirada comprensiva y satisfecha: el "asunto" había salido tan bien como se podía desear. Vi que se acercaba el momento en que me iba a quedar solo en el grupo de "métodos poco sólidos". Los peregrinos me miraban con desagrado. Estaba, por así decirlo, contado entre los muertos. Es extraño cómo acepté esta asociación imprevista, esta elección de pesadillas que se me impuso en la tenebrosa tierra invadida por estos fantasmas mezquinos y codiciosos.

«Kurtz discurrió. ¡Una voz! ¡Una voz! Sonó profundamente hasta el final. Sobrevivió a su fuerza para ocultar en los magníficos pliegues de la elocuencia la estéril oscuridad de su corazón. ¡Oh, cómo luchó! ¡Luchó! Los desechos de su cansado cerebro eran acechados ahora por imágenes sombrías: imágenes de riqueza y fama que giraban obsequiosamente alrededor de su inextinguible don de expresión noble y elevada. Mi Prometida, mi posición, mi carrera, mis ideas: estos eran los temas para las ocasionales expresiones de sentimientos elevados. La sombra del Kurtz original frecuentaba la cabecera de la farsa hueca, cuyo destino era ser enterrado en breve en el molde de la tierra primitiva. Pero tanto el amor diabólico como el odio sobrenatural a los misterios que había penetrado luchaban por la posesión de aquella alma saciada de emociones primitivas, ávida de fama mentirosa, de falsa distinción, de todas las apariencias de éxito y poder.

«A veces era despreciablemente pueril. Deseaba que los reyes se reunieran con él en las estaciones de ferrocarril a su regreso de algún espantoso lugar en el que pretendía realizar grandes cosas. "Demuéstreles que tiene en usted algo realmente provechoso, y entonces no habrá límites para el reconocimiento de su capacidad", decía. "Por supuesto, debe cuidar los motivos, debe tener los motivos correctos, siempre". Los largos tramos que eran como un mismo tramo, curvas monótonas que eran exactamente iguales, se deslizaban al lado del vapor con su multitud de árboles seculares que miraban pacientemente a este fragmento mugriento de otro mundo, precur-

massacres, of blessings. I looked ahead—piloting. 'Close the shutter,' said Kurtz suddenly one day; 'I can't bear to look at this.' I did so. There was a silence. 'Oh, but I will wring your heart yet!' he cried at the invisible wilderness.

«We broke down—as I had expected—and had to lie up for repairs at the head of an island. This delay was the first thing that shook Kurtz's confidence. One morning he gave me a packet of papers and a photo-graph,—the lot tied together with a shoe-string. 'Keep this for me,' he said. 'This noxious fool' (meaning the manager) 'is capable of prying into my boxes when I am not looking.' In the afternoon I saw him. He was lying on his back with closed eyes, and I withdrew quietly, but I heard him mutter, 'Live rightly, die, die . . .' I listened. There was nothing more. Was he rehearsing some speech in his sleep, or was it a fragment of a phrase from some newspaper article? He had been writing for the papers and meant to do so again, 'for the furthering of my ideas. It's a duty.'

«His was an impenetrable darkness. I looked at him as you peer down at a man who is lying at the bottom of a precipice where the sun never shines. But I had not much time to give him, because I was helping the engine-driver to take to pieces the leaky cylinders, to straighten a bent connecting-rod, and in other such matters. I lived in an infernal mess of rust, filings, nuts, bolts, spanners, hammers, ratchet-drills—things I abominate, because I don't get on with them. I tended the little forge we fortunately had aboard; I toiled wearily in a wretched scrap-heap—unless I had the shakes too bad to stand.

«One evening coming in with a candle I was startled to hear him say a little tremulously, 'I am lying here in the dark waiting for death.' The light was within a foot of his eyes. I forced myself to murmur, 'Oh, nonsense!' and stood over him as if transfixed.

«Anything approaching the change that came over his features I have never seen before, and hope never to see again. Oh, I wasn't touched. I was fascinated. It was as though a veil had been rent. I saw

sor del cambio, de la conquista, del comercio, de las masacres, de las bendiciones. Miré hacia delante, pilotando. "Cierre la persiana", dijo un día Kurtz de repente, "no soporto mirar esto". Así lo hice. Hubo un silencio. "¡Oh, pero aún te retorceré el corazón!", gritó a la selva invisible.

«Tuvimos una avería, como yo había previsto, y debimos permanecer en la punta de una isla para repararla. Este retraso fue lo primero que sacudió la confianza de Kurtz. Una mañana me dio un paquete de papeles y una fotografía... todo atado con un cordón de zapato. "Guárdeme esto", me dijo. "Este tonto nocivo", (refiriéndose al director), "es capaz de husmear en mis cajas cuando no estoy mirando". Por la tarde lo vi. Estaba tumbado de espaldas con los ojos cerrados, y me retiré en silencio, pero le oí murmurar, diciendo "vive bien, muere, muere...". Escuché. No había nada más. ¿Estaba ensayando algún discurso en sueños, o era un fragmento de una frase de algún artículo de periódico? Había escrito para los periódicos y tenía la intención de volver a hacerlo, "para promover mis ideas. Es un deber".

«La suya era una tiniebla impenetrable. Le miré como se mira a un hombre que yace en el fondo de un precipicio donde nunca brilla el sol. Pero no tenía mucho tiempo para dedicarle, porque estaba ayudando al maquinista a desmontar las tuberías con fugas, a enderezar una biela doblada y a otras cosas por el estilo. Yo vivía en un lío infernal de óxido, limaduras, tuercas, tornillos, llaves inglesas, martillos, brocas de carraca... cosas que aborrezco, porque no me llevo bien con ellas. Me ocupaba de la pequeña fragua que afortunadamente teníamos a bordo; trabajaba fatigosamente en un miserable montón de chatarra... a menos que tuviera temblores demasiado fuertes como para soportarlos.

«Una noche, al entrar con una vela, me sobresalté al oírle decir, un poco tembloroso, "estoy aquí tumbado en la oscuridad esperando la muerte". La luz estaba a menos de un pie de sus ojos. Me obligué a murmurar "¡oh, tonterías!", y me quedé de pie junto a él como si estuviera paralizado.

«Nunca había visto nada parecido al cambio que se produjo en sus rasgos, y espero no volver a verlo. No me conmovió. Yo estaba fascinado. Fue como si se hubiera rasgado un velo. Vi en ese rostro de

on that ivory face the expression of somber pride, of ruthless power, of craven terror—of an intense and hopeless despair. Did he live his life again in every detail of desire, temptation, and surrender during that supreme moment of complete knowledge? He cried in a whisper at some image, at some vision,—he cried out twice, a cry that was no more than a breath—

«'The horror! The horror!'

«I blew the candle out and left the cabin. The pilgrims were dining in the mess-room, and I took my place opposite the manager, who lifted his eyes to give me a questioning glance, which I successfully ignored. He leaned back, serene, with that peculiar smile of his sealing the unexpressed depths of his meanness. A continuous shower of small flies streamed upon the lamp, upon the cloth, upon our hands and faces. Suddenly the manager's boy put his insolent black head in the doorway, and said in a tone of scathing contempt—

«'Mistah Kurtz—he dead.'

«All the pilgrims rushed out to see. I remained, and went on with my dinner. I believe I was considered brutally callous. However, I did not eat much. There was a lamp in there—light, don't you know—and outside it was so beastly, beastly dark. I went no more near the remarkable man who had pronounced a judgment upon the adventures of his soul on this earth. The voice was gone. What else had been there? But I am of course aware that next day the pilgrims buried something in a muddy hole.

«And then they very nearly buried me.

«However, as you see, I did not go to join Kurtz there and then. I did not. I remained to dream the nightmare out to the end, and to show my loyalty to Kurtz once more. Destiny. My destiny! Droll thing life is—that mysterious arrangement of merciless logic for a futile purpose. The most you can hope from it is some knowledge of yourself—that comes too late—a crop of unextinguishable regrets. I have wrestled with death. It is the most unexciting contest you can imagine. It takes place in an impalpable grayness, with nothing underfoot, with

marfil la expresión de un orgullo sombrío, de un poder despiadado, de un terror cobarde, de una desesperación intensa y desesperada. ¿Volvió a vivir su vida en todos los detalles del deseo, la tentación y la entrega durante ese momento supremo de completo conocimiento? Lloró en un susurro ante alguna imagen, ante alguna visión... gritó dos veces, un grito que no fue más que un suspiro...

«"¡El horror! ¡El horror!"».

«Apagué la vela y salí del camarote. Los peregrinos estaban cenando en el comedor, y yo ocupé mi lugar frente al director, que levantó los ojos para dirigirme una mirada interrogativa que ignoré con éxito. Se recostó, sereno, con esa peculiar sonrisa suya que sellaba las profundidades no expresadas de su maldad. Una lluvia continua de pequeñas moscas caía sobre la lámpara, sobre la tela, sobre nuestras manos y caras. De repente, el muchacho del director asomó su insolente cabeza negra por la puerta y dijo en un tono de desprecio mordaz...

«"Señor Kurtz... él muerto".

«Todos los peregrinos salieron corriendo a ver. Yo me quedé y seguí con mi cena. Creo que me consideraron brutalmente insensible. Sin embargo, no comí mucho. Había una lámpara allí dentro —luz, ustedes saben— y fuera había una oscuridad tan bestial, tan bestial. No me acerqué más al notable hombre que había pronunciado un juicio sobre las aventuras de su alma en esta tierra. La voz había desaparecido. ¿Qué más había habido allí? Pero, por supuesto, sé que al día siguiente los peregrinos enterraron algo en un agujero barroso.

«Y luego por poco me entierran a mí.

«Sin embargo, como ven, no fui a reunirme con Kurtz allí mismo. No lo hice. Me quedé para soñar la pesadilla hasta el final, y para mostrar mi lealtad a Kurtz una vez más. El destino. ¡Mi destino! La vida es una cosa curiosa, esa misteriosa disposición de la lógica despiadada para un propósito inútil. Lo máximo que uno puede esperar de ella es algún conocimiento de sí mismo —que llega demasiado tarde— y una cosecha de arrepentimientos inextinguibles. He luchado con la muerte. Es la contienda menos emocionante que se puedan

nothing around, without spectators, without clamor, without glory, without the great desire of victory, without the great fear of defeat, in a sickly atmosphere of tepid skepticism, without much belief in your own right, and still less in that of your adversary. If such is the form of ultimate wisdom, then life is a greater riddle than some of us think it to be. I was within a hair's-breadth of the last opportunity for pronouncement, and I found with humiliation that probably I would have nothing to say. This is the reason why I affirm that Kurtz was a remarkable man. He had something to say. He said it. Since I had peeped over the edge myself, I understand better the meaning of his stare, that could not see the flame of the candle, but was wide enough to embrace the whole universe, piercing enough to penetrate all the hearts that beat in the darkness. He had summed up—he had judged. 'The horror!' He was a remarkable man. After all, this was the expression of some sort of belief; it had candor, it had conviction, it had a vibrating note of revolt in its whisper, it had the appalling face of a glimpsed truth—the strange commingling of desire and hate. And it is not my own extremity I remember best—a vision of grayness without form filled with physical pain, and a careless contempt for the evanescence of all things—even of this pain itself. No! It is his extremity that I seem to have lived through. True, he had made that last stride, he had stepped over the edge, while I had been permitted to draw back my hesitating foot. And perhaps in this is the whole difference; perhaps all the wisdom, and all truth, and all sincerity, are just compressed into that inappreciable moment of time in which we step over the threshold of the invisible. Perhaps! I like to think my summing-up would not have been a word of careless contempt. Better his cry—much better. It was an affirmation, a moral victory paid for by innumerable defeats, by abominable terrors, by abominable satisfactions. But it was a victory! That is why I have remained loyal to Kurtz to the last, and even beyond, when a long time after I heard once more, not his own voice, but the echo of his magnificent eloquence thrown to me from a soul as translucently pure as a cliff of crystal.

«No, they did not bury me, though there is a period of time which I remember mistily, with a shuddering wonder, like a passage through some inconceivable world that had no hope in it and no desire. I

imaginar. Se desarrolla en una grisura impalpable, sin nada bajo los pies, sin nada alrededor, sin espectadores, sin clamor, sin gloria, sin el gran deseo de la victoria, sin el gran temor de la derrota, en una atmósfera enfermiza de tibio escepticismo, sin creer mucho en su propio derecho, y aún menos en el de su adversario. Si tal es la forma de la sabiduría suprema, entonces la vida es un enigma mayor de lo que algunos pensamos que es. Estuve a punto de tener la última oportunidad de pronunciarme, y descubrí con humillación que probablemente no tendría nada que decir. Esta es la razón por la que afirmo que Kurtz era un hombre extraordinario. Él tenía algo que decir. Lo dijo. Desde que me asomé al borde, entiendo mejor el significado de su mirada, que no podía ver la llama de la vela, pero era lo suficientemente amplia como para abarcar todo el universo, lo suficientemente penetrante como para atravesar todos los corazones que latían en la oscuridad. Él lo había resumido... había juzgado. "¡El horror!". Era un hombre extraordinario. Después de todo, ésta era la expresión de una especie de creencia; tenía candor, tenía convicción, tenía una nota vibrante de revuelta en su susurro, tenía el rostro espantoso de una verdad vislumbrada... la extraña mezcla de deseo y odio. Y no es mi propio extremo lo que mejor recuerdo... una visión de la grisura sin forma, llena de dolor físico, y un descuidado desprecio por la evanescencia de todas las cosas... incluso de este mismo dolor. No. Es su extremo el que me parece haber vivido. Es cierto que él había dado esa última zancada, había cruzado el borde, mientras que a mí se me había permitido retirar mi pie vacilante. Y tal vez en esto radique toda la diferencia; tal vez toda la sabiduría, y toda la verdad, y toda la sinceridad, estén simplemente comprimidas en ese inapreciable momento de tiempo en el que cruzamos el umbral de lo invisible. ¡Quizás! Me gusta pensar que mi resumen no habría sido una palabra de desprecio descuidado. Mejor su grito... mucho mejor. Era una afirmación, una victoria moral pagada con innumerables derrotas, con abominables terrores, con abominables satisfacciones. ¡Pero fue una victoria! Por eso he permanecido fiel a Kurtz hasta el final, e incluso más allá, cuando mucho tiempo después volví a escuchar, no su propia voz, sino el eco de su magnífica elocuencia lanzada hacia mí desde un alma tan translúcida y pura como un acantilado de cristal.

«No, no me enterraron, aunque hay un período de tiempo que recuerdo con nitidez, con una maravilla estremecedora, como un paso por algún mundo inconcebible que no tenía ninguna esperanza ni

found myself back in the sepulchral city resenting the sight of people hurrying through the streets to filch a little money from each other, to devour their infamous cookery, to gulp their unwholesome beer, to dream their insignificant and silly dreams. They trespassed upon my thoughts. They were intruders whose knowledge of life was to me an irritating pretense, because I felt so sure they could not possibly know the things I knew. Their bearing, which was simply the bearing of commonplace individuals going about their business in the assurance of perfect safety, was offensive to me like the outrageous flauntings of folly in the face of a danger it is unable to comprehend. I had no particular desire to enlighten them, but I had some difficulty in restraining myself from laughing in their faces, so full of stupid importance. I dare say I was not very well at that time. I tottered about the streets—there were various affairs to settle—grinning bitterly at perfectly respectable persons. I admit my behavior was inexcusable, but then my temperature was seldom normal in these days. My dear aunt's endeavors to 'nurse up my strength' seemed altogether beside the mark. It was not my strength that wanted nursing, it was my imagination that wanted soothing. I kept the bundle of papers given me by Kurtz, not knowing exactly what to do with it. His mother had died lately, watched over, as I was told, by his Intended. A clean-shaved man, with an official manner and wearing gold-rimmed spectacles, called on me one day and made inquiries, at first circuitous, afterwards suavely pressing, about what he was pleased to denominate certain 'documents.' I was not surprised, because I had had two rows with the manager on the subject out there. I had refused to give up the smallest scrap out of that package, and I took the same attitude with the spectacled man. He became darkly menacing at last, and with much heat argued that the Company had the right to every bit of information about its 'territories.' And, said he, 'Mr. Kurtz's knowledge of unexplored regions must have been necessarily extensive and peculiar—owing to his great abilities and to the deplorable circumstances in which he had been placed: therefore'—I assured him Mr. Kurtz's knowledge, however extensive, did not bear upon the problems of commerce or administration. He invoked then the name of science. 'It would be an incalculable loss if,' &c., &c. I offered him the report on the 'Suppression of Savage Customs,' with the postscriptum torn off. He took it up eagerly, but ended by sniffing at it with an air of contempt. 'This is not what we had a right to expect,' he remarked. 'Expect nothing else,' I said. 'There are only pri-

ningún deseo. Me encontré de vuelta en la ciudad sepulcral resintiendo la visión de la gente que se apresuraba por las calles para robar un poco de dinero a los demás, para devorar su infame cocina, para engullir su insana cerveza, para soñar sus insignificantes y tontos sueños. Se inmiscuían en mis pensamientos. Eran intrusos cuyo conocimiento de la vida era para mí una pretensión irritante, porque estaba seguro de que no podían saber las cosas que yo sabía. Su comportamiento, que era simplemente el de los individuos comunes y corrientes que se dedican a sus negocios con la garantía de una perfecta seguridad, me resultaba ofensivo como los escandalosos alardes de la insensatez ante un peligro que es incapaz de comprender. No tenía ningún deseo especial de iluminarlos, pero me costó un poco contenerme para no reírme en sus caras, tan llenas de estúpida importancia. Me atrevo a decir que no me encontraba muy bien en aquel momento. Me tambaleaba por las calles —había varios asuntos que resolver— sonriendo amargamente a personas perfectamente respetables. Admito que mi comportamiento era inexcusable, pero entonces mi temperatura rara vez era normal en esos días. Los esfuerzos de mi querida tía por "cuidar mis fuerzas" parecían no tener sentido. No eran mis fuerzas las que necesitaban cuidados, era mi imaginación la que quería calmarse. Guardé el fajo de papeles que me dio Kurtz, sin saber exactamente qué hacer con él. Su madre había muerto hacía poco tiempo, cuidada, según me dijeron, por su Prometida. Un hombre bien afeitado, con modales oficiales y con gafas de montura dorada, me visitó un día y me hizo preguntas, primero tortuosas, después suavemente apremiantes, sobre lo que se complacía en denominar ciertos "documentos". No me sorprendió, porque había tenido dos discusiones con el director sobre el tema. Me había negado a entregar el más mínimo trozo de aquel paquete, y adopté la misma actitud con el hombre de las gafas. Al final se volvió oscuramente amenazador, y con mucho ardor argumentó que la Compañía tenía derecho a toda la información sobre sus "territorios". Y, dijo, "el conocimiento del señor Kurtz sobre las regiones inexploradas debe haber sido necesariamente extenso y peculiar, debido a sus grandes habilidades y a las deplorables circunstancias en las que había sido colocado; por lo tanto...". Le aseguré que el conocimiento del señor Kurtz, por extenso que fuera, no tenía nada que ver con los problemas del comercio o la administración. Invocó entonces el nombre de la ciencia. "Sería una pérdida incalculable si... etc., etc.". Le ofrecí el informe sobre la "Supresión de las Costumbres

vate letters.' He withdrew upon some threat of legal proceedings, and I saw him no more; but another fellow, calling himself Kurtz's cousin, appeared two days later, and was anxious to hear all the details about his dear relative's last moments. Incidentally he gave me to understand that Kurtz had been essentially a great musician. 'There was the making of an immense success,' said the man, who was an organist, I believe, with lank gray hair flowing over a greasy coat-collar. I had no reason to doubt his statement; and to this day I am unable to say what was Kurtz's profession, whether he ever had any—which was the greatest of his talents. I had taken him for a painter who wrote for the papers, or else for a journalist who could paint—but even the cousin (who took snuff during the interview) could not tell me what he had been—exactly. He was a universal genius—on that point I agreed with the old chap, who thereupon blew his nose noisily into a large cotton handkerchief and withdrew in senile agitation, bearing off some family letters and memoranda without importance. Ultimately a journalist anxious to know something of the fate of his 'dear colleague' turned up. This visitor informed me Kurtz's proper sphere ought to have been politics 'on the popular side.' He had furry straight eyebrows, bristly hair cropped short, an eye-glass on a broad ribbon, and, becoming expansive, confessed his opinion that Kurtz really couldn't write a bit—'but heavens! how that man could talk! He electrified large meetings. He had faith—don't you see?—he had the faith. He could get himself to believe anything—anything. He would have been a splendid leader of an extreme party.' 'What party?' I asked. 'Any party,' answered the other. 'He was an—an—extremist.' Did I not think so? I assented. Did I know, he asked, with a sudden flash of curiosity, 'what it was that had induced him to go out there?' 'Yes,' said I, and forthwith handed him the famous Report for publication, if he thought fit. He glanced through it hurriedly, mumbling all the time, judged 'it would do,' and took himself off with this plunder.

«Thus I was left at last with a slim packet of letters and the girl's portrait. She struck me as beautiful—I mean she had a beautiful expression. I know that the sunlight can be made to lie too, yet one

Salvajes", con el epílogo arrancado. Lo tomó con entusiasmo, pero terminó olfateándolo con aire de desprecio. "Esto no es lo que teníamos derecho a esperar", comentó. "No espere nada más", le dije. "Sólo hay cartas privadas". Se retiró bajo la amenaza de emprender acciones legales, y no lo vi más; pero otro tipo, que se hacía llamar primo de Kurtz, apareció dos días después, y estaba ansioso por escuchar todos los detalles sobre los últimos momentos de su querido pariente. Por cierto, me dio a entender que Kurtz había sido esencialmente un gran músico. "Se trataba de un éxito inmenso", dijo el hombre, que era un organista, creo, con el pelo canoso que caía sobre el cuello de un abrigo grasiento. No tenía ninguna razón para dudar de su afirmación; y hasta el día de hoy soy incapaz de decir cuál era la profesión de Kurtz, si es que alguna vez tuvo alguna... que era el mayor de sus talentos. Yo lo había tomado por un pintor que escribía para los periódicos, o bien por un periodista que sabía pintar... pero ni siquiera el primo (que tomó rapé durante la entrevista) pudo decirme qué había sido... exactamente. Era un genio universal... en ese punto estaba de acuerdo con el anciano, que a continuación se sonó ruidosamente la nariz en un gran pañuelo de algodón y se retiró con una agitación senil, llevándose algunas cartas y recuerdos familiares sin importancia. Al final apareció un periodista ansioso por saber algo del destino de su "querido colega". Este visitante me informó de que la esfera propia de Kurtz debería haber sido la política "en la vertiente popular". Tenía las cejas muy pobladas, el cabello erizado y corto, un monóculo con una cinta ancha y, volviéndose expansivo, confesó su opinión de que Kurtz realmente no podía escribir nada... "¡pero cielos, cómo podía hablar ese hombre! Electrizaba las grandes reuniones. Tenía fe", ¿entiende?, "tenía fe. Podía llegar a creer cualquier cosa, cualquier cosa. Habría sido un espléndido líder de un partido extremista". "¿Cuál partido?", pregunté. "Cualquier partido", respondió el otro. "Era un extremista". ¿No lo creía así yo? Asentí. "¿Sabía yo...", preguntó, con un repentino destello de curiosidad, "qué era lo que le había inducido a ir allí?". "Sí", dije, e inmediatamente le entregué el famoso informe para que lo publicara, si lo consideraba oportuno. Lo hojeó apresuradamente, murmurando todo el tiempo, juzgando que "serviría", y se marchó con este botín.

«Así me quedé al final con un delgado paquete de cartas y el retrato de la joven. Me pareció hermosa, es decir, tenía una hermosa expresión. Sé que la luz del sol también puede hacerse mentir, pero uno

felt that no manipulation of light and pose could have conveyed the delicate shade of truthfulness upon those features. She seemed ready to listen without mental reservation, without suspicion, without a thought for herself. I concluded I would go and give her back her portrait and those letters myself. Curiosity? Yes; and also some other feeling perhaps. All that had been Kurtz's had passed out of my hands: his soul, his body, his station, his plans, his ivory, his career. There remained only his memory and his Intended—and I wanted to give that up too to the past, in a way,—to surrender personally all that remained of him with me to that oblivion which is the last word of our common fate. I don't defend myself. I had no clear perception of what it was I really wanted. Perhaps it was an impulse of unconscious loyalty, or the fulfillment of one of these ironic necessities that lurk in the facts of human existence. I don't know. I can't tell. But I went.

«I thought his memory was like the other memories of the dead that accumulate in every man's life,—a vague impress on the brain of shadows that had fallen on it in their swift and final passage; but before the high and ponderous door, between the tall houses of a street as still and decorous as a well-kept alley in a cemetery, I had a vision of him on the stretcher, opening his mouth voraciously, as if to devour all the earth with all its mankind. He lived then before me; he lived as much as he had ever lived—a shadow insatiable of splendid appearances, of frightful realities; a shadow darker than the shadow of the night, and draped nobly in the folds of a gorgeous eloquence. The vision seemed to enter the house with me—the stretcher, the phantom-bearers, the wild crowd of obedient worshipers, the gloom of the forests, the glitter of the reach between the murky bends, the beat of the drum, regular and muffled like the beating of a heart—the heart of a conquering darkness. It was a moment of triumph for the wilderness, an invading and vengeful rush which, it seemed to me, I would have to keep back alone for the salvation of another soul. And the memory of what I had heard him say afar there, with the horned shapes stirring at my back, in the glow of fires, within the patient woods, those broken phrases came back to me, were heard again in their ominous and terrifying simplicity. I remembered his abject pleading, his abject threats, the colossal scale of his vile desires, the meanness, the torment, the tempestuous anguish of his soul. And later on I seemed to see his collected languid manner, when he said one

sentía que ninguna manipulación de la luz o de la pose podría haber transmitido el delicado matiz de veracidad de aquellas facciones. Parecía dispuesta a escuchar sin reservas mentales, sin sospechas, sin pensar en sí misma. Concluí que iría a devolverle el retrato y las cartas yo mismo. ¿Curiosidad? Sí; y también algún otro sentimiento quizás. Todo lo que había sido de Kurtz había desaparecido de mis manos: su alma, su cuerpo, su puesto, sus planes, su marfil, su carrera. Sólo quedaba su memoria y su Prometida... y yo quería entregar eso también al pasado, en cierto modo... entregar personalmente todo lo que quedaba de él conmigo a ese olvido que es la última palabra de nuestro destino común. No me defiendo. No tenía una percepción clara de lo que realmente quería. Quizá fuera un impulso de lealtad inconsciente, o el cumplimiento de una de esas necesidades irónicas que acechan a los hechos de la existencia humana. No lo sé. No puedo decirlo. Pero fui.

«Pensé que su recuerdo era como los demás recuerdos de los muertos que se acumulan en la vida de todo hombre... una vaga huella en el cerebro de las sombras que habían caído sobre él en su rápido y definitivo paso; pero ante la alta y pesada puerta, entre las altas casas de una calle tan quieta y decorosa como un callejón bien cuidado en un cementerio, tuve una visión de él en la camilla, abriendo su boca vorazmente, como si quisiera devorar toda la tierra con toda su humanidad. Vivía entonces ante mí; vivía tanto como había vivido siempre... una sombra insaciable de espléndidas apariencias, de espantosas realidades; una sombra más oscura que la sombra de la noche, y envuelta noblemente en los pliegues de una magnífica elocuencia. La visión parecía entrar en la casa conmigo... la camilla, los portadores fantasmas, la multitud salvaje de adoradores obedientes, la penumbra de los bosques, el brillo del alcance entre las curvas turbias, el ritmo del tambor, regular y apagado como el latido de un corazón... el corazón de una tiniebla conquistadora. Fue un momento de triunfo para la selva, una acometida invasora y vengativa que, me pareció, tendría que retener solo para la salvación de otra alma. Y el recuerdo de lo que le había oído decir allá a lo lejos, con las formas córneas agitándose a mi espalda, en el resplandor de los fuegos, dentro del paciente bosque, aquellas frases entrecortadas volvieron a mí, se oyeron de nuevo en su ominosa y aterradora sencillez. Recordé sus abyectas súplicas, sus abyectas amenazas, la escala colosal de sus viles deseos, la mezquindad, el tormento, la tempestuosa an-

day, 'This lot of ivory now is really mine. The Company did not pay for it. I collected it myself at a very great personal risk. I am afraid they will try to claim it as theirs though. H'm. It is a difficult case. What do you think I ought to do—resist? Eh? I want no more than justice.' . . . He wanted no more than justice—no more than justice. I rang the bell before a mahogany door on the first floor, and while I waited he seemed to stare at me out of the glassy panel—stare with that wide and immense stare embracing, condemning, loathing all the universe. I seemed to hear the whispered cry, 'The horror! The horror!'

«The dusk was falling. I had to wait in a lofty drawing-room with three long windows from floor to ceiling that were like three luminous and bedraped columns. The bent gilt legs and backs of the furniture shone in indistinct curves. The tall marble fireplace had a cold and monumental whiteness. A grand piano stood massively in a corner, with dark gleams on the flat surfaces like a somber and polished sarcophagus. A high door opened—closed. I rose.

«She came forward, all in black, with a pale head, floating towards me in the dusk. She was in mourning. It was more than a year since his death, more than a year since the news came; she seemed as though she would remember and mourn for ever. She took both my hands in hers and murmured, 'I had heard you were coming.' I noticed she was not very young—I mean not girlish. She had a mature capacity for fidelity, for belief, for suffering. The room seemed to have grown darker, as if all the sad light of the cloudy evening had taken refuge on her forehead. This fair hair, this pale visage, this pure brow, seemed surrounded by an ashy halo from which the dark eyes looked out at me. Their glance was guileless, profound, confident, and trustful. She carried her sorrowful head as though she were proud of that sorrow, as though she would say, 'I—I alone know how to mourn for him as he deserves.' But while we were still shaking hands, such a look of awful desolation came upon her face that I perceived she was one of those creatures that are not the playthings of Time. For her he had died only yesterday. And, by Jove! the impression was so powerful that for me too he seemed to have died only yesterday—nay, this very minute. I saw her and him in the same instant of time—his death

gustia de su alma. Y más tarde me pareció ver su languidez recogida, cuando dijo un día, "este lote de marfil es ahora realmente mío. La Compañía no pagó por él. Lo he recogido yo mismo, corriendo un gran riesgo personal. Sin embargo, me temo que intentarán reclamarlo como suyo. Hmm. Es un caso difícil. ¿Qué cree que debo hacer? ¿Resistir? ¿Eh? Yo no quiero más que justicia...". No quería más que justicia... no más que justicia. Llamé al timbre ante una puerta de caoba del primer piso y, mientras esperaba, me pareció que me miraba fijamente desde el panel de cristal... con esa mirada amplia e inmensa que abarcaba, condenaba y aborrecía todo el universo. Me pareció oír el grito susurrado, "¡El horror! ¡El horror!".

«El crepúsculo estaba cayendo. Tuve que esperar en un elevado salón con tres largas ventanas desde el suelo hasta el techo que eran como tres columnas luminosas y encortinadas. Las patas y los respaldos dorados de los muebles brillaban en curvas indistintas. La alta chimenea de mármol tenía una blancura fría y monumental. Un piano de cola se alzaba macizo en un rincón, con brillos oscuros en las superficies planas, como un sarcófago sombrío y pulido. Una puerta alta se abrió... y se cerró. Me puse de pie.

«Se acercó, toda de negro, con la cabeza pálida, flotando hacia mí en el crepúsculo. Estaba de luto. Hacía más de un año que él había muerto, más de un año desde que le llegó la noticia; parecía que iba a recordar y llevar luto para siempre. Tomó mis dos manos entre las suyas y murmuró, "había oído que venía". Me di cuenta de que no era muy joven, es decir, no era una niña. Tenía una capacidad madura de fidelidad, de creencia, de sufrimiento. La habitación parecía haberse oscurecido, como si toda la triste luz de la nublada tarde se hubiera refugiado en su frente. Este pelo rubio, este rostro pálido, esta frente pura, parecían rodeados de un halo ceniciento desde el que me miraban los ojos oscuros. Su mirada era inocente, profunda, segura y confiada. Llevaba su dolorosa cabeza como si estuviera orgullosa de esa pena, como si quisiera decir, "sólo yo... sólo yo sé llorarle como se merece". Pero mientras aún nos dábamos la mano, una mirada de horrible desolación apareció en su rostro, y percibí que era una de esas criaturas que no son juguetes del Tiempo. Para ella, él había muerto apenas ayer. Y, ¡por Dios!, la impresión fue tan poderosa que a mí también me pareció que había muerto ayer... es más, en este mismo instante. La vi a ella y a él en el mismo instante de tiempo...

and her sorrow—I saw her sorrow in the very moment of his death. Do you understand? I saw them together—I heard them together. She had said, with a deep catch of the breath, 'I have survived;' while my strained ears seemed to hear distinctly, mingled with her tone of despairing regret, the summing-up whisper of his eternal condemnation. I asked myself what I was doing there, with a sensation of panic in my heart as though I had blundered into a place of cruel and absurd mysteries not fit for a human being to behold. She motioned me to a chair. We sat down. I laid the packet gently on the little table, and she put her hand over it. . . . 'You knew him well,' she murmured, after a moment of mourning silence.

«'Intimacy grows quick out there,' I said. 'I knew him as well as it is possible for one man to know another.'

«'And you admired him,' she said. 'It was impossible to know him and not to admire him. Was it?'

«'He was a remarkable man,' I said, unsteadily. Then before the appealing fixity of her gaze, that seemed to watch for more words on my lips, I went on, 'It was impossible not to—'

«'Love him,' she finished eagerly, silencing me into an appalled dumbness. 'How true! how true! But when you think that no one knew him so well as I! I had all his noble confidence. I knew him best.'

«'You knew him best,' I repeated. And perhaps she did. But with every word spoken the room was growing darker, and only her forehead, smooth and white, remained illumined by the unextinguishable light of belief and love.

«'You were his friend,' she went on. 'His friend,' she repeated, a little louder. 'You must have been, if he had given you this, and sent you to me. I feel I can speak to you—and oh! I must speak. I want you—you who have heard his last words—to know I have been worthy of him. . . . It is not pride. . . . Yes! I am proud to know I understood him better than anyone on earth—he told me so himself. And since his mother died I have had no one—no one—to—to—'

su muerte y su dolor... vi el dolor de ella en el mismo momento de su muerte. ¿Comprenden? Los vi juntos... los oí juntos. Ella había dicho, con una profunda respiración entrecortada, "he sobrevivido", mientras mis esforzados oídos parecían oír claramente, mezclado con su tono de desesperado pesar, el susurro resumido de su eterna condena. Me pregunté qué hacía allí, con una sensación de pánico en el corazón, como si me hubiera metido en un lugar de misterios crueles y absurdos no aptos para que un ser humano los contemple. Me indicó una silla. Nos sentamos. Dejé el paquete suavemente sobre la mesita, y ella puso su mano sobre él... "Lo conoció bien", murmuró, después de un momento de lúgubre silencio.

«"La intimidad crece rápido allí", dije. "Lo conocí tan bien como es posible que un hombre conozca a otro".

«"Y le admiraba", dijo ella. "Era imposible conocerlo y no admirarlo. ¿No es cierto?".

«"Era un hombre extraordinario", dije, con dificultad. Luego, ante la atrayente fijeza de su mirada, que parecía buscar más palabras en mis labios, continué diciendo "era imposible no...".

«"...amarlo", terminó ella con entusiasmo, haciéndome callar en una mudez horrorizada. "¡Cuánta verdad! ¡Cuánta verdad! ¡Pero cuando una piensa que nadie lo conoció tan bien como yo! Yo tenía toda su noble confianza. Yo le conocía mejor que nadie".

«"Usted lo conocía mejor que nadie", repetí. Y tal vez así era. Pero con cada palabra que pronunciaba la habitación se volvía más oscura, y sólo su frente, lisa y blanca, permanecía iluminada por la luz inextinguible de la creencia y el amor.

«"Usted era su amigo", continuó. "Su amigo", repitió, un poco más alto. "Debe haberlo sido, si le ha dado esto y le ha enviado a mí. Siento que puedo hablarle... y ¡oh! debo hablar. Quiero que usted... usted que ha oído sus últimas palabras... sepa que he sido digna de él... No es orgullo... ¡Sí! Me enorgullece saber que lo comprendí mejor que nadie en la tierra... él mismo me lo dijo. Y desde que su madre murió no he tenido a nadie... a nadie... para... para...".

«I listened. The darkness deepened. I was not even sure whether he had given me the right bundle. I rather suspect he wanted me to take care of another batch of his papers which, after his death, I saw the manager examining under the lamp. And the girl talked, easing her pain in the certitude of my sympathy; she talked as thirsty men drink. I had heard that her engagement with Kurtz had been disapproved by her people. He wasn't rich enough or something. And indeed I don't know whether he had not been a pauper all his life. He had given me some reason to infer that it was his impatience of comparative poverty that drove him out there.

«'. . . Who was not his friend who had heard him speak once?' she was saying. 'He drew men towards him by what was best in them.' She looked at me with intensity. 'It is the gift of the great,' she went on, and the sound of her low voice seemed to have the accompaniment of all the other sounds, full of mystery, desolation, and sorrow, I had ever heard—the ripple of the river, the soughing of the trees swayed by the wind, the murmurs of wild crowds, the faint ring of incomprehensible words cried from afar, the whisper of a voice speaking from beyond the threshold of an eternal darkness. 'But you have heard him! You know!' she cried.

«'Yes, I know,' I said with something like despair in my heart, but bowing my head before the faith that was in her, before that great and saving illusion that shone with an unearthly glow in the darkness, in the triumphant darkness from which I could not have defended her— from which I could not even defend myself.

«'What a loss to me—to us!'—she corrected herself with beautiful generosity; then added in a murmur, 'To the world.' By the last gleams of twilight I could see the glitter of her eyes, full of tears—of tears that would not fall.

«'I have been very happy—very fortunate—very proud,' she went on. 'Too fortunate. Too happy for a little while. And now I am unhappy for—for life.'

«She stood up; her fair hair seemed to catch all the remaining light in a glimmer of gold. I rose too.

«Escuché. La oscuridad se hizo más profunda. Ni siquiera estaba seguro de si me había dado el fajo correcto. Más bien sospecho que quería que me ocupara de otro lote de sus papeles que, después de su muerte, vi al director examinar bajo la lámpara. Y la muchacha hablaba, aliviando su dolor en la certeza de mi simpatía; hablaba como beben los sedientos. Había oído que su compromiso con Kurtz había sido desaprobado por la familia de ella. Él no era lo suficientemente rico o algo así. Y, en efecto, no sé si no había sido un indigente toda su vida. Me había dado alguna razón para inferir que fue su impaciencia por la pobreza comparativa lo que le llevó allí.

«"...¿Quién no era su amigo si le había oído hablar aunque sea una vez?", decía. "Atrajo a los hombres hacia él por lo que había de mejor en ellos". Me miró con intensidad. "Es el don de los grandes", prosiguió, y el sonido de su voz grave parecía acompañar a todos los demás sonidos, llenos de misterio, desolación y dolor, que yo había escuchado... la ondulación del río, el susurro de los árboles mecidos por el viento, los murmullos de las multitudes salvajes, el débil timbre de palabras incomprensibles gritadas desde lejos, el susurro de una voz que habla desde más allá del umbral de una oscuridad eterna. "¡Pero usted lo ha oído! ¡Lo sabe!", gritó ella.

«"Sí, lo sé", dije con algo parecido a la desesperación en mi corazón, pero inclinando la cabeza ante la fe que había en ella, ante esa gran y salvadora ilusión que brillaba con un resplandor sobrenatural en la oscuridad, en la oscuridad triunfante de la que no podría haberla defendido... de la que ni siquiera podría defenderme a mí mismo.

"¡Qué pérdida para mí... para nosotros", se corrigió con hermosa generosidad; luego añadió en un murmullo, "para el mundo!". En los últimos destellos del crepúsculo pude ver el brillo de sus ojos, llenos de lágrimas... de lágrimas que no caían.

«"He sido muy feliz... muy afortunada... muy orgullosa", continuó. "Demasiado afortunada. Demasiado feliz por un tiempo. Y ahora soy infeliz... de por vida".

«Se puso de pie; su hermoso cabello parecía atrapar toda la luz restante en un destello de oro. Yo también me puse de pie.

«'And of all this,' she went on, mournfully, 'of all his promise, and of all his greatness, of his generous mind, of his noble heart, nothing remains—nothing but a memory. You and I—'

«'We shall always remember him,' I said, hastily.

«'No!' she cried. 'It is impossible that all this should be lost—that such a life should be sacrificed to leave nothing—but sorrow. You know what vast plans he had. I knew of them too—I could not perhaps understand,—but others knew of them. Something must remain. His words, at least, have not died.'

«'His words will remain,' I said.

«'And his example,' she whispered to herself. 'Men looked up to him,—his goodness shone in every act. His example—'

«'True,' I said; 'his example too. Yes, his example. I forgot that.'

«'But I do not. I cannot—I cannot believe—not yet. I cannot believe that I shall never see him again, that nobody will see him again, never, never, never.'

«She put out her arms as if after a retreating figure, stretching them black and with clasped pale hands across the fading and narrow sheen of the window. Never see him! I saw him clearly enough then. I shall see this eloquent phantom as long as I live, and I shall see her too, a tragic and familiar Shade, resembling in this gesture another one, tragic also, and bedecked with powerless charms, stretching bare brown arms over the glitter of the infernal stream, the stream of darkness. She said suddenly very low, 'He died as he lived.'

«'His end,' said I, with dull anger stirring in me, 'was in every way worthy of his life.'

«'And I was not with him,' she murmured. My anger subsided before a feeling of infinite pity.

«"Y de todo esto", continuó ella, afligida, "de toda su promesa y de toda su grandeza, de su mente generosa, de su noble corazón, no queda nada... nada más que un recuerdo. Usted y yo...".

«"...siempre lo recordaremos", dije, apresuradamente.

«"¡No!", gritó ella. "Es imposible que todo esto se pierda, que una vida así se sacrifique para no dejar más que dolor. Usted sabe los grandes planes que tenía. Yo también los conocía... quizás no podía entenderlos... pero otros los conocían. Algo debe permanecer. Sus palabras, al menos, no han muerto".

«"Sus palabras permanecerán", dije.

«"Y su ejemplo", susurró para sí misma. "Los hombres lo admiraban, su bondad brillaba en cada acto. Su ejemplo...".

«"Cierto", dije; "su ejemplo también. Sí, su ejemplo. Lo había olvidado".

«"Pero yo no. No puedo... no puedo creer... todavía no. No puedo creer que nunca lo volveré a ver, que nadie lo volverá a ver, nunca, nunca, nunca".

«Extendió los brazos como si persiguiera a una figura que se retiraba, extendiéndolos en la negrura y con las manos pálidas entrelazadas a través del desvanecido y estrecho brillo de la ventana. ¡Yo nunca lo había visto a él! Lo vi entonces con suficiente claridad. Veré este elocuente fantasma mientras viva, y la veré también a ella, una trágica y familiar Sombra, parecida en este gesto a otra, trágica también, y engalanada con impotentes encantos, extendiendo los desnudos brazos desnudos sobre el brillo del arroyo infernal, el arroyo de la oscuridad. Dijo de pronto en voz muy baja, "Él murió como vivió".

«"Su final", dije, con una ira sorda que se agitaba en mí, "fue en todo sentido digno de su vida".

«"Y yo no estaba con él", murmuró ella. Mi cólera disminuyó ante un sentimiento de infinita piedad.

«'Everything that could be done—' I mumbled.

«'Ah, but I believed in him more than anyone on earth—more than his own mother, more than—himself. He needed me! Me! I would have treasured every sigh, every word, every sign, every glance.'

«I felt like a chill grip on my chest. 'Don't,' I said, in a muffled voice.

«'Forgive me. I—I—have mourned so long in silence—in silence. . . . You were with him—to the last? I think of his loneliness. Nobody near to understand him as I would have understood. Perhaps no one to hear. . . .'

«'To the very end,' I said, shakily. 'I heard his very last words. . . .'

I stopped in a fright.

«'Repeat them,' she said in a heart-broken tone. 'I want—I want—something—something—to—to live with.'

«I was on the point of crying at her, 'Don't you hear them?' The dusk was repeating them in a persistent whisper all around us, in a whisper that seemed to swell menacingly like the first whisper of a rising wind. 'The horror! The horror!'

«'His last word—to live with,' she murmured. 'Don't you understand I loved him—I loved him—I loved him!'

«I pulled myself together and spoke slowly.

«'The last word he pronounced was—your name.'

«I heard a light sigh, and then my heart stood still, stopped dead short by an exulting and terrible cry, by the cry of inconceivable triumph and of unspeakable pain. 'I knew it—I was sure!' . . . She knew. She was sure. I heard her weeping; she had hidden her face in her hands. It seemed to me that the house would collapse before I could escape, that the heavens would fall upon my head. But nothing happened. The heavens do not fall for such a trifle. Would they have

«"Todo lo que se podía hacer...", murmuré.

«"Ah, pero yo creía en él más que nadie en la tierra... más que su propia madre... más que él mismo. ¡Él me necesitaba! ¡A mí! Yo habría atesorado cada suspiro, cada palabra, cada signo, cada mirada".

«Sentí como un apretón de frío en el pecho. "No", dije, con voz apagada.

«"Perdóneme. Yo... yo... he llorado tanto tiempo en silencio... en silencio... ¿Estuvo con él... hasta el final? Pienso en su soledad. Nadie cerca para entenderlo como yo lo hubiera entendido. Tal vez nadie para escuchar...".

«"Hasta el final", dije, temblando. "Escuché sus últimas palabras...".

«Me detuve aterrado.

«"Repítalas", dijo en un tono desgarrado. "Quiero... quiero... algo... algo... para vivir".

«Estuve a punto de gritarle "¿no las oye?". El crepúsculo las repetía en un susurro persistente a nuestro alrededor, en un susurro que parecía hincharse amenazadoramente como el primer susurro de un viento creciente. "¡El horror! ¡El horror!".

«"Su última palabra... vivir con ella", murmuró ella. "¡No entiende que lo amaba... lo amaba... lo amaba!".

«Me recompuse y hablé lentamente.

«"La última palabra que pronunció fue... su nombre".

«Oí un ligero suspiro, y luego mi corazón se detuvo en seco por un grito exultante y terrible, por el grito de un triunfo inconcebible y de un dolor indecible. "Lo sabía, estaba segura...". Ella lo sabía. Estaba segura. La oí llorar; había escondido su rostro entre las manos. Me pareció que la casa se derrumbaría antes de que yo pudiera escapar, que el cielo caería sobre mi cabeza. Pero no ocurrió nada. Los cielos no se caen por una nimiedad semejante. ¿Habrían caído, me pregun-

fallen, I wonder, if I had rendered Kurtz that justice which was his due? Hadn't he said he wanted only justice? But I couldn't. I could not tell her. It would have been too dark—too dark altogether. . . .»

Marlow ceased, and sat apart, indistinct and silent, in the pose of a meditating Buddha. Nobody moved for a time. «We have lost the first of the ebb,» said the Director, suddenly. I raised my head. The offing was barred by a black bank of clouds, and the tranquil waterway leading to the uttermost ends of the earth flowed somber under an overcast sky—seemed to lead into the heart of an immense darkness.

to, si le hubiera hecho a Kurtz la justicia que le correspondía? ¿No había dicho él que sólo quería justicia? Pero yo no podía. No podía decírselo. Habría sido demasiado oscuro... absolutamente demasiado oscuro...».

Marlow cesó y se sentó aparte, indistintamente y en silencio, en la postura de un Buda meditabundo. Nadie se movió durante un tiempo. «Hemos perdido el primer reflujo», dijo el Director, de repente. Levanté la cabeza. Un banco negro de nubes impedía el paso, y la tranquila vía de agua que conducía a los confines de la tierra fluía sombría bajo un cielo cubierto... parecía conducir al corazón de unas inmensas tinieblas.

Rosetta Edu

CLÁSICOS EN ESPAÑOL

Esperamos que hayas disfrutado esta lectura. ¿Quieres leer esta obra en ebook?

El Príncipe Feliz y otros cuentos está ofrecido gratuitamente en formato electrónico en nuestro *Club del libro* donde discutiremos obras clásicas de la literatura universal, daremos recomendaciones y te anunciaremos nuestras novedades.

Recibe tu copia totalmente gratuita al unirte a nuestro *Club del libro* en rosettaedu.com/pages/club-del-libro o escaneando este QR code con tu dispositivo.

Rosetta Edu

CLÁSICOS EN ESPAÑOL

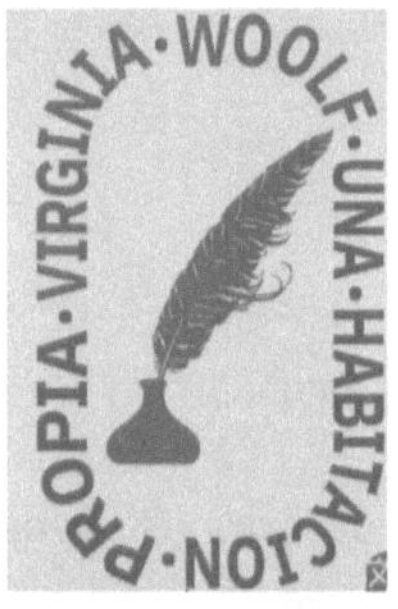

Una habitación propia se estableció desde su publicación como uno de los libros fundamentales del feminismo. Basado en dos conferencias pronunciadas por Virginia Woolf en colleges para mujeres y ampliado luego por la autora, el texto es un testamento visionario, donde tópicos característicos del feminismo por casi un siglo son expuestos con claridad tal vez por primera vez.

Basta pensar que *La guerra de los mundos* fue escrito entre 1895 y 1897 para darse cuenta del poder visionario del texto. Desde el momento de su publicación la novela se convirtió en una de las piezas fundamentales del canon de las obras de ciencia ficción y el referente obligado de guerra extraterrestre.

Otra vuelta de tuerca es una de las novelas de terror más difundidas en la literatura universal y cuenta una historia absorbente, siguiendo a una institutriz a cargo de dos niños en una gran mansión en la campiña inglesa que parece estar embrujada. Los detalles de la descripción y la narración en primera persona van conformando un mundo que puede inspirar genuino terror.

rosettaedu.com

Rosetta Edu

EDICIONES BILINGÜES

De Jacob Flanders no se sabe sino lo que se deja entrever en las impresiones que los otros personajes tienen de él y sin embargo él es el centro constante de la narración. La primera novela experimental de Virginia Woolf trabaja entonces sobre ese vacío del personaje central. Ahora presentado en una edición bilingüe facilitando la comprensión del original.

Durante décadas, y acercándose a su centenario, *El gran Gatsby* ha sido considerada una obra maestra de la literatura y candidata al título de «Gran novela americana» por su dominio al mostrar la pura identidad americana junto a un estilo distinto y maduro. La edición bilingüe permite apreciar los detalles del texto original y constituye un paso obligado para aprender el inglés en profundidad.

El Principito es uno de los libros infantiles más leídos de todos los tiempos. Es un verdadero monumento literario que con justicia se ha convertido en el libro escrito en francés más impreso y traducido de toda la historia. La edición bilingüe francés / español permite apreciar el original en todo su esplendor a la vez que abordar un texto fundamental de la lengua gala.

rosettaedu.com